## *Sur l'auteur*

Claude Izner est le pseudonyme de deux sœurs, Liliane Korb et Laurence Lefèvre. Liliane a longtemps exercé le métier de chef monteuse de cinéma, avant de se reconvertir en bouquiniste sur les quais de Seine, qu'elle a quittés en 2004. Laurence a publié deux romans chez Calmann-Lévy, *Paris-Lézarde* en 1977 et *Les Passants du dimanche* en 1979. Elle est bouquiniste sur les quais. Les deux sœurs ont réalisé plusieurs courts-métrages et des spectacles audiovisuels. Elles écrivent ensemble et individuellement depuis de nombreuses années, tant pour la jeunesse que pour les adultes. « Les enquêtes de Victor Legris », qui comportent douze volumes, ont connu un succès retentissant et sont traduites dans huit pays.

Après *Le Pas du renard*, *La Femme au serpent* et *La Poule aux œufs d'or*, *Les Nids de l'hirondelle* est le quatrième volet de leur nouvelle série à suspense mettant en scène le pianiste Jeremy Nelson dans le Paris des Années folles.

*Du même auteur*
*aux Éditions 10/18*

SANG DESSUS DESSOUS, n° 4637

Dans la série « Jeremy Nelson »

LE PAS DU RENARD, n° 5213
LA FEMME AU SERPENT, n° 5371
LA POULE AUX ŒUFS D'OR, n° 5516
LES NIDS DE L'HIRONDELLE

Dans la série « Les enquêtes de Victor Legris »

MYSTÈRE RUE DES SAINTS-PÈRES, n° 3505
LA DISPARUE DU PÈRE-LACHAISE, n° 3506
LE CARREFOUR DES ÉCRASÉS, n° 3580
LE SECRET DES ENFANTS-ROUGES, n° 3682
LE LÉOPARD DES BATIGNOLLES, n° 3808
LE TALISMAN DE LA VILLETTE, n° 3941
RENDEZ-VOUS PASSAGE D'ENFER, n° 4100
LA MOMIE DE LA BUTTE-AUX-CAILLES, n° 4186
LE PETIT HOMME DE L'OPÉRA, n° 4345
LES SOULIERS BRUNS DU QUAI VOLTAIRE, n° 4449
MINUIT, IMPASSE DU CADRAN, n° 4582
LE DRAGON DU TROCADÉRO, n° 4782

*Pour (dans l'ordre alphabétique) :*
*Geneviève, fan indéfectible de la Hammer.*
*Liliane-Patricia, la célèbre artiste capillaire*
*de la capitale des Gaules.*
*La Souris, rose d'une principauté.*
*Et, comme de bien entendu,*
*à nos stoïques compagnons,*
*Bernard et Jaime.*

« L'*hirondelle* est un petit oiseau qui ne vole jamais en ligne droite, mais en faisant toutes sortes de cercles et de tours… pour sa sécurité, elle habite parmi les hommes et elle fait son nid dans les maisons… »

Brunetto Latini (1220-1294),
*Le Livre du Trésor*

# 1

*Lundi 5 octobre*

Mme Lequindre s'éveilla en sursaut. Elle s'adossa au traversin. Seul le *ploc* du robinet de la salle de bains troublait le silence.

Elle alluma la lampe de chevet et tâtonna à la recherche de ses demi-lunes. La pendule indiquait deux heures du matin.

Sur le qui-vive, elle prêta l'oreille, attentive au moindre craquement, puis elle s'extirpa de son lit et, appuyée sur sa canne, longea le salon de musique en évitant de buter contre l'ottomane. À la hauteur du piano, elle marqua une pause. Par la fenêtre entrebâillée lui parvenait la rumeur diffuse de la ville. Elle rejoignit le séjour et atteignit le vestibule. Son pied bandé ralentissait sa progression.

Une lueur filtrait sous la porte d'entrée ; elle ne pouvait être dispensée par le plafonnier du palier puisqu'elle la voyait se déplacer.

Mme Lequindre, le souffle court, se tenait dans la pénombre comme dans l'habitacle d'un sous-marin en perdition. C'est alors qu'elle repéra les rectangles clairs sur le parquet, à la lisière du tapis. Y avait-il deux ou trois enveloppes ?

— Saloperie ! gronda-t-elle.

La poitrine oppressée, elle ne prit pas la peine de les ramasser. La colère lui brûlait les joues, son sang battait la charge.

Tout avait commencé en juin. D'abord, elle négligea la menace, ensuite, elle s'abstint de lire les messages, son caractère s'aigrit, elle devint encore plus suspicieuse à l'égard de son entourage mais elle ne se résolut pas à porter plainte. Personne ne devait savoir. Quand les journées raccourcirent, l'anxiété propagea ses hantises au cœur de ses nuits.

Elle se traîna péniblement vers sa chambre. Sur le point de se trouver mal, elle se pelotonna sous les couvertures. Elle n'eut guère le loisir de réfléchir car son pouls recouvra un rythme régulier et, le corps réchauffé, elle s'endormit.

Jeremy Nelson flânait le long des quais de Seine. Sa dernière échappée au gré de son humeur remontait à loin. Il papillonnait d'un étalage de bouquiniste à l'autre, feuilletait un livre, admirait une aquarelle de Notre-Dame ou une lithographie du Panthéon. Il déchiffra des titres d'ouvrages dont il ne soupçonnait pas l'existence et supputa lequel parmi les fouineurs jetterait son dévolu sur *Le Remorquage en haute mer* ou *Quand j'étais suffragette*. Un instant tenté d'acquérir *Le Cahier gris*, de Roger Martin du Gard, il préféra acheter *Les Copains*, de Jules Romains, que son ami Sammy Eidelmann lui avait recommandé. Avec un tel titre, il comptait dissiper l'abattement causé par l'absence de Camille qui n'avait su refuser une tournée de récitals de piano à travers l'Europe. Attendre son retour jusqu'à début novembre lui paraissait insurmontable. Elle n'était partie que depuis peu et déjà leur logis de la rue Guisarde lui évoquait une oubliette.

Il contempla le fleuve au courant nerveux fendu par un train de péniches où séchaient des lessives. Il agita la main en réponse aux signes d'un gamin juché sur un tas de charbon. Il eût volontiers sauté dans une barge pour explorer de nouveaux horizons, mais il savait qu'il lui fallait se cloîtrer pour composer le spectacle jazzy qu'il rêvait de créer sur scène.

La douceur de la matinée, l'éclat du soleil dans un ciel sans nuage atténuèrent sa nostalgie, il gagna d'un pas alerte le carrefour Saint-Michel, le franchit au mépris de toute prudence, se fit injurier par un chauffeur de bus et s'installa à la terrasse de *La Taverne du Palais* où il commanda un crème-croissant.

La manchette droite de sa chemise trempa dans sa tasse quand il la porta à ses lèvres. Il se maudit d'avoir cédé aux instances de Camille qui tenait à lui offrir, pour ses vingt-neuf printemps, un costume trois-pièces à la mode. Il était engoncé dans une veste sous laquelle un gilet, destiné à dissimuler des bretelles, l'entravait autant qu'une cuirasse. Il regrettait de ne pas avoir enfilé son vieux complet Norfolk, compagnon de sa bohème d'antan. Son cou renâclait contre la cravate qu'il avait réussi à nouer au bout d'un quart d'heure de combat assaisonné d'une litanie de gros mots, ses mollets étaient comprimés par des chaussettes montantes et ses pieds imploraient grâce à l'intérieur de souliers Richelieu trop rigides. Quant à sa tête, elle lui semblait enfler sous le feutre Fedora à large bord. Il délivra son crâne, refrénant une irrésistible envie de se gratter les cheveux.

Il lut le début des *Copains* et cette phrase l'amusa : « Vous avez la gueule d'un omnibus ». Il lorgna une flopée d'employés de bureau agglutinés devant la bouche de métro, carrure déployée, prêts à se percuter pour économiser quelques minutes inutiles. Son regard dériva sur la fontaine Saint-Michel, puis vers les placards publicitaires encollés au mur, à gauche de l'horloge pneumatique :

EXPOSITION INTERNATIONALE
DES ARTS DÉCORATIFS
ET INDUSTRIELS MODERNES
PARIS, AVRIL-OCTOBRE 1925

Un rapide calcul mental lui apprit qu'il lui restait peu de marge pour consacrer un après-midi à cet événement.

Il compara l'heure de sa montre à celle de l'horloge. Bien qu'il lui eût juré d'être désormais ponctuel, son ami et partenaire Paul Green était irrémédiablement fâché avec la pendule.

— Tu parles, promesse de vent ! grommela-t-il, pas étonnant qu'il souffle dans une clarinette !

Agacé, il lut une seconde affiche :

AU *LUTETIA WAGRAM*
LE PLUS GRAND SUCCÈS DU CINÉMA
JAMAIS PROJETÉ À PARIS
BESSIE LOVE & WALLACE BERRY
DANS *LE MONDE PERDU*
D'APRÈS CONAN DOYLE

Il envisageait de voir ce film dont les truquages de mastodontes préhistoriques étaient, selon les critiques, fabuleux. Il avait touché assez d'argent l'année précédente pour travailler à mi-temps et se contentait de remplacer tel ou tel pianiste de ses relations. Il était heureux d'avoir intégré pour deux semaines l'orchestre afro-américain des Mitchell's Jazz Kings au *Casino de Paris* où se produisait une récente version de *Bonjour Paris*[1]. On y côtoyait un public hétérogène d'hommes en frac et de femmes au triple rang de perles, prompts à bisser. Il espérait décrocher un intérim en novembre, lorsque serait inauguré le prochain spectacle, *Paris en fleurs*, avec, en vedette, Maurice Chevalier et les Dolly Sisters.

Il se réjouit d'avoir obtenu une entrevue avec Léon Volterra, le directeur du *Casino de Paris*, afin de lui

1. Revue en deux actes et quarante tableaux de MM. Albert Willemetz, Saint-Granier et Jean Le Seyeux.

soumettre le projet sur lequel Paul Green et lui trimaient d'arrache-pied, une revue dédiée aux chorégraphies syncopées importées des États-Unis depuis la fin du XIXe siècle et provisoirement intitulée « Dansez, maintenant ! ».

Il allait savourer un triomphe anticipé quand un fracas assourdissant pulvérisa son cheminement mental. Devant une clinique ophtalmique, un camion à la manœuvre avait brisé un réverbère dont la lanterne venait de s'éparpiller sur le trottoir. Des fenêtres s'ouvrirent, une commère échevelée brailla :

— Y a des morts ?

Une file d'autobus stoppée par la collision entre une Ford T Torpédo et une Citroën B12 gomma la débandade des piétons.

Le bus J était paralysé sur le pont Saint-Michel. Adrienne Meunier jetait de fréquents coups d'œil à sa montre. Elle détestait être en retard, même de cinq minutes.

« Supposons qu'il y ait une fuite d'eau ou un départ d'incendie. Supposons que la proprio me rende responsable parce que je lui ai laissé un mot l'informant que j'allais me procurer des détergents en quatrième vitesse. Supposons… »

Dans un cahot, le bus s'ébranla. Adrienne serrait contre son cœur l'emballage d'une robe qu'elle venait de se payer, non sans hésitation, à *La Belle Jardinière*. Cette dépense ferait un trou dans son budget, mais impossible de résister à un prix diminué de moitié à cause d'une malfaçon presque invisible dans la doublure. Une folie en solde n'était pas du luxe. Et puis peut-être ainsi l'artiste peintre athlétique du deuxième droite serait-il moins caustique à son égard en la découvrant vêtue d'une tenue moulante vert absinthe.

« Je crois qu'il a rompu avec sa blondasse peroxydée, ça fait trois semaines qu'elle ne s'est pas pointée… Quel prénom idiot, Thierry-Quentin ! Et ce qu'ils sont tartignolles, ses tableaux ! »

Elle sauta de la plate-forme du bus près de la fontaine. Elle allait revenir sur ses pas quand elle décida de s'octroyer quelques minutes pour traverser à la faveur de l'embouteillage et aller voir ce qui était programmé au *Saint-Michel*, souhaitant que le calicot du cinéma annonce une comédie à l'eau de rose.

Déception ! Une affiche représentait un homme hagard, le regard fixé sur ses doigts crispés.

Elle se faufila parmi les badauds afin de parcourir le résumé du scénario[1].

Elle ne remarqua pas à son côté un individu d'une trentaine d'années, de petite taille, coiffé d'un béret, les mains au fond des poches, occupé à déchiffrer à mi-voix la reproduction d'un texte tracé sous une photo du film.

> *Stephen Orlac, un célèbre pianiste qui a perdu ses mains lors d'un accident, s'en fait greffer de nouvelles, prélevées sur un assassin récemment exécuté...*

— Quelle horreur, murmura-t-elle.

Quelqu'un lui effleura l'épaule. Elle pivota et se heurta à M. Abel, l'un des locataires de son immeuble.

— Ça doit être bien, ce film, dit-il, n'est-ce pas, madame Meunier ? Vous avez déserté votre loge ?

Elle rentra la tête dans ses épaules en considérant l'individu que son nez camus, ses yeux exorbités et sa bouche en tirelire apparentaient à un batracien.

— Moi, j'adore ce genre d'histoire, insista-t-il. Vous voulez que je vous raconte ? Je vous préviens, il y a de quoi avoir les chocottes !

1. *Les Mains d'Orlac*, film muet autrichien de Robert Wiene, sorti en 1925 et tiré du roman éponyme de Maurice Renard (paru en feuilleton dans *L'Intransigeant* à partir de mai 1920).

— Non ! Je ne préfère pas. Je file, je suis à la bourre, vous aussi d'ailleurs, j'attends toujours le montant de votre terme, on est déjà en octobre.

M. Abel admira l'habileté de la femme à louvoyer au milieu du flot de véhicules. Il fit craquer ses phalanges en marmonnant :

— Moi, la suite, je la connais, j'ai lu le feuilleton dans un canard.

Adrienne longea la fontaine monumentale où l'archange saint Michel n'en finissait pas de terrasser le diable et affronta le fleuve d'automobiles avant d'atteindre, sur la rive opposée du carrefour, une voûte et un escalier livrant accès à la minuscule rue de l'Hirondelle.

Au sommet des sept marches, un quadragénaire maigrichon, en complet à carreaux, surmonté d'une casquette au motif identique, enfourchait son vélo en lui susurrant des mots tendres à demi avalés par une moustache en brosse à dents.

— Allez, Titine, affole-toi ! Qui m'a fichu cette bécane cabocharde ?

Elle identifia Raymond Tourtel, le locataire du quatrième gauche. Par chance, il lui tournait le dos, affairé à rajuster les pinces mordant les revers de son pantalon. Elle se hâta de raser les murs. Quelques mètres en amont de la remise d'un marchand de cidre, elle avisa des cartons débordant de vieux vêtements, de livres et d'ustensiles hétéroclites amoncelés près de la porte cochère de l'immeuble 20 *bis*. L'artiste peintre musclé au double prénom en dispersait le contenu sur le trottoir. Elle pila net.

— Monsieur Pélissier, qu'est-ce que c'est que ce déballage ?

L'homme, jeune, avait les cheveux châtains ondulés, les yeux très bleus, le nez droit. Il eût été beau sans un menton trop rond qui lui conférait une expression indolente. Il s'inclina, une main sur le cœur.

— Vous, ma muse, descendue en droite ligne de l'archange gardant la frontière du paradis ! Mais enfin, quand consentirez-vous à poser nue devant mon chevalet ? Vos formes opulentes m'évoquent le Titien et Rubens.

— Je suis concierge, pas modèle, monsieur Pélissier, et je n'apprécie guère ces locataires du Louvre aux mœurs pas catholiques, leurs femmes ont des bourrelets partout. Je suis correcte, moi, je ne me balade pas en petite tenue. C'est à vous, ce bazar ?

Il se redressa, un ramassis de bouquins dépenaillés coincés entre ses bras croisés et son menton.

— Non, charmante déesse du vestibule. Demandez à miss Carmela.

Jaillie du porche, une femme courtaude et brune, qu'en son for intérieur Adrienne comparait à un pruneau, fit valser un sac avec un *han* de soulagement, provoquant la déroute d'un gros chat tigré.

— Mademoiselle Carmela, ça veut dire quoi, ça ?

— C'est Mme Lequindre. Nettoyage par le vide. Devriez surveiller votre affreux matou, il a semé ses besoins dans la cour, rétorqua Mlle Carmela en effectuant une volte-face.

Thierry-Quentin Pélissier ricana.

— Mais enfin, quelle idée d'avoir affublé votre minet de l'identité d'un talentueux peintre mexicain !

— Un peintre ? Il y a erreur sur la personne.

— Allons, allons, votre boule de gras s'appelle Diego, j'en suis sûr. De ma fenêtre je vous entends le sermonner à tout bout de champ. Moi, Diego Rivera est mon maître, j'adore sa *Maternité* et son *Paysage zapatiste*.

— Pas Diego Rivera, Diego de la Vega ! C'est le véritable nom de Zorro. Vous n'avez pas aimé le film ?

Thierry-Quentin Pélissier eut un reniflement sceptique.

— Oh, le cinéma, ce divertissement destiné aux masses pour qui les livres sont des pensums et qui réclament des images de lanterne magique comme les enfants ! Mais enfin ! C'est outrageant pour le Mexique et le cubisme.

— J'espère qu'ils me pardonneront ! cria Adrienne en s'enfuyant vers sa loge.

Un grand verre d'eau ne put dissoudre la barre pesant sur son estomac. Le téléphone sonna. Adrienne perçut aussitôt le ton cassant de Mme Lequindre. Elle la priait de se présenter immédiatement.

— Oui, mon adjudant, grogna-t-elle, maudissant la riche propriétaire de l'immeuble d'avoir fait installer une ligne dans la loge afin de pouvoir la contrôler à sa guise.

Elle se rua dans la cour.

— Où trottez-vous, exquise sentinelle du détroit ? l'apostropha Thierry-Quentin Pélissier.

— Là où est ma place, dans l'escalier.

C'était intolérable. Vingt-cinq minutes de retard ! Pourtant Paul Green résidait de l'autre côté de la fontaine Saint-Michel. Nom d'un pétard, il allait voir !

Jeremy plongea la main au fond de sa poche et tripota ses cailloux porte-bonheur. Les sentir rouler sous ses doigts tempérait son anxiété. Chacun son truc. Certains évitent de poser leurs semelles sur les joints des dallages, lui c'étaient les cailloux. Ce rituel remontait à sa rencontre avec Camille. Il exorcisait ainsi le sentiment d'abandon éprouvé lors de ses tournées.

Pour la troisième fois, il héla le garçon peu enclin à satisfaire la clientèle, l'irritation l'étouffait et, au comble de l'énervement, il éparpilla de la monnaie sous la table. Plié en deux au risque de ruiner les coutures de sa veste, la tête au ras de la chaise, il repêcha les pièces une à une. À la vue de jolies jambes gainées de soie fusant de jupes dont l'indécence défiait les femmes plus âgées, sa hargne s'apaisa.

« Et maintenant qu'est-ce que je décide ? C'est facile, je vais le tirer du lit. »

Il aborda la rue de l'Hirondelle en fredonnant :

*On fait une petite belote*
*Et puis ça va*
*Tout le reste c'est d'la gnognote*
*À côté d'ça...*

Après avoir dépassé un hangar où s'entassaient d'énormes tonneaux, il reconnut d'emblée, à travers les vitres d'un café-restaurant situé au pied du 20 *bis*, le consommateur corpulent accoudé au comptoir. Il poussa la porte de :

CHEZ RASADE
SPÉCIALITÉS ALSACIENNES ET EXOTIQUES
ON Y MANGE SANS HISTOIRES

La salle voûtée accueillait quelques guéridons encerclés de tabourets. Niché entre une armoire polychrome et une affiche signée Hansi, un portrait de Toussaint-Louverture dépeignait la lutte des Noirs d'Haïti contre l'esclavage. Sur le comptoir, un ravier de bretzels côtoyait une soucoupe d'amuse-gueules à la mangue. Des étagères couvertes de bouteilles de bière, de kirsch, de rhum, de jus d'ananas encadraient un texte sous verre :

« Hauteville-House, 31 mars 1860.

J'aime votre pays, votre race, votre liberté, votre révolution, votre république. Votre île magnifique et douce plaît à cette heure aux âmes libres ; elle vient de donner un grand exemple ; elle a brisé le despotisme.

Elle nous aidera à briser l'esclavage.

Car la servitude, sous toutes ses formes, disparaîtra.

Votre frère VICTOR HUGO, »

— Tu es là ! s'exclama Jeremy. Je poireaute depuis des heures à *La Taverne du Palais* !

— Tu exagères !

— Tu as eu une panne d'oreiller ? On a un déjeuner avec Volterra dans une brasserie de la rue de Clichy ! On a juste le temps !

— Inutile de t'exciter. Monseigneur a décommandé, il a un empêchement. J'ai reçu un pneumatique, débita Paul Green d'une inflexion traînante. Je m'apprêtais à cavaler jusqu'à toi, mais je n'ai pas résisté à un punch offert par la maison.

Il adressa un clin d'œil à la patronne, une Haïtienne élancée, coiffée d'un foulard à carreaux rouges et jaunes.

— Madame Linda, regardez ce que je vous ai rapporté, dit-il en extrayant un paquet de sa poche. C'est pour votre collection.

— Voyons, monsieur Green, vous ne devriez pas…

Déplié, le papier d'emballage révéla un coquillage nacré en forme de cône.

— Vous mériteriez d'être grondé, je vous ai pourtant expliqué cent fois pourquoi ce foulard est noué de trois pointes : « femme mariée à jamais liée », souffla-t-elle, dissimulant son contentement sous un masque grognon.

— Je sais, je sais, bougonna Paul Green, M. Rasade a bien de la chance. Dites, madame Linda, vous logez en dessous de chez moi… ma clarinette ne vous dérange pas trop ?

— Qu'est-ce que vous me chantez, monsieur Green ? Vous ne jouez pas la nuit. Moi, je dors comme une bûche, c'est tant mieux parce que M. Rasade ronfle aussi fort qu'une locomotive. Vous embaumez, monsieur Green, vous fleurez le grand large et le soleil sur une prairie.

— C'est ma brillantine à l'alcool de romarin.

Jeremy pianotait sur le zinc.

— L'éthylisme embrume les sens, remarqua-t-il, glissant une cigarette entre ses lèvres.

Paul Green branla du chef.

— Toi peut-être, moi ça me ravigote. Fumer rabote les poumons.

Jeremy rengaina son tabac, convaincu que son partenaire n'avait qu'une envie : courtiser la patronne. L'embonpoint de Paul ralentissait ses gestes, ses yeux d'insomniaque surmontés d'une jungle de sourcils trahissaient une nonchalance chronique.

— C'était bien la peine que je m'accoutre de cette tenue ridicule, grommela-t-il, découragé. Volterra, c'est râpé.

— Oh, tu files un mauvais coton. Sois optimiste, il n'y a pas que Volterra sur terre, j'ai d'excellents contacts au *Palace*.

— Belle consolation ! *Le Palace* n'atteint pas la renommée du *Casino de Paris* !

— Allez, je te régale d'un tonique.

Jeremy céda aux instances de Green. Il s'installa face à lui à l'un des guéridons et, en se grisant d'un cognac, il l'écouta lui remonter le moral.

« Prompt à réconforter autrui, lent à se bouger », songea-t-il.

— Au turf ! On monte bosser chez toi. Madame, vous mettrez les consommations sur l'ardoise de M. Green. Paul, on y va ? dit-il, insoucieux de savoir si son partenaire le suivait.

— D'accord, marmonna Green avec un entrain modéré.

Jeremy sentait que le cognac minimisait la déconvenue provoquée par la défection de Volterra. Il tituba légèrement et buta contre un tas de cartons empilés à l'entrée du 20 *bis*. Il se pencha vers une boîte émaillée sur le couvercle bleu de laquelle se détachait une voluptueuse odalisque quasiment nue, une cigarette à la bouche. Les volutes blanches qu'elle exhalait se transformaient en lettres :

BLACK JACK CIGARETTES

— Je la ramasserais volontiers, dit-il à Paul.

— C'est jeté aux déchets, sers-toi avant le passage des clochards.

Ils pénétrèrent dans un corridor sombre. Paul pressa l'allure devant la loge d'Adrienne Meunier.

— J'évite la concierge, elle m'étrille au sujet de ma clarinette, les voisins rouspètent, ils classent ma musique dans la catégorie nuisance acoustique. Je suis contrarié rapport à Mme Lequindre, dit-il en appuyant sur le commutateur.

Au premier, il désigna une porte. Jeremy déchiffra une inscription à l'encre rouge sur une carte de visite :

Mme Renée LEQUINDRE. *Sonnez longtemps.*

Green baissa la voix.

— C'est la propriétaire de tout l'immeuble, elle crèche là ; elle occupe deux appartements réunis. Au second, ce sont les Rasade et leurs deux gamins. À droite, M. Pélissier, un artiste peintre.

— Pourquoi chuchotes-tu ? Elle ne t'entend pas !

— Elle m'impressionne, c'est une peau de vache, elle est capable de me qualifier de locataire de mauvaise foi pour résilier ma location.

— Elle n'a pas le droit.

— Oh que si ! Il suffit qu'elle dépose plainte et le juge des référés ordonnera mon expulsion.

— Tu délires !

— J'ai un copain musicien à qui c'est arrivé. Son bailleur voulait récupérer le trois pièces qu'il lui louait, il a écrit au procureur, invoquant qu'il ne pouvait pas dormir à cause de la trompette. Au bout de quelques jours, l'huissier et le commissaire de police ont flanqué mon copain à la rue avec sa femme et ses gosses. Le garde-meuble leur coûte cent cinquante francs par mois. Ils ont trouvé refuge dans un hôtel et mon copain risque de perdre son gagne-pain parce qu'il ne peut plus répéter à son domicile. Si Mme Lequindre s'en prend à moi, je suis mort.

— Ne dramatise pas, use de ton charisme, baratine-la.

— Mme Vautour ? Je n'oserai jamais, c'est une teigneuse. À l'occasion, tu pourrais intercéder en ma faveur.

— Sous quel prétexte ? Je n'habite pas ici !

— Tu lui servirais des craques. Par exemple que je me suis cassé une jambe, que j'ai la grippe, ou mieux, la scarlatine, c'est contagieux, la scarlatine.

— Tu me cavales, Paul. Tu es pire qu'un gamin ! trancha Jeremy, à ton âge, il faudrait que tu te décides à braver tes démons. Tu demeures là depuis quand ?

— Presque trois ans. J'ai décroché ce logement par relation.

— Bon, ça va, je tenterai d'amadouer ton cerbère. Allez ouste, à l'ouvrage ! Mon vieux, je suis ému ! Cette boîte à cigarettes me rappelle mon enfance. Quand j'étais môme, j'ai appris à taper sur un clavier dans un boui-boui des faubourgs de Los Angeles, *The Black Jack*. J'avais dix, onze ans, j'ignorais comment décoder une partition. J'ai emprunté une méthode de solfège à la bibliothèque, je me suis fabriqué du papier à musique en traçant des portées sur des feuilles vierges.

— Ah, nostalgie, quand tu nous grignotes les méninges ! commenta Paul Green. Oh, mais c'est excellent, ça !

Au troisième, il chantonna en cherchant ses clés :

*La nostalgie de mon enfance*
*Esquisse un tempo suranné*
*Les accords d'un banjo balancent*
*Les pas d'un cake-walk endiablé*

*Adieu samba, bye-bye java !*
*Bienvenue à toi, huppa huppa.*

Sa mélodie dérapa à la vue de Carmela Serrano, embusquée à la lisière du quatrième étage.

— Rentre vite, murmura-t-il à Jeremy, la bonniche de la mère Lequindre nous espionne.

Jeremy redressa vivement la tête. Une petite femme brune aux traits anguleux l'examinait avec une attitude frisant l'impertinence.

Mme Lequindre retourna en boitillant s'allonger à demi sur un sofa tendu de chintz mauve. Son peignoir échancré dévoilait les saillies de ses clavicules et les tendons de ses épaules. Les rides n'épargnaient pas un centimètre de son visage. Un fichu de soie vert constellé de croches et de doubles croches maintenait relevée la neige de ses cheveux.

« Mme Récamier au bout du rouleau », constata Adrienne.

— Votre cheville a désenflé, déclara-t-elle, faussement joviale.

Mme Lequindre tordit sa bouche en une grimace fripée, découvrant une dentition incroyablement blanche.

« Contrefaçon haut de gamme », se dit Adrienne en lui rendant son sourire.

— J'ai ôté mon bandage ce matin, mais j'ai du mal à me mouvoir. J'aurais besoin de vos services.

La voix de la vieille femme gargouillait, tel un tuyau de vidange en partie obstrué d'où s'écoule un mince filet d'eau. À travers des demi-lunes, deux pupilles dilatées épiaient les faits et gestes d'Adrienne.

— Il faudrait me monter des affaires de la cave et…

— J'ai surpris Carmela Serrano en train de déverser un tombereau de vieilleries sur le trottoir, c'est à vous ? demanda Adrienne d'un ton enjoué.

Mme Lequindre pinça les lèvres et hocha la tête.

— Ces vieilleries auraient contribué au bonheur de quelques miséreux, tant pis, Carmela rapatriera les cartons dans la cour.

« Et qui aura le plaisir de tout virer demain ? Ma pomme ! » fulmina Adrienne sans se départir de sa mimique courtoise.

— La clé de ma cave, c'est la moyenne. Vous trouverez aisément : l'étagère du fond, deux sacs de voyage et une valise de vêtements usagés.

Mme Lequindre lui colla un trousseau dans la main.

— Pendant que j'y pense, mon tailleur nécessite un coup de fer, là, sur la bergère.

— Carmela s'en chargera.

— La reine des faux plis ? Quoi qu'il en soit, Carmela Serrano a entonné le *Chant du Départ*. Ne me considérez pas avec cette mine godiche, vous savez parfaitement que ma décision est irrévocable, je vous ai avertie la première. Vous avez tenu votre langue, alléluia ! À présent on passe aux choses sérieuses. Est-ce que les recommandés ont été délivrés ?

— Le facteur les distribue en veux-tu en voilà.

— Vous avez eu des échos ?

Mme Lequindre la dévisageait sévèrement en tripotant le cœur en argent pendu à son cou. On eût dit la Justice hésitant entre l'expédier à l'ombre ou au soleil.

— Les locataires se rebiffent, marmotta Adrienne.

— Ils seront contraints d'obtempérer, j'ai la loi pour moi. *Dura lex, sed lex !* N'oubliez pas mon tailleur.

Tirant brusquement la porte de la loge, Adrienne laissa choir sur une chaise le tailleur de Mme Lequindre. Elle affronta son reflet dans le miroir placé au-dessus de l'évier de sa minuscule cuisine. C'était une imposante blonde aux joues roses, aux yeux pâles. Ses traits lisses évoquaient ceux d'une poupée de porcelaine et dénotaient une personnalité méditative. Elle s'adressa à son chat qui se toilettait consciencieusement.

— Quelle baraque, mon vieux Diego ! Ces interminables travaux à la cave de l'entreprise Marcel Lanlont… entreprise *mou-lent-long*, oui ! Des ouvriers qui me salopent le couloir, la vieille toquée du premier, le fêlé du deuxième qui dessine des cubes et qui m'accuse d'insulter le Mexique ! Diego, arrête, tu sèmes tes poils partout !

Elle palpa le tissu du tailleur, le suspendit à un cintre et effectua un repli vers le corridor.

— Ce n'est pas moi qui m'habillerais chez Lanvin avec mes gages de pipelette.

À l'orée de la cour elle croisa Carmela Serrano adossée au mur.

— Vous tombez à pic, lui dit-elle, ce serait mieux de garer les cartons de Mme Lequindre près du cagibi aux balais, je vais vous aider, proposa-t-elle sans amorcer un geste.

— Quand on voit qu'on trime à longueur de journée et qu'on tire le diable par la queue, y a de quoi vous rendre enragée ! gronda Carmela.

— Vous avez entendu ? Les cartons…

— Oui, j'le sais, j'l'ai fait ! Qu'est-ce que je vais devenir ? *Mierda !* brailla-t-elle en poussant violemment la porte de la cour, alors qu'Adrienne se retranchait dans sa loge.

Perché sur un des sacs de voyage, le chat tentait de s'y introduire, intrigué par des billes blanches qui roulaient sous sa patte. Adrienne l'attrapa par la peau du cou et s'empara de l'une d'elles coincée dans sa gueule.

— Vilain Diego ! La naphtaline c'est mortel !

Elle perçut des éclats de rire en provenance du corridor. Derrière son rideau elle vit passer une grande fille coiffée au carré, suspendue au bras d'un moustachu aux cheveux gominés, en complet à rayures et souliers vernis.

— Décidément, Mlle Lahure a de belles fréquentations ! Alors c'est lui, son Max adoré ?

Elle saisit les bagages et s'engouffra dans l'escalier.

Tandis qu'Adrienne s'échinait à superposer les sacs et la valise récupérés à la cave, Mme Lequindre déchirait des lettres et des cartes de visite en menus morceaux qui emplissaient une corbeille à papier.

— Madame Adrienne, allez vérifier que Carmela a rangé les denrées du traiteur au frais, cette idiote est capable de les avoir alignées sur une étagère.

Traînant la jambe, Adrienne alla dans la cuisine et détailla les mets casés dans la glacière monumentale.

« Du foie gras, de la mortadelle, des salades composées, du saumon, un pot de caviar… Mme Vautour ne se refuse rien ! »

— Voilà, c'est en ordre, annonça-t-elle d'un ton neutre.

— Vous pouvez disposer.

— Merci, mon chien, mâchouilla Adrienne qui se dirigea vers l'entrée.

Mme Lequindre claudiqua à ses trousses et lui lança :

— Madame Adrienne, où en sont les travaux du sous-sol ?

— C'est mou, c'est lent, c'est long, ça s'éternise ! J'espère que les maçons vont cimenter en vitesse.

— Vous penserez à me remettre le loyer des locataires dès demain.

Mme Lequindre enclencha les deux verrous et plaqua son oreille à la porte pour écouter décroître les pas de la concierge. De retour dans le salon elle s'approcha du trumeau au-dessus de la cheminée, ôta son fichu, s'ébouriffa les cheveux, étudia avec soin sa physionomie. Elle avait été jeune, séduisante, désirable, elle avait mené sa vie tambour battant et aujourd'hui… L'angoisse durcit ses traits. Pour la première fois, elle était paniquée.

# 2

*Mercredi 7 octobre*

Des centaines de persiennes s'ouvrirent sur un ciel maussade. Paris émit un bâillement résigné. Au-delà des fenêtres, des lampes inscrivaient des ombres chinoises sur des rideaux guipure. L'esprit encore brouillé de rêves, des silhouettes activaient des fourneaux ou se vêtaient à la hâte.

Quand il quitta son immeuble, Jeremy regretta d'avoir oublié son cache-nez mais il n'eut pas le courage de remonter. Le spectacle de l'appartement le déprimait, il n'avait pas fait le ménage depuis le départ de Camille, il manquait un bouton à sa manchette, sa porte d'entrée renâclait à se fermer, le café était exécrable, le linge sale s'empilait et il avait cherché en vain la fameuse boîte de cigarettes Black Jack égarée dans son capharnaüm.

La ville émergeait de la grisaille, les pupilles des réverbères papillotaient dans les rues où s'aventuraient les premiers autobus. Des régiments de souliers claquaient sur les trottoirs, des corps engourdis luttaient contre la fatigue et des yeux mal dessillés contemplaient une nouvelle journée de travail.

Jeremy releva le col de son veston. Il y avait une trotte de la rue Guisarde à la rue de l'Hirondelle. Il évita les quais de la Seine trop exposés au vent frisquet et suivit le lacis d'étroites voies silencieuses jusqu'au boulevard Saint-Germain. Un soleil craintif refoulait les ombres, la vie diurne reprenait son cours, les garçons de café installaient chaises et tables sous des auvents de toile, les automobiles entamaient leur concert de klaxons.

À mi-chemin de la rue Saint-André-des-Arts, Jeremy marqua une pause devant l'École de psychologie et consulta le programme des conférences.

CHAQUE MERCREDI,
EXPOSÉ DU DOCTEUR BERILLON
AUJOURD'HUI À 4 HEURES :
*LES PERVERSIONS DE L'AFFECTIVITÉ*

« Et si j'y allais ? Ça m'aiderait peut-être à comprendre pourquoi je suis perdu quand Camille s'absente », se dit-il en pressant le pas.

Il aborda la rue Gît-le-Cœur, embouqua la rue de l'Hirondelle et franchit le porche du 20 *bis*.

Au premier, il avisa un homme, une main posée sur la porte de la propriétaire. À sa vue, l'homme baissa la tête et détala vers le rez-de-chaussée. Jeremy attendit quelques secondes, puis il sonna plusieurs fois sans obtenir de réponse. Il fit le pied de grue un moment et finit par renoncer.

— Green me cavale, qu'il se dépatouille, j'en ai marre de jouer les bons Samaritains, marmonna-t-il.

Comme Jeremy atteignait le troisième étage, il aperçut Paul Green sur le seuil de son domicile.

— Jem, je t'ai guetté par la fenêtre. Tu en as mis, du temps. Un café ?

— Laisse-moi souffler. Désolé, vieux, j'ai essayé d'intercéder pour toi et ta clarinette, mais la proprio ne m'a pas ouvert, pourtant elle était là, j'ai croisé un type qui semblait sortir de chez elle.

— Il était comment ?

— Taille moyenne, blond, une sacoche sur l'épaule, plutôt jeune, engoncé dans un trench-coat en gabardine, il ne lui manquait que le melon et le parapluie.

— C'est sûrement Louis Delorme, l'étudiant en pharmacie du cinquième, il sacrifie au style *british*. Je me demande ce que la momie lui voulait. Tiens, j'ai noté quelques idées pour notre revue en ce qui concerne tes partitions dédiées à la samba. Cet après-midi je pars de bonne heure, c'est mercredi, j'ai une répétition aux Concerts Colonne et le chef ne souffre aucun retard.

— Qui est-ce ?

— Gabriel Pierné.

— Qu'est-ce qu'il dirige ?

— Rimski-Korsakov et Vincent d'Indy.

Adrienne Meunier se pliait au rituel matinal des concierges parisiennes : rentrer les poubelles en ronchonnant parce que les éboueurs avaient répandu des cochonneries sur les pavés, balayer, lustrer la boule de porcelaine piquée sur la rampe de l'escalier, arroser les bacs de chrysanthèmes au garde-à-vous, réceptionner la fournée du courrier déposée par le facteur, trier les missives à distribuer.

Chargée d'un cabas, Carmela Serrano se coula devant la loge, aspirant à passer inaperçue. Adrienne l'interpella aigrement :

— Bonjour, vous allez chez Mme Lequindre ?

À contrecœur, la domestique revint sur ses pas.

— Et pourquoi je commettrais une telle ânerie ? Faut vous dire qu'elle m'a flanquée dehors, mais, que ça lui plaise ou non, j'ai encore jouissance de ma chambre jusqu'en janvier, et puis la vieille carne me doit des sous. Je vous en avertis au cas où…

— Je n'y suis pour rien. C'est elle la propriétaire, pas moi. Voici son courrier, ça me fera toujours ça de moins. Vous le glisserez sous sa porte.

Carmela fourra rageusement les lettres dans son cabas et grimpa les marches vermoulues.

— Cette pipelette me prend pour sa bonniche. Le courrier c'est son boulot !

Elle examina les timbres, le papier, bleu, banal, l'adresse rédigée d'une écriture pointue.

— Qui lui envoie ça ? Tiens, le rabat de celle-là est décollé, il suffirait d'un coup de pouce pour que... Voilà.

Carmela s'empara d'une feuille sur laquelle étaient dessinés au crayon un moine encapuchonné, une faux et un cercueil orné d'une croix, soulignés d'une phrase :

*La moissonneuse ne s'accorde jamais de sieste.*

Un sourire mauvais déforma sa bouche, elle s'empressa de refermer l'enveloppe. La vieille attendrait l'heure du loup pour savourer cette bonne nouvelle, ce n'en serait que plus angoissant. Galvanisée par cette perspective, elle reprit allègrement son ascension.

Six heures plus tard, Adrienne, le moral en berne, revivait cette désastreuse matinée. Pour commencer, M. Abel, l'amateur de films horrifiques qui perchait au troisième droite et s'apparentait à un crapaud détraqué, lui avait tenu la jambe en lui contant par le menu le scénario du film *Les Mains d'Orlac* avant de daigner lui concéder l'argent du loyer en petite monnaie. Elle avait gaspillé son temps à dresser des piles de pièces, à les compter et recompter pour lui démontrer qu'il manquait huit francs. Ensuite un des ouvriers de l'entreprise Lanlont avait pris la malencontreuse initiative de percer une canalisation souterraine. Inondation, sauve-qui-peut, pompiers.

Adrienne venait à peine de se calmer quand une voix hystérique au téléphone l'avait suppliée d'intervenir. La locataire du quatrième droite, Mlle Enora Lahure, était confrontée à un gros problème de tinettes récalcitrantes.

— Au secours, la lunette déborde ! hurlait-elle dans l'appareil.

L'estomac lourd, Adrienne était montée, munie de son matériel « soins d'urgence », serpillières, gants, ventouse. Cet ustensile s'était hélas révélé inopérant face à la catastrophe : un reflux de matières organiques déterminées à ne pas se laisser entraîner par la chasse d'eau. S'efforçant de rester sourde aux lamentations de Mlle Lahure qui, toute pomponnée, espérait la venue de son Max adoré, Adrienne avait alerté un plombier. À son intense soulagement, il avait promis une prompte assistance. Après plusieurs tentatives infructueuses pour réparer les dégâts, Adrienne avait renoncé et était redescendue chez elle se livrer à une désinfection en règle car un de ses gants était déchiré. Elle se récurait les ongles, pestait contre la privation d'eau, se pétrissait les doigts avec un torchon imbibé de vinaigre, quand Paul Green et un maigrichon poussant une bicyclette se profilèrent au seuil de sa loge. Raymond Tourtel s'apprêtait à pédaler vers la rue du Croissant, fief des principaux quotidiens parisiens, où il récupérait les invendus des éditions de la veille afin de les monnayer auprès des chiffonniers. Il souleva sa casquette.

— Ça boume, madame Adrienne ? Je vais au charbon, dit-il.

— Abondante récolte, monsieur Tourtel, vous penserez à mon feuilleton ?

— Sans faute, *Madeline*[1], un grand roman d'amour et d'angoisse publié par *Le Petit Journal*, répondit-il avec des trémolos dans la voix.

— Vous appréciez les chastes émotions, madame Adrienne. Nous avons un point commun, nous sommes fleur bleue, murmura Paul Green.

1. Feuilleton paru dans *Le Petit Journal* d'octobre 1925, signé Louis d'Arvers, pseudonyme de Louise Beaubreuil, auteur de romans sentimentaux.

Il fit quelques pas et s'immobilisa.

— Tiens, une délégation !

Accompagnée du peintre Thierry-Quentin Pélissier et de M. Abel, coiffé de son inséparable béret, Mlle Enora Lahure fit irruption. Une valise à bout de bras, elle claironna que, le plombier ne s'étant pas montré, elle allait trouver refuge chez M. Max jusqu'à ce que les waters soient domptés et l'appartement respirable. Confiant sa clé à Adrienne, qui la suspendit à un crochet derrière sa porte, elle se repoudra et déclara :

— Je ne remettrai pas les pieds ici tant que ce ne sera pas assaini !

— « Reste toujours l'odeur... Tous les parfums de l'Arabie n'adouciraient pas cette petite main... » Shakespeare, *Macbeth*, récita Paul Green.

Thierry-Quentin Pélissier pouffa.

— Ça vous amuse, vous, le barbouilleur, rétorqua Mlle Lahure, furieuse. Vous vous en moquez si je perds mon emploi !

— Première nouvelle, gracieuse Enora. Vous retravaillez ? demanda Thierry-Quentin Pélissier d'un ton persifleur.

— Oui, mon cher. Je suis ouvreuse. J'ai été embauchée au théâtre music-hall des Champs-Élysées pour la saison. Comment voulez-vous que je place les spectateurs si j'embaume l'égout ?

Avec une moue méprisante, elle bouscula Carmela Serrano déboulant dans la loge.

— C'est une fuite de gaz, ou quoi ? clama celle-ci. L'évier de mon palier emboucane à tuer les mouches !

— Cela provient de l'appartement de Mlle Lahure. W-C bouchés. Elle déserte le rafiot. Vous avez noté qu'elle portait une valise ? répondit distraitement Adrienne.

Elle venait de constater que le chat Diego manquait à l'appel.

Carmela Serrano la dévisagea, interloquée.

— Mlle Lahure s'en va sans me prévenir ? Et mes heures de ménage chez elle ? souffla-t-elle d'une voix incrédule. Madame Meunier, je vous cause !

— Hein ? Quoi ?... Le ménage ? Vous aurez besoin d'un masque à gaz, je vous l'affirme.

Carmela Serrano explosa :

— Je vais me plaindre à la vieille toupie, c'est sa faute, elle n'entretient plus l'immeuble ! Mlle Lahure était mon dernier gagne-pain, qu'est-ce que je vais devenir ! beugla-t-elle en se ruant dans l'escalier.

Paul Green haussa les épaules et se dirigea vers le porche.

— Monsieur Green, l'interpella Adrienne, votre loyer, prévoyez de me le régler avant la Trinité !

— Le retour de l'eau, belle plante de mon cœur, c'est pour quand ? s'enquit Thierry-Quentin Pélissier.

— Je ne suis pas votre belle plante ! Mettez-vous en vigie sur le seuil et guettez le plombier, lui seul détient la solution, gronda Adrienne, sur le point de craquer.

— L'indignation avive votre teint, cela vous sied à merveille, divine orchidée du vestibule, lui susurra Thierry-Quentin Pélissier.

Elle recula, se heurta au facteur.

— Coucou, me revoici, lança celui-ci, deuxième fournée !

Il était seize heures et elle n'avait pas encore distribué les lettres du matin. Elle refoula le facteur, M. Abel, Pélissier et Tourtel dans la cour, où elle découvrit son matou chéri, roulé en boule au milieu des chrysanthèmes.

Le premier à se retirer fut M. Abel, après s'être furtivement assuré que les autres locataires ne le surveillaient pas. Il fut aspiré par l'escalier comme une araignée par son nid. Puis ce fut le tour de Pélissier, émoustillé par la vision d'un soutien-gorge taille quarante-six suspendu entre des bas en similisoie et une chemise de jour, au fond du coin-cuisine d'Adrienne Meunier. La lessive se mua dans son esprit en une composition non figurative de cubes percés d'une flèche d'où fusait une langue de feu.

Il était heureux de réintégrer sa tanière, même s'il lui fallait peindre un bon moment les fenêtres ouvertes. Quant à Tourtel, il enfourcha sa bicyclette et prit le large.

Adrienne déjoua la dérobade d'un Diego révolté.

— Toi, ce n'est pas aujourd'hui que tu feras l'école buissonnière. Coucouche panier, ordonna-t-elle.

Les oreilles aplaties, le matou doubla de volume, sauta à terre et disparut dans les étages.

Immobile sur le palier du premier, Carmela hésitait. Finalement, elle actionna la clé et pénétra dans l'appartement de Mme Lequindre, sans voir l'ombre râblée d'un matou qui se glissait sur ses talons. Le balancier d'une horloge comtoise marquait les secondes, accentuant la paix de l'antichambre. Elle jeta le courrier sur un guéridon et se déchaussa.

Ses souliers à la main, Carmela parcourut le salon où ne filtraient que quelques rais de jour pâle, elle évita le piano flanqué d'un tabouret à vis et se planta devant la porte entrebâillée de la chambre à coucher en travers de laquelle trônait une chaise. Rassurée par le silence, elle hocha la tête et, à pas de loup, courut se faufiler dans l'annexe du paradis. Un interrupteur alluma six appliques d'opaline, la salle de bains étincela de tous ses chromes. Carmela dénombra les onguents, les fards, les accessoires de beauté. Elle cueillit dans une soucoupe de porcelaine un savon à la rose et le huma intensément. L'extase provoquée valait sûrement celle d'une drogue. Elle avait l'impression de quitter le monde où elle n'avait récolté qu'humiliations, et de s'envoler vers l'univers des riches où l'existence était facile, où une bourse pleine rendait accessibles les fringales inassouvies d'une fille dédaignée. Au comble du ravissement, elle tritura une serviette moelleuse avant d'y enfouir son visage. Cela lui rappela les chatouilles que Tortilla, son lapin de garenne, lui accordait dans la soupente de la métairie de ses aïeux, en Estrémadure. Quand Tortilla était brusquement sorti de sa vie pour terminer ses jours en civet, elle avait six ans ; elle ignorait encore qu'une mauvaise étoile l'attendait au tournant.

Elle fit couler un filet d'eau et se lava soigneusement les mains. Reposant savon et serviette, elle tapota son chignon, penchée vers le miroir du lavabo de marbre. Bientôt la quarantaine, des cheveux toujours noirs, des rides naissantes. Était-elle si fanée pour qu'aucun homme ne s'intéresse à elle ? Évidemment, sa mine de papier mâché, sa garde-robe cousue de sa main et ses tours de cou en martre mitée inspiraient le rejet plutôt que le désir.

Elle s'appuya à la baignoire aux pieds de griffon et se souvint de la dernière fois où Mme Lequindre avait levé le camp pour fleurir la sépulture de son époux au cimetière de Boulogne. Ce jour-là, profitant de son absence, Carmela avait osé emplir la baignoire et s'allonger dans la tiédeur de l'eau mousseuse sans ôter ses dessous. Grisée du parfum des sels odorants, elle s'était évadée de son quotidien, devenue, l'espace d'un après-midi, une star de cinéma courtisée par des hordes de galants auxquels elle révélait sa maigre nudité.

Piètre compensation que cet instant volé à une exploiteuse prétendant pleurer un mari détesté mais jouissant sans vergogne de l'immeuble qu'il lui avait légué. Une vipère incapable de compassion ! Carmela inventoria son morne passé, ponctué, le dimanche, de rapides ablutions dans une cuvette, avec pour immuables admirateurs un broc, un balai et une pelle.

Mais c'était fini, elle n'encaisserait pas davantage les brimades de cet esclavage. Elle allait se muer en une Carmela combative ; il était temps, il suffisait d'y consacrer l'énergie que lui insufflait son appétit de revanche.

Un sourire suave aux lèvres, elle adopta diverses poses langoureuses devant le miroir, dénoua son chignon, se rêva Musidora, Mary Pickford, Clara Bow, Pola Negri, Lillian Gish. Elle éteignit et, très prudemment, rebroussa chemin. Si faible que fût la clarté, elle distingua une tache verte entre les pattes griffues du piano à queue. Sous la vigilance d'une photographie de jouvencelle vêtue d'une robe à l'espagnole et paraphée *Renée Lequindre*, La Périchole, *Théâtre des Variétés*, *1874*, elle ramassa un fichu de soie parsemé de notes de musique et le fourra sous son paletot.

Dans l'antichambre, elle s'assit sur une cathèdre, se rechaussa, roula sa chevelure, l'épingla au sommet de son crâne et s'adressa à l'horloge comtoise :

— Je vais trouver la bonne solution... Le bureau de placement ? Non, on vous y traite pire qu'un chien. Ah, il y a un monde entre ce que les autres exigent de vous et ce qu'ils se permettent à eux-mêmes ! Réfléchir, je dois réfléchir, marmonna-t-elle.

Adrienne rafla le courrier. Elle avait omis de confier à Carmela Serrano une revue destinée à Mme Lequindre.

— Zut, je n'y coupe pas.

Elle introduisit sa clé dans la serrure et se figea. Il y avait quelqu'un dans l'appartement. Une voix acerbe débitait des insanités :

— *Puerca* Lequindre ! *Chancro ! Cabrona !*

La porte pivota. Adrienne eut un haut-le-corps. Face à elle, tassée sur une cathèdre, les semelles à dix centimètres du plancher, Carmela Serrano la fixait durement, une main enfoncée sous son paletot où elle semblait dissimuler une étoffe verte. La lueur bleutée d'une veilleuse creusait ses traits anguleux.

— Y a encore du courrier pour la Lequindre ? aboya-t-elle.

— Un magazine.

— Jetez-le sur le guéridon, avec les lettres, là, près de l'horloge.

— Qu'est-ce que vous fabriquez ici ? Je croyais qu'elle vous avait donné vos huit jours, rétorqua Adrienne, agacée de l'intonation péremptoire de la domestique.

Carmela sauta au sol, ce qui lui fit perdre de sa superbe, car elle atteignait à peine l'épaule d'Adrienne qui, recouvrant son sens de la dérision, se remémora la qualification louangeuse dont l'avait gratifiée Thierry-Quentin Pélissier. Elle inventa illico un titre digne de La Fontaine : « La belle plante et le pruneau ».

— Je suis venue réclamer mes sous, mais j'en suis pour mes frais, elle est invisible. Ça vous fait rire ? proféra Carmela d'une voix étouffée en la repoussant vers la sortie. Croire n'est pas savoir, acheva-t-elle en plaçant un doigt sur sa bouche. *Puerca* dodo, sieste.

— Vous en êtes sûre ?

— La Lequindre dort. L'accès à sa chambre à coucher est défendu par une chaise, c'est le signal « ne pas déranger ». Le reste du temps, c'est ouvert à tout-va, on peut la voir se balader en tenue légère, j'ai déjà assisté à des spectacles plus réjouissants. Je monte, je suis lessivée. Les piétinés de la vie ont aussi droit au répit, si on ne souhaite pas qu'ils se périment à la fleur de l'âge.

Les deux femmes se défièrent sur le paillasson jusqu'à ce qu'Adrienne fît demi-tour. Courbée sur la rambarde du palier, Carmela s'assura qu'elle regagnait sa loge. Elle s'apprêtait à fermer l'appartement au verrou quand la porte d'entrée se rabattit en miaulant et buta contre le chambranle. Carmela fila. Alors qu'elle entamait l'ascension du troisième étage, un grand échalas la percuta. Il s'excusa et s'effaça pour lui dégager le passage.

— Après vous, madame. Vous êtes bien la femme de charge de Mme Lequindre, la propriétaire de l'immeuble ? s'enquit Jeremy.

Carmela lui décocha un regard venimeux et reconnut le visiteur qu'elle avait vu la veille en compagnie du joueur de flûte. Ce qu'elle prit pour une raillerie attisa son agressivité. Une femme de charge, elle ? Cela signifiait qu'il l'apparentait à un taureau de corrida !

— Sa bête de somme, fichtre oui ! éructa-t-elle d'un ton féroce. Si c'est pour solliciter la Lequindre, elle roupille. De toute façon, il n'y a rien à louer, ici.

— Je ne suis pas en quête d'un toit, c'est mon ami, M. Green, qui m'a prié d'intercéder en sa faveur auprès de cette dame. Il s'inquiète parce que des voisins se sont plaints de sa clarinette. Il répète pourtant à des heures autorisées.

— Quels voisins ?

— Je l'ignore. Des coups de balai ébranlent parfois les murs, mais aucun locataire n'a eu le courage de récriminer. M. Green serait très affecté d'être l'objet d'une dénonciation au commissariat.

— La police ? La Lequindre en ferait une jaunisse ! Elle a suffisamment d'ennuis, et de taille ! *Cabrona !*

Jeremy demeura de marbre, de peur d'accroître l'animosité de la petite femme. Il se demanda quelles sortes d'ennuis tourmentaient cette dame Lequindre. Il se souvint des recommandations de son tuteur lorsqu'il rentrait de l'école avec un coquart :

« Invoquer la miséricorde ? Négocier une trêve ? Non, ruser. Le dos rond, le dos rond, mon petit. Sois cauteleux avec tes harceleurs, ne les contredis jamais sans pour autant abdiquer et, quand ils baissent la garde, balance-leur une flatterie imprévisible qui retournera la situation à ton avantage », lui ressassait l'oncle Sean.

Carmela Serrano le considérait avec hargne. Il descendit deux marches afin de lui accorder une position dominante.

— Vos propos trahissent le sang chaud des Ibères, dit-il. J'affectionne votre pays, c'est la patrie d'Albéniz.

— Albé quoi ?

— Albéniz, un des trois piliers de la musique espagnole avec Granados et De Falla.

— En voilà une fine équipe ! Des relations à vous ? Vous ne chercheriez pas à ce que je vous pistonne auprès de la Lequindre ?

— Je suis persuadé que votre intervention arrangerait les choses. Quel est votre nom ?

— Carmela.

— Un patronyme prédestiné ! Vigne de Dieu, en hébreu. En espagnol : rouge vif… Audace, altérité, gentillesse, émotivité sont les attributs des Carmela.

Elle le scrutait, abasourdie.

— Ben vous alors… Vous aimez Lillian Gish ? murmura-t-elle, soudain radoucie.

— J'en suis fou, son visage angélique, ses longues boucles blondes…

— Vous avez vu *Les Deux Orphelines*, le film ?

— Oui. Je me disais aussi… Ce maintien… Cette flamme dans l'œil… Cette frêle silhouette… Elle tient de vous, cette actrice, elle a un je ne sais quoi qui vous ressemble.

Carmela rosit, s'envola vers un arc-en-ciel de songes éveillés. Un volet claqua, elle revint brutalement à la réalité.

— Pas de baratin, j'ai les cheveux noirs !

— J'ai lu qu'elle allait débuter le tournage d'un film l'année prochaine, une adaptation de *La Bohème*[1]. Le metteur en scène se tâte, sera-t-elle brune ou blonde dans le rôle de Mimi ? Je vous parie qu'elle sera brune.

— Moi, je la préfère en blonde ! Arrêtez de m'embobiner, j'ai mon opinion, Lequindre *es una puerca* ! Elle m'a donné mes huit jours ! (Elle sourit méchamment.) Elle ne l'emportera pas au paradis, cette *miseria* !

Drapée dans sa dignité de princesse lointaine, elle le laissa en plan.

1. Film muet de King Vidor, d'après le roman *Scènes de la vie de Bohème*, de Henry Murger, et l'opéra de Giacomo Puccini, *La Bohème*, avec Lillian Gish, John Gilbert et Renée Adorée dans les rôles clés. La première eut lieu à New York le 24 février 1926.

# 3

*Même jour*

Jeremy attendit que les pas de Carmela Serrano se fondent dans les hauteurs avant de dévaler jusqu'au premier. S'armant de courage, il sonna chez Mme Lequindre, une fois, deux fois, encore une fois. Aucune réponse.

— *Shit !* C'est l'Arlésienne, cette femme. Tant pis, que Green se débrouille !

Tiraillé entre son désir de pallier la faiblesse de son compère et la satisfaction de le laisser se dépêtrer seul de ses tracas, il posa une main sur la porte qui se déroba sous la pression. Face aux profondeurs d'une antichambre éclairée par une veilleuse, des pulsations sourdes martelaient son cœur.

— Madame Lequindre ? Votre porte est ouverte et…

Rien. Il avança, buta contre une cathèdre, distingua une horloge à poids dont le balancier scandait les secondes. Deux enveloppes et un magazine se détachaient sur le plateau rond d'un guéridon.

— Madame, c'est la concierge qui m'envoie… Il y a du courrier pour vous, dit-il, brandissant les lettres en guise de drapeau blanc.

Attiré par des rais lumineux, il traversa un salon aux persiennes closes et stoppa net. Dans une pièce attenante, un piano à queue adoptait l'aspect d'un animal prêt à bondir. Il s'approcha, effleura l'instrument de ses doigts, se pencha. Un sous-verre posé sur le couvercle encadrait le cliché sépia d'une jeune femme, au visage ceint de deux grosses boucles piquées d'un peigne retenant une mantille. On y avait écrit : *Renée Lequindre*, La Périchole, *Théâtre des Variétés, 1874.*

Difficile d'imaginer que la tant redoutée Mme Lequindre avait interprété l'opéra bouffe d'Offenbach cinquante ans auparavant.

Il allait rebrousser chemin quand il discerna le chuintement d'une robinetterie. Il se raidit, prêta l'oreille. Il y avait quelqu'un dans la cuisine ou la salle de bains.

Son pouls battait trop vite. Il fut saisi de panique à l'idée d'être repéré. Il tourna sur lui-même, à sa gauche filtrait de la lumière.

*Schwhiiitch !*

Une forme élastique rebondit sur son mollet. Il réprima un couinement, tamponna une chaise qui culbuta et heurta une porte. Les jambes flageolantes, il découvrit une pièce nimbée de l'éclat d'une lampe de chevet. Un lit en désordre conservait l'empreinte d'un corps. Pendue à la poignée d'une fenêtre entrouverte, une combinaison vaporeuse palpitait sous un souffle d'air.

Le décor se mit à tanguer. Une armoire à glace largement ouverte reflétait sa propre image. Le miroir alluma à ses pieds une étincelle : des clés reliées par un anneau doré. En se baissant pour les ramasser, il entrevit la pointe d'une mule sous le sommier et évita d'écraser une paire de lunettes, à la dérive sur le tapis.

Il entendit un raclement, comme si on venait à sa rencontre. Son réflexe fut instantané, il recula hors de la chambre et se blottit à l'abri du piano. Les deux lettres lui échappèrent, il tendit le bras, parvint à en récupérer une qu'il glissa dans sa poche, l'autre avait valdingué sous une ottomane.

« Mme Lequindre ! Elle est là ! Elle va me surprendre et ameuter le quartier. »

Durant une éternité, rien ne bougea, puis il perçut un crissement, une lueur pâle tremblota le long des oves du plafond.

Il s'empêtra dans une carpette, se cogna violemment la cuisse sur l'angle d'une table basse. Il ne cria pas. Les mâchoires crispées, les yeux larmoyants, il s'efforça de rallier l'antichambre, guidé par le *toc-toc* assourdi de l'horloge.

Enfin, la sortie ! Il s'appuya au mur du palier. Une sueur froide poissait sa nuque, il venait de brûler ses dernières forces.

Au fin fond de l'appartement, sous une lampe de chevet orange, un matou obèse se frottait contre une chauffe-rette. Diego était comblé. Il lui avait suffi de cracher, de gonfler sa fourrure pour provoquer la déroute de l'intrus. Il planta voluptueusement ses griffes dans le tapis, s'étira avec lenteur. Il ressentait une petite faim. Il décida de regagner ses pénates et se faufila sur la gouttière par la mince ouverture d'une fenêtre où frémissait un déshabillé aérien.

Effondré sur une marche de l'escalier, Jeremy repre-nait haleine. Il avait bloqué sa respiration en quittant la chambre à coucher. Il inspira goulûment pour retrouver la maîtrise de lui-même. L'air le fit frissonner en envahissant ses poumons. Une latte de parquet grinça. Il sursauta. À mi-étage, un individu coiffé d'un béret enfoncé au ras de sourcils broussailleux l'observait.

— Vous avez perdu quelque chose ?

D'un bond, Jeremy se leva. Sa main serra les cailloux dans sa poche. Était-ce la frayeur d'avoir été piégé les doigts dans la confiture ou la physionomie de l'homme, son visage dépourvu d'expression, son teint crayeux, ses bras plaqués au corps qui lui évoquèrent, en plus enveloppé, Nosferatu[1] ?

— Non, parvint-il à murmurer d'une voix enrouée. J'ai sonné chez la dame, elle ne répond pas. J'attends.

Nosferatu s'esclaffa en faisant craquer les jointures de ses mains.

— Vous pouvez prendre un abonnement, dit-il. Quand elle se repose, la foudre du docteur Frankenstein ne ranimerait pas la vieille Lequindre.

Ses lèvres souriaient mais ses yeux restaient sans éclat. Cette absence de regard accentua le malaise de Jeremy.

— Un conseil, allez vous distraire au cinéma, c'est plus confortable que de poireauter ici, nasilla Nosferatu en tournant casaque.

Jeremy ne traîna pas. Ses mollets réagirent les premiers. Ils le propulsèrent en moins de deux au rez-de-chaussée.

Raymond Tourtel pédalait ferme. Il revenait de l'atelier de serrurerie-ferronnerie qui l'employait à mi-temps lorsqu'il ne récoltait pas de journaux rue du Croissant et avait hâte de savoir si l'eau avait été rétablie.

Les fleurs jaunes des réverbères s'épanouissaient une à une rue de l'Hirondelle quand, lancé sur sa bicyclette, il esquiva *in extremis* un grand type surgi du porche de son immeuble. Il jura, zigzagua sur la chaussée, se précipita sur une barrique au milieu du trottoir et s'étala à plat ventre dans le caniveau. Il se redressa, s'épousseta, examina son vélo. La chaîne avait sauté, un pneu pendait hors de la jante.

— Vacherie de vacherie de vacherie, souffla-t-il.

Il en aurait pleuré. Il tira son engin dans sa cour et toqua à la vitre de la concierge.

1. *Nosferatu le vampire*, film de Friedrich Wilhelm Murnau, sorti à Paris en octobre 1922, inspiré de *Dracula*, roman d'Abraham Stoker, dit Bram Stoker (1847-1912), paru en Angleterre en 1897.

— Ben, monsieur Tourtel, quelle dégaine ! Oh, votre Titine ! s'exclama Adrienne.

— Elle est kaput. Vous connaissez le crétin hystérique qui a déboulé dans la rue ?

— C'est le musicien qui travaille avec M. Green. Effectivement il était plutôt pressé.

— Quelle andouille ! Pour un peu je le renversais, j'en ai la chair de poule.

— Vous voulez faire un brin de toilette ?

— L'eau est de retour ?

— Vous avez la foi chevillée à l'âme, monsieur Tourtel. Je n'ai pas distingué l'ombre d'un plombier de tout l'après-midi. M. Rasade a bricolé le branchement, ça coule en filet, mais c'est toujours ça. Il a eu l'obligeance de me prêter une planche que nous avons posée en travers du siège des waters, j'ai lavé chez Mlle Lahure, vaporisé le contenu d'un flacon d'eau de Cologne dans chaque recoin de l'appartement, je suis flapie. Demain, aux aurores, j'irai quérir un spécialiste et je vous fiche mon billet qu'il viendra de gré ou de force.

— Bravo, madame Adrienne. Et Mme Lequindre, qu'en pense-t-elle ?

— Aucune idée, elle s'est muée en carmélite. Comment va votre épouse ?

— Elle est alitée. Le docteur lui a prescrit des pilules miracle pour ses douleurs articulaires, mais elle dort mal, et moi aussi, du coup. Bonsoir, madame Adrienne, bonsoir monsieur Abel.

— Bonsoir, marmonna M. Abel qui débouchait du corridor.

Il s'arrêta près du cagibi à balais et alluma une cigarette. Adrienne leva les yeux au ciel.

— Il nous empeste, celui-là. Dites, monsieur Tourtel, je vais chez le boulanger, ce serait gentil de surveiller ma loge cinq minutes.

— Avec plaisir, ne courez pas.

Raymond Tourtel s'installa dans un fauteuil à bascule. Il s'inclina pour câliner le chat. L'estomac plein, Diego digérait au creux d'un panier. Il agita ses vibrisses. Un léger appel d'air portait à ses narines une odeur non identifiée. La prudence recommandait une rapide retraite. Le corps bandé, les griffes prêtes à jaillir de leurs gaines, il s'élança sur la table, franchit d'un tour de reins la fenêtre entrouverte et s'engloutit dans la pénombre.

— Sale bête, grommela Tourtel.

Il fureta dans la pièce jonchée d'un laisser-aller sympathique, livres, pelotes de laine, pots de crayons. Une série de crochets numérotés accueillait les clés des locataires, à l'instar d'une réception d'hôtel. Il feuilleta le numéro de *L'Illustration* consacré à l'exposition des Arts décoratifs, s'intéressa à une collection de boules de verre qu'il secoua pour contempler de minuscules flocons blancs virevolter autour des monuments de Paris. Il avait la tête ailleurs : réparer le pneu crevé de Titine, fixer sa chaîne, acheter un levier de frein d'occasion... Il décida de se mettre illico à l'ouvrage. M. Abel écrasa son mégot, salua Paul Green planté devant des bacs de chrysanthèmes, une baguette de pain sous le bras, et s'approcha de Tourtel.

— Un accident ? dit-il, désignant la bécane.

Tourtel hocha la tête.

— Si on veut. Vous remercierez votre pote, le croque-note à la voix d'or, lança-t-il à Green, il m'a foncé dessus, je l'ai évité ric-rac, j'ai embrassé le macadam, Titine a morflé. Monsieur Abel, vous pouvez m'aider ? Remplissez-moi de flotte une cuvette pendant que je démonte la chambre à air.

— Vous deviez rouler trop vite, marmonna Green en se ratatinant contre le mur.

La voix aigre de Carmela claqua :

— Si j'étais vous, je me garderais d'emprunter les ustensiles de Mme Meunier, elle a horreur qu'on utilise ses affaires !

— De quoi je me mêle ? mâchouilla M. Abel.

Raidie sous le poids d'un seau de charbon, Carmela Serrano refermait la porte du sous-sol en ronchonnant :

— Faut que je décrotte mes souliers, c'est boueux en bas, on patauge.

— Bonsoir, mademoiselle Carmela, intervint Tourtel, conciliant, posez-moi ça, c'est trop lourd pour vous, je vous le monterai dès que nous aurons terminé. Soyez assez aimable pour me passer la colle et les rustines, là dans la sacoche.

— Vous êtes serviable, monsieur Tourtel. Où est Mme Meunier ?

— Chez le boulanger.

Green profita de l'accalmie pour se glisser dans l'escalier.

Disparue, la loge étriquée où le tête-à-tête avec Diego devenait pénible. Envolés, les soucis qui parasitaient l'imagination. Au contact de la foule, du brouhaha, des pétarades, de la lumière, Adrienne goûtait enfin à l'univers de l'illusion. Le boulevard la tentait de mille manières, flattait son amour du beau. Cette symphonie d'étalages, était-ce l'ivresse, ou bien l'oubli ?

Des mannequins cachectiques, en robe de cocktail, paradaient derrière les vitrines d'un magasin, rue Saint-André-des-Arts. Son pain dans un filet, Adrienne guettait le reflet d'une femme appétissante aux boucles blondes, pas si replète au bout du compte. Elle lui sourit sur fond de tenue du soir « à l'égyptienne », style en vogue depuis l'exhumation du tombeau de Toutânkhamon. Elle s'approcha pour admirer une tunique dalmatique de chez Madeleine Vionnet que les dames de la société arboraient sous leur manteau de vison. Les teintes biscuit, sable, banane l'emportaient haut la main. Adrienne eût volontiers subi une confiscation définitive de sucreries contre une de ces toilettes fastueuses taillées pour des sylphides.

« En prime j'étrennerais un bibi en feutre gris orné d'un strass, et puis je me barbouillerais d'un fard Teindelys ou Bourjois, je me peinturlurerais les lèvres avec un rouge Kissproof assorti à ma carnation. Kissproof, “à l'épreuve du baiser”. L'ennui, c'est que je n'ai personne à bécoter en ce moment. Le peintre cubiste, un jour, peut-être ? De quel pseudonyme m'a-t-il gratifiée ?... Rubens ! »

Elle s'imagina être le point de mire d'un aréopage masculin :

« Messieurs, ne vous y fiez pas : sous cette apparence de Rubens, Adrienne Meunier dissimule un cerveau aussi profond qu'un puits artésien, ses reparties alimentent les gazettes mondaines, son humour est irrésistible », chuchotaient les séducteurs à cravate en trompe-l'œil d'Elsa Schiaparelli.

À la rigueur, Adrienne se fût contentée d'un seul galant, pourvu qu'il l'éloignât à jamais des contingences matérielles et la catapultât dans un monde où n'existaient ni poussière, ni waters, ni locataires cauteleux, ni propriétaire despotique. Son talon droit dérapa, elle chavira et se rattrapa *in extremis* à un bec de gaz. La confrontation avec la réalité fut moins romantique quand elle découvrit l'état de son soulier.

« Si encore ç'avait été du pied gauche, ça m'aurait porté chance ! »

« Quelle poisse ! Si Nosferatu m'a vu sortir de chez Mme Lequindre, ma réputation est fichue. »

Les muscles crispés, Jeremy s'efforçait de calmer les pulsations de son cœur. Il avait couru le marathon de la place Saint-Michel à la rue Guisarde. Adossé à la rampe de l'escalier, il sentait une crampe mordre sa paume ; il desserra le poing et considéra avec ahurissement un jeu de clés reliées par un anneau doré.

— Ce n'est pas à moi !

Stupéfait, il fixait les clés. Il ne conservait aucun souvenir de leur provenance. Il se mouvait dans un milieu privé d'air, de lumière, de son, le néant absolu. Était-il possible qu'un choc émotionnel vous expulsât dans un univers parallèle ?

Brusquement une douleur lui déchira la cuisse. Il revit confusément sa fuite à travers l'appartement de Mme Lequindre. La chambre orange, l'armoire à glace, le piano, les bruits étranges, une présence invisible... Il s'était cogné contre une table...

« À ta place, j'irais dare-dare me frictionner à l'arnica et j'avalerais deux cachets d'aspirine. »

Il enfouit le trousseau dans sa poche et glissa sa propre clé dans la serrure. Elle manœuvrait difficilement le pêne : l'humidité qui régnait dans les vieux immeubles du quartier Mabillon avait fait gonfler le bois de sa porte, Il devrait songer à réparer la fermeture faussée avant le retour de Camille. La facilité avec laquelle il était entré chez Mme Lequindre lui avait servi de leçon. Il décida de se barricader. Si quelqu'un cherchait à s'introduire ici pendant la nuit, il ne pourrait y parvenir sans que le fracas l'alertât. Il coinça solidement le dossier d'une chaise sous la poignée du battant, l'obstacle était dérisoire, néanmoins il faudrait exercer une certaine pression pour le forcer. Cette précaution le rassura.

Lorsque Camille s'absentait, Jeremy appréciait le bourdonnement de la rue. Les voisins échangeaient des potins de fenêtre à fenêtre, la rengaine d'un chanteur ambulant montait le long des gouttières, les cours devenaient le royaume des gosses. Ces murmures et ces braillements peuplaient sa solitude. Il était Robinson, se sustentait de bananes, de pain, de charcuterie et de cornichons aigres-doux. Ni cuisine ni vaisselle.

Ce soir, il ne pouvait détacher son regard de la photo de sa dulcinée. Ils s'étaient rencontrés quatre ans auparavant et poursuivaient une relation complexe. Leur passion pour la musique les avait réunis, leurs inclinations respectives les séparaient régulièrement. Camille, concertiste estimée, se vouait aux grands classiques, elle courait l'Europe par monts et par vaux. Lui, s'enflammait pour le jazz. Ce n'était pas incompatible, mais parfois il se sentait délaissé.

Quatre ans, déjà... Il fut submergé par une vague de mélancolie, le temps consumait l'existence de chacun. Des épisodes qui lui avaient paru interminables se pourchassaient les uns les autres : son enfance en Californie, la mort de sa mère, la vie de saltimbanque avec l'oncle Sean, New York, la disparition de son père, la guerre.

Bouleversé par son acte manqué, découragé par la défection de Léon Volterra, le désordre de son trois pièces et son apathie à réagir, il se coucha et continua la lecture des *Copains* :

> « Moi aussi je suis heureux. Je nous trouve puissants. Où sont nos limites ? On ne sait pas. Mais elles sont certainement très loin... »

Il cligna des yeux, posa le livre au sol et éteignit. Allongé dans l'obscurité, il tenta de chasser de son esprit la peur éprouvée chez Mme Lequindre à l'idée d'être pris pour un voleur. Le sommeil le fuyait. Las de jouer les crêpes, il alluma, se pencha, tâtonna sous le sommier, en quête du roman. Au moment où sa main palpait un objet rectangulaire, il émit un cri et se rejeta en arrière. Une goutte de sang perlait à son index. Il s'était égratigné. Avec quoi ?

À quatre pattes, une joue écrasée au plancher, il attira la boîte métallique qui avait ranimé ses souvenirs d'enfance. Il renonça à comprendre comment elle avait atterri sous son lit et souleva le couvercle où l'odalisque impudique fumait une cigarette Black Jack. Déçu de ne dénicher que des papiers, il étala sur la carpette un programme du music-hall *Le Pégase* daté de 1906, une liasse de factures à la signature illisible établies au nom de Violette Lochard ainsi qu'une enveloppe brune expédiée à la même Violette Lochard, 138, avenue des Tilleuls, Rouen, Seine-Inférieure, dont il tira une lettre jaunie :

*Nice, le 17 décembre 1891*
*Ma Violette chérie,*
*Depuis mon départ, les jours s'étirent comme du caramel mou. Nous avons donné une représentation au Théâtre municipal : accueil enthousiaste. Quel regret que tu ne sois pas près de moi ! De la fenêtre de la villa, je vois la mer au loin et pense sans cesse à toi et au petit...*

Il sauta à la signature :

*Ton Will qui t'adore.*
*Écris-moi à l'adresse suivante : M. Scott, c/o* Hôtel du Soleil, *27, promenade des Anglais. Si tu as besoin de renfort pour ton installation définitive avec le loupiot dans l'appartement de Paris, fais appel à Lucien Ricou, notre ami du* Divan japonais.
*Mille baisers, ma fleur. Ton Will.*

Jeremy considéra une carte postale « Défilé de la victoire, 14 juillet 1919 », au dos de laquelle une écriture appliquée avait tracé :

*Lucien Ricou. Kiosque de confiseries-jouets. Jardin du Luxembourg, entre la fontaine Médicis et la statue du faune dansant.*

Il y avait une seconde enveloppe timbrée, libellée au nom de Mme Lequindre, contenant des faits divers extraits du *Petit Parisien* :

Novembre 1921

DANS PARIS

Un ou plusieurs cambrioleurs se sont introduits dans un appartement du 6e arrondissement, grâce à un échafaudage permettant d'accéder à une fenêtre. Le ou les malfaiteurs ont dérobé pour 150 000 francs de bijoux.

Décembre 1921

ARRESTATION

Le chef de la Sûreté s'est rendu ce matin au domicile de l'individu suspecté d'avoir subtilisé des bijoux dans un appartement du 6e arrondissement de Paris, dont la propriétaire, sur les conseils de son assurance, exige l'anonymat. Le voleur serait Gaston Morel, âgé de quarante-deux ans, entrepreneur en peinture et ravalements, rue des Amandiers. Une fouille méticuleuse de ses locaux et de son logement n'a rien donné. Après un interrogatoire, et en dépit de ses véhémentes dénégations qui ont nécessité l'intervention de deux gardiens de la paix, l'homme a été conduit au Dépôt.

Janvier 1922

CHRONIQUE JUDICIAIRE

Gaston Morel, le cambrioleur accusé d'avoir soustrait 150 000 francs de bijoux dans un appartement du 6e arrondissement, a refusé d'avouer comment il avait écoulé son butin. Défendu par maître Griffard, il a été jugé par la 13e Chambre et condamné à un an de prison.

Mai 1923

SUICIDE

Au moment où un tramway Étoile-Bastille passait vers quatorze heures trente boulevard Rochechouart, au débouché de la place d'Anvers, un cycliste s'encastra sous le véhicule avant que le wattman eût pu serrer les freins. Il fallut recourir aux pompiers de la caserne Blanche pour dégager le malheureux dont le chasse-pierres du tramway avait traîné le corps sur plusieurs mètres. Dans ses vêtements, on trouva des papiers au nom de M. Gaston Morel, quarante-trois ans, entrepreneur en ravalements, rue des Amandiers, dans le 20e arrondissement. Les déclarations des témoins mettent hors de cause la responsabilité du wattman car ils affirment que M. Morel s'est précipité sous les roues.

Transporté à l'hôpital, M. Morel est mort peu après son admission.

Il déchiffra le cachet de la poste de l'enveloppe : Juin 1922, et en conclut que les coupures de presse y avaient été ajoutées ultérieurement. Restaient quatre feuillets couverts de texte rédigé en lettres d'imprimerie collées une à une, probablement découpées dans un abécédaire.

— Qu'est-ce que c'est que ce pataquès ? marmonna-t-il.

Assis en tailleur il lut à mi-voix :

*Du sang ! Tes mains sont pleines de sang ! Tu auras à rendre des comptes !*

*Il y a au-dessus de toi un œil qui voit tout, une oreille qui entend tout, et n'oublie pas que toutes tes actions sont inscrites dans le livre.*

*Crains le pouvoir de l'ombre, il tirera vengeance !*

*Ne te fais donc pas d'illusions en espérant que la tombe sera un refuge pour toi...*

Qui lui avait affirmé que Mme Lequindre avait des ennuis ? Ah oui, Carmela, la petite femme de ménage. À en croire ses insultes, elle ne la portait pas dans son cœur.

Une douce somnolence le gagnait. Il s'agrippa au matelas, s'y hissa à grand-peine, s'écroula entre les oreillers mais ne parvint pas à s'endormir. Ses pensées allaient et venaient, l'une en entraînant une autre, puis une autre, et une autre. Ces associations d'idées tissaient des images mentales dont le leitmotiv était une kyrielle de menaces anonymes et un trousseau de clés.

# 4

*Jeudi 8 octobre*

Adrienne s'éveilla, les oreillers en tapon au pied de son lit. Elle avait rêvé que son chat était coursé par une plante carnivore, soudain muée en autobus.

Elle alluma la lampe de chevet : deux heures du matin. Ce fugueur de Diego avait encore filé à l'anglaise après s'être gavé d'une écuelle de mou. Elle endossa sa robe de chambre, chaussa ses savates avant d'aller inspecter la rue.

Elle progressait dans un tunnel où elle cherchait à identifier les façades des immeubles peints à l'encre noire. La porte battante du *Caveau de la Bolée* jeta un rectangle de lumière sur le bitume, livrant la voie à un homme aviné. Adrienne jugea préférable de rebrousser chemin. Ses nerfs éprouvés lui suggéraient de multiples éventualités. « Et si ce patapouf était tombé au fond de la fontaine Saint-Michel ?... Et s'il avait roulé sous un taxi ?... On l'a peut-être kidnappé pour le transformer en col de fourrure ? Non, non, tais-toi !... Et si ce crétin était bouclé chez l'ouvreuse ? »

Munie de la clé de Mlle Lahure, elle entreprit de gravir les marches, attentive au moindre craquement. La minuterie se coupa. La respiration bloquée, elle ralluma. On grattait derrière une porte. Gauche ou droite ? Droite, celle de Mlle Lahure.

— Ma grosse minouche, c'est toi ?

Un miaulement éploré résonna en écho. Adrienne tourna la poignée, une tornade de poils fusa de l'obscurité.

— Diego ! Comment s'est-il débrouillé ?

Elle se rua à la poursuite du chat.

Au deuxième étage, la minuterie se coupa de nouveau, l'obligeant à se couler à l'aveuglette dans la cage d'escalier. Le retour de la lumière fut le fait d'une personne en route vers les sommets. Adrienne se plaqua au mur. Impossible de remonter se dissimuler chez l'ouvreuse, déjà une tête affleurait sous la rampe.

— Bonsoir, monsieur Delorme, marmotta-t-elle à la vue du jeune étudiant en pharmacie qui louait la mansarde contiguë à celle de Carmela Serrano.

— Vous m'avez flanqué la trouille, madame Meunier ! Il est arrivé quelque chose ?

— Un problème de canalisation chez Mlle Lahure. Vous rentrez tard, dit-elle en se souffletant mentalement pour cette sagace constatation.

— J'ai été embauché au Parc des attractions, dans l'exposition des Arts décoratifs, ça me permet d'arrondir la pension que m'envoie ma mère. Vous aussi, vous lambinez sur le pont, madame Adrienne.

— Je suis venue vérifier que tout était en ordre chez Mlle Lahure, un souci de commodités obstruées. Il ne me reste plus qu'à tabler sur le plombier qui devait nous secourir cet après-midi.

— Les plombiers, c'est comme le Messie ! Je connais une astuce de grand-mère. Vous mélangez deux cents grammes de bicarbonate de soude à la même mesure de vinaigre blanc, ça mousse. Vous versez cette préparation dans la lunette des waters, vous patientez une demi-heure, puis vous rincez avec un litre d'eau bouillante, et adieu Berthe !

— Vous me sauvez la vie, monsieur Delorme, j'essaierai demain.

— C'est bientôt terminé, ce tintouin ?

En pyjama sur son paillasson, Thierry-Quentin Pélissier les toisait, un sourire goguenard aux lèvres.

— Excusez-moi, monsieur Pélissier, je pensais que Diego était coincé dans l'appartement de Mlle Lahure.

— Suprême délice ! C'est vous, ma belle plante ? Ah Diego, Diego, unique objet de vos charmantes attentions, quel veinard ! Allons, laissez votre chat se payer une échappée, je suis là pour remédier à son absence.

Il ignora Louis Delorme qui se tenait à l'écart et enchaîna :

— Vous supplantez la mère Michel, ma muse. Bien que la nuit soit avancée, ma résidence vous est ouverte.

Il demeurait dans l'encadrement de sa porte, sans cesser d'afficher une mine narquoise.

— Quel fichu Lustucru, vous faites ! lui rétorqua Louis Delorme, vous êtes les Déménageurs réunis à vous seul. Je vous ai repéré ce soir, vers minuit. Vous vous colletiez dans l'escalier avec une moquette. Pour une fois que je partais au boulot moins tôt, j'aurais pu me reposer mais des clous parce que, question tapage nocturne, vous détenez le record !

— Ce n'était pas ce soir, pas vers minuit, mais la semaine d'avant et il était à peine vingt-deux heures, cher monsieur l'apprenti potard. À la demande de M. Tourtel, j'ai transbahuté un tapis chez lui afin d'atténuer le bruit causé par les béquilles de sa pauvre épouse impotente, dit-il d'un ton moqueur.

— Mon œil, vous mentez mal, je suis certain que c'était vous, ce n'est pas la première fois que vous jouez les portefaix. Du palier de ma piaule, j'entends tout, je vois tout.

— Il y a un problème ? lança une voix d'homme depuis le troisième étage. Vous allez ameuter la baraque !

Ils levèrent la tête. Penché par-dessus la rampe, Paul Green les observait.

— Ce n'est rien, monsieur Green, c'est moi, la concierge, ces messieurs m'aident à récupérer mon chat, répondit Adrienne.

— Et on m'accuse d'être un fauteur de troubles ! s'indigna Paul Green.

— J'ai oublié de vous le signaler, monsieur Pélissier, chuchota Adrienne, il y a un recommandé pour vous, le facteur a refusé que je l'endosse, il vous faudra passer à la poste.

— Alors c'est mon tour ?

— Je le crains.

— Aucun de nous ne sera épargné, jeta Pélissier. Il n'y a plus qu'à s'en aller crécher à l'Armée du Salut !

— Vous, moi pas, répliqua Louis Delorme. On m'a proposé beaucoup mieux, j'y gagne. Maintenant, bon vent la compagnie, et un conseil, monsieur le rapin, la prochaine fois que vous trimballez du mobilier à des heures indues, soyez discret, chuchota Louis Delorme à l'oreille de Pélissier avant de s'élancer vers son perchoir.

Son traversin serré entre ses bras, Adrienne reprit lentement ses esprits. Il était rare qu'elle s'éveillât si tard, mais le rêve était tellement plaisant qu'elle l'avait prolongé au maximum. Ce n'était pas toutes les nuits qu'un homme l'effeuillait devant la fontaine Saint-Michel et qu'elle s'allongeait en tenue d'Ève sur la chaussée avec un souverain mépris des automobiles. Dommage qu'elle eût émergé sans discerner les traits de son partenaire.

Une sensation d'euphorie l'envahit. Dès qu'elle serait en forme elle irait expérimenter l'astuce de Louis Delorme.

« Pourvu que ce soit efficace ! »

Elle avisa le chat avachi sur le tailleur Lanvin échoué au sol, songea qu'elle devait le repasser et s'enfouit sous les couvertures.

Quand Jeremy fit surface, un jour souffreteux tombait des rideaux. Il avait mal partout, parce qu'il avait dormi ratatiné comme une momie andine. Abruti de sommeil, il constata que l'armoire et la table de chevet avaient permuté. Quelques minutes s'écoulèrent jusqu'à ce qu'il comprît que ses mollets écrasaient les oreillers et que sa tête reposait à l'endroit qu'auraient dû occuper ses pieds.

Il se redressa péniblement, encore imprégné du souvenir de son rêve où il lui paraissait naturel d'être un Lilliputien manipulé par la main d'un enfant gigantesque qui l'enfermait dans un coffret à cigares et le propulsait au loin. Il atterrissait au milieu d'un régiment d'escarpins à brides, lancés dans un charleston endiablé. Seule une fuite éperdue l'avait délivré de ce traquenard.

Il alluma la T.S.F., un luxe qu'il s'était offert trois mois auparavant, et ôta son pyjama. Il s'abîma dans la contemplation des lampes ensorcelées, capables de diffuser à travers le vaste monde des paroles et de la musique. Une voix masculine qui semblait venir de l'au-delà débitait un laïus sur la conférence de Locarno.

Il tira les rideaux, repoussa la chaise calée contre la porte d'entrée. Il faudrait éviter de la claquer, s'inquiéter de la serrure.

Après une toilette rapide, il avala un café, enfila ses vêtements et changea de longueur d'onde. Un orchestre de chambre exécutait *Peer Gynt*. Apaisé par la mélodie de Grieg, il regroupa les documents éparpillés sur la carpette et les confina dans leur réceptacle d'origine. Il avait le sentiment d'avoir profané un secret. Il hésitait sur la conduite à tenir. Devait-il remettre ces trouvailles à Mme Lequindre – car nul doute, elles lui appartenaient – ou s'abstenir ?

« Je ne veux pas être mêlé à ce salmigondis. D'un autre côté, je peux jouer les candides, faire d'une pierre deux coups : restituer cette boîte de Pandore à la dame, en profiter pour intercéder auprès d'elle en faveur de Green et de sa satanée clarinette… Reste à espérer que Nosferatu ne m'a pas vu sortir de chez elle. »

À l'idée d'être dénoncé pour violation de domicile, il eut une montée d'adrénaline, les murs se mirent à tanguer, il tomba lourdement sur le lit.

Grieg avait cédé la place à un solo de piano. Son cœur s'emballa. C'était *Trois préludes sur des airs irlandais*, un des morceaux que Camille avait interprétés salle Gaveau, et, tandis que les accords de Reynaldo Hahn investissaient l'appartement, il se sentit rassuré.

« Non, Nosferatu n'a pas pu remarquer mon intrusion chez Mme Lequindre, j'étais sorti et assis sur une marche quand il m'a abordé. »

— Rends-moi mon agate, sale voleur !

Dans la cour de l'immeuble de la rue de l'Hirondelle, Raymond Tourtel bichonnait sa bicyclette en surveillant du coin de l'œil deux gamins qui se défiaient aux billes.

— À la pichenette, tu triches toujours ! J'en ai marre !

Toussaint Rasade, neuf ans, disputait un match animé avec son frère Jeantou, onze ans.

— Je vais vous en coller, moi, des pichenettes, ce n'est pas une cour de récré, ici, brailla Tourtel, vous devriez être en classe !

— Ben, on a le droit, c'est aussi notre cour, et puis c'est jeudi, y a pas école, répliqua Jeantou.

Un cabas à bout de bras, Carmela Serrano se profila sous le porche.

— Mademoiselle Serrano, lui cria Tourtel, j'ai exhumé une merveille de mes affaires à la cave ! Vous, les mômes, caltez, on risque de se casser la margoulette avec vos calots disséminés sur les pavés !

— Et vous, avec votre bécane, vous semez de la graisse noire partout, j'vais l'dire !

— Va chougner chez ta mère. Mademoiselle Serrano, venez donc !

Adossé contre le placard à balais, en train de griller une cigarette, Jeremy vit Tourtel brandir un supplément du *Petit Journal illustré* sur lequel un jeune couple, lui, debout les mains nouées, elle, souriante, considérait avec gratitude une dame grassouillette penchée vers un lit.

Carmela Serrano s'approcha.

— De quoi ça cause, m'sieu Tourtel ? Ah je sais ! Ces deux-là sont accueillis par une mère maquerelle.

— Mais non, cette dame ne dirige pas un hôtel de passe, c'est une belle-mère ravie que la crise du logement ramène sous son aile sa fille chérie et son gendre. Ce qui se louait quatre cents francs par mois avant-guerre vaut à présent le double !

Carmela soupira :

— Une belle-mère, je n'en ai pas, puisque je n'ai point d'époux.

— Moi non plus je n'ai pas de belle-mère, mais j'ai une épouse qui me harcèle pour que je nous évite d'être flanqués à la rue, dit Tourtel.

Il déposa son journal dans le panier porte-bagages et poussa sa bécane vers la porte du sous-sol sous le regard indigné de Carmela.

— Les hommes, des despotes ! Il faut toujours qu'ils se plaignent des femmes et qu'ils asticotent les mômes, mâchouilla-t-elle entre ses dents. C'est vrai que cette grande gueule répand de la graisse partout avec sa Titine.

Elle recula pour céder le passage à Jeremy, qui lui adressa un salut auquel elle ne répondit pas.

Jeremy gravissait les escaliers en se forçant à siffloter ; il aurait dû rire de ses angoisses de la nuit mais, insidieuse, une pensée le taraudait : il y avait dans la boîte Black Jack une menace qui lui échappait. Son soulier buta contre un obstacle qui valdingua deux marches plus bas. Il ramassa la chose, l'observa sous toutes les coutures.

Cela ressemblait à un coquillage rose pâle ourlé d'une charnière argentée qui se déployait en éventail.

Cela ressemblait à un coquillage… mais ça n'en était pas un.

Il empocha sa découverte et continua son ascension, inconscient de la surveillance de Carmela qui le guettait depuis le deuxième palier.

— Qu'a-t-il dégoté, ce croque-note ? grognonna-t-elle.

Elle se hissa au troisième. À pas comptés, elle alla plaquer son oreille à la porte de gauche. La clarinette de Paul Green entamait une sarabande effrénée.

— Coin-coin, ma tête explose, v'là le canard qui se déchaîne, marmotta Carmela, dont les connaissances musicales n'incluaient pas *Danse villageoise pour quartette de clarinettes*, d'Emmanuel Chabrier.

— Ce n'est guère joli joli d'espionner les voisins, lança une voix râpeuse, aussitôt identifiée.

Carmela pivota, prête à la riposte, mais M. Abel, sans l'affronter, cadenassa soigneusement sa porte et s'engagea dans la descente.

— Sarah Bernhardt est morte, maman aussi. Là-haut elles sont ensemble et elles nous jugent, clama-t-il.

Carmela n'entendit pas, elle avait déjà atteint sa mansarde.

Dressé devant Jeremy affalé dans un fauteuil, Paul Green effleurait les touches de sa clarinette. Vêtu d'une robe de chambre froissée, les pieds chaussés de savates, il fixait un objet posé sur la table. Sa physionomie bonasse, sa tignasse trop longue, coiffée en arrière, soulignaient son tempérament fataliste. S'il avait dû comparer son ami à un animal, Jeremy eût choisi un chat trop nourri qui, l'hiver, se vautre près d'un poêle et, l'été, se réfugie dans la fraîcheur d'une cave en attendant que ça passe.

« J'ai un rythme lent », aimait-il à répéter.

La clarinette émit un couac et se tut.

— Dans l'escalier, ce râtelier ? s'étonna Paul Green. Jem, tu me fais marcher.

— Non, je t'assure. Je suis sérieux.

— Si j'étais toi, je laisserais la pulpeuse concierge blonde se dépatouiller avec ce truc répugnant. Ôte-le de ma vue, Jem, ça me fiche le blues.

À la lisière de la cour, Jeremy se rejeta vivement de côté pour éviter qu'une trombe d'eau ne noie ses souliers. Adrienne Meunier arrosait les pavés. Groupés près du placard à balais, trois hommes discutaient ferme. L'un d'eux, rondouillard, petit, en pardessus élimé, un béret enfoncé sur les yeux, lâcha d'une voix nasillarde :

— Pitié, madame Adrienne, ménagez-nous !

Suivi de ses compères, il se retrancha derrière la rangée des poubelles.

Jeremy reconnut Nosferatu, son cœur coula à pic. Remonter se cloîtrer chez Green ? Une main sur la rampe, il demeurait cloué sur place, incapable de rebrousser chemin. Un maigrichon à moustache en brosse à dents dissertait avec un gaillard au physique de jeune premier qui le dominait de son mètre quatre-vingts :

— On a tout de même un délai, la Chambre des députés a voté une loi repoussant au 1er janvier 1926 les expulsions des locataires de bonne foi.

— Vous imaginez qu'on va trouver où se reloger d'ici là ? s'indigna Nosferatu. Qu'est-ce que ça signifie, être de bonne foi ?

— Ça veut dire s'acquitter ponctuellement du loyer, ne pas provoquer de scandale, ni de tapage, ni de saletés dans l'immeuble, sinon, badaboum ! On reçoit son congé et on se retrouve à la rue, rétorqua le jeune premier.

— Et l'autorité judiciaire ?

— Des nèfles ! Seules les exigences du propriétaire ont du poids. C'est très simple, pour entrer chez moi, il ne suffira pas de souffler sur ma porte comme dans le conte de Grimm des *Trois Petits Cochons*, il faudra la débiter à la hache.

« Ne te laisse pas intimider, fonce », décida Jeremy.

Il compta jusqu'à dix et se jeta à l'eau :

— Bonjour, messieurs, agréable journée.

Le gaillard au physique de jeune premier le toisa de toute sa hauteur.

— Monsieur ?

— Jeremy Nelson. Je suis un collègue de M. Green, le musicien du troisième. Nous composons ensemble.

— Ah, les duettistes ? Votre tempo m'inspire dans mes créations picturales. Je vous présente M. Tourtel, notre champion de « petite reine », heureux papa de Titine, aïeule des cycles Alcyon.

Appuyé au guidon de sa bécane, le moustachu étriqué décocha à Jeremy un rictus mielleux vite effacé.

— Elle a couru le Paris-Roubaix équipée de pneus Dunlop, précisa-t-il. Hélas, par la maladresse d'un crétin qui s'est catapulté sous mes roues, elle a subi des dommages.

— Visiblement réparés. Vous avez encore répandu de la graisse sous le porche, dit Adrienne, respectez le travail d'autrui, monsieur Tourtel, il va falloir que je frotte au savon noir !

— Et voici notre diligente gardienne des lieux, Mme Adrienne Meunier. À son côté, M. Abel, docteur *ès* cinématographe. Quant à votre serviteur : Thierry-Quentin Pélissier, artiste peintre moderne abstrait, adepte du cubisme.

Jeremy ouvrit sa main sur l'objet ramassé dans les escaliers :

— Mes hommages, madame. J'ai découvert cette chose en montant chez M. Green.

— Serait-ce un dentier ? s'enquit M. Abel en s'inclinant.

Jeremy croisa les yeux vides de M. Abel. À la lumière du jour, l'homme s'apparentait plutôt à un songe-creux qu'à Nosferatu le vampire. Rien dans son comportement n'indiquait qu'il se souvenait de l'avoir surpris déguerpissant de chez Mme Lequindre.

— La vapeur vous sort des naseaux, mon vieux, vous avez le cerveau en surchauffe ! ricana Tourtel. Bien sûr que c'est un dentier.

— Où était-il ? demanda Adrienne.

— Presque au niveau du troisième palier. Il manque une molaire.

— Ce n'est pas commun d'égarer ce genre d'outil, remarqua Tourtel, ça advient surtout avec des gants ou des parapluies.

— Moi, en deux ans, j'en ai paumé cinq, déplora M. Abel.

— Paumé quoi ?

— Des parapluies.

— Je suis convaincu que Mme Lequindre en porte un, elle a un sourire dentifrice, dit Pélissier.

— Je ne l'ai jamais vue sourire, murmura M. Abel. Peut-être qu'elle ne le met pas en permanence. Le soir, elle doit le plonger dans un verre d'eau avec une solution spéciale, sinon elle risquerait de l'avaler.

— Si seulement ça lui coupait la chique ! jeta Pélissier.

— Dans un verre, vous pigez ? railla Tourtel, rarement dans un escalier, parce qu'en général un râtelier ça se place à l'intérieur de la bouche, ça coûte cher, on en prend soin.

— Elle a dû le ranger dans son sac et elle ne s'est pas aperçue qu'il avait glissé à l'extérieur, intervint Jeremy.

— Autre hypothèse ! proposa M. Abel. S'il n'a pas été largué de son sac, c'est qu'il a sauté de sa mâchoire.

— Je suis... comment dire... béat devant vos fécondes élucubrations !

Tourtel feignait une telle admiration que M. Abel le crut sincère.

— C'est à force d'aller au cinéma, ça ouvre l'esprit, se rengorgea-t-il.

— M. Tourtel a raison, monsieur Abel, enchaîna Pélissier, votre postulat est alarmant, mais enfin, on jurerait que de tels arguments vous amusent !

— Rêver n'engage à rien, marmonna M. Abel.

— Désolée de vous décevoir, cette salle à manger amovible n'est pas à Mme Lequindre, affirma Tourtel.

— Pourquoi ?

— Parce que, si ce monsieur qui l'a trouvée sur les marches du deuxième dit vrai, ça ne tient pas. Qu'irait fricoter Mme Lequindre dans les étages ? Elle loge au premier.

— Et alors, elle a la jouissance de deux mansardes sous le toit ! Elle y entasse son débarras ! J'en sais un bout, c'est souvent moi qui suis de corvée pour le hisser, rétorqua Adrienne.

Tourtel eut une moue dubitative.

— Avec son cœur qui bat la breloque, je serais étonné qu'elle ait entrepris cette ascension.

— Mais s'il n'est pas à Mme Lequindre, à qui supposez-vous qu'il soit, ce dentier ! s'exclama M. Abel. À vous, madame Adrienne ?

— Ah non ! Dieu merci, j'ai encore une solide devanture, molaires, prémolaires et toute la clique ! fulmina-t-elle. Je vous écoute depuis dix minutes, vous avez vraiment du temps à perdre. On voit que vous connaissez mal la dame. Elle est capable d'escalader le mont Blanc à cloche-pied pour récupérer un objet auquel elle tient ! Arrêtez de me faire tourner en bourrique ! Il est à vous, monsieur Abel ? Ou à vous, monsieur Tourtel ? Répondez, il n'y a pas de honte !

Les deux hommes secouèrent énergiquement la tête en signe de dénégation.

— Vous voyez bien. Quant à Mlle Lahure, je serais surprise que ses quenottes soient en toc. Posez-lui donc la question !

— Sans oublier votre ami le flûtiste, ajouta Tourtel à l'adresse de Jeremy.

— Green ? Impossible, il faut une denture impeccable pour jouer de la clarinette ! se récria Jeremy. Qui est Mlle Lahure ?

— L'accorte brune du quatrième, vous l'avez croisée hier, le jour de la fuite d'eau. Vous êtes de la même cuvée.

— Elle est musicienne ?

— Ouvreuse, au théâtre music-hall des Champs-Élysées où se produit la revue américaine qui échauffe Paris, souligna Pélissier.

Adrienne enfouit la prothèse au fond de la poche de son tablier.

— Ça suffit. Je vais aller sonder Mme Lequindre, nous serons fixés. Monsieur Nelson, c'est votre voix qu'on entend rivaliser avec l'instrument de M. Green ? C'est quoi le huppa huppa ?

— Une nouvelle manière de se trémousser.

*Pour danser le huppa huppa*
*On se tortille à petits pas*
*En suivant la cadenc' légère...*

— Oui, bon, passez le mot à M. Green, qu'il évite ce charivari lyrique, les voisins en souffrent. Et vous, monsieur Pélissier, escortez-moi chez Mme Lequindre, on fera coup double, nous éluciderons le mystère du dentier baladeur et vous lui offrirez un ou deux de vos tableaux pour éponger vos dettes, elle sera ravie.

— Non merci, mes rapports avec cette dame laissent à désirer.

— Je suis consciente de me répéter, mais vous n'avez toujours pas réglé votre loyer, monsieur Pélissier.

— Patience, comptable de mon cœur, j'en glisserai deux mots à mon banquier.

Adrienne haussa les épaules.

— Vous vous expliquerez avec Mme Lequindre. Vous, monsieur Abel, vous me devez huit francs.

— Je suis venu pour ça, Mme Lequindre pourra les stocker dans sa tirelire.

— Je dois y aller, dit Jeremy, songeant que Mme Lequindre n'était guère estimée de ses locataires.

Adrienne pénétra dans la loge, talonnée par M. Abel. Celui-ci étala huit pièces d'un franc sur la toile cirée.

— N'oubliez pas mon reçu, dit-il. La vieille ne me taxera pas d'être un mauvais payeur !

Tourtel empoigna le guidon de sa bicyclette.

— Plaisante inspection, madame Meunier, je file, la patronne m'attend pour le frichti. M'sieus-dames !

Planté devant l'appartement de Paul Green, Jeremy réfléchissait. L'animosité des locataires à l'encontre de Mme Lequindre accentuait le trouble qu'il avait ressenti à la lecture des papiers enfermés dans la boîte de cigarettes Black Jack.

Il alla coller son front à la vitre du palier avec vue sur la cour, et fut pris d'un doute.

« J'ai ramassé une prothèse dentaire dans un endroit où logiquement elle n'aurait pas dû se trouver... Chacun a beau avancer des explications, c'est difficile à avaler... »

Il vit M. Abel quitter la loge en direction de la rue.

Il se détacha de la fenêtre et se retrouva face à la porte de l'appartement de droite. Une carte de visite punaisée au-dessus de la sonnette indiquait :

*M. Abel Lochard.*

Lochard… Il avait déjà vu ce nom quelque part… Il dormait dans la boîte Black Jack, parmi les inquiétantes menaces anonymes.

# 5

*Même jour*

Mathias Rasade s'affairait derrière son comptoir. Bien qu'originaire de la Creuse, il se prétendait natif de Strasbourg, où il s'était établi à l'âge de dix-huit ans, chez son grand-père, maçon itinérant émigré en Alsace. Depuis 1913, secondé de Linda, rencontrée par l'entremise des annonces matrimoniales du *Chasseur français*, il gérait avec bonhomie son restaurant de la rue de l'Hirondelle.

Accoudés au zinc, Tourtel et Pélissier sirotaient un digestif. Les battants du chalet-horloge s'ouvrirent, un oiseau mécanique surgit de son nid, son cri, combiné au tintement d'un carillon, couvrit les raclements de sièges et les piétinements. Installés à la même table, Jeremy, Paul Green et Louis Delorme, le jeune étudiant en pharmacie au style britannique, terminaient leur repas.

— Je ne me lasse pas de vous écouter, monsieur Nelson. Vous avez un chouette métier, dit Louis Delorme, vous et M. Green, vous êtes des bohèmes, ça m'aurait plu ce genre d'existence, mais ma mère a tout misé sur moi : études sérieuses, stabilité, profession honorable, je ne veux pas la décevoir, seulement je me vois mal concocter des potions de janvier à décembre dans une officine de pharmacie au fin fond du Cotentin ! Ma passion, c'est la musique. J'ai l'intention de…

Il s'interrompit. Adrienne Meunier venait de faire une entrée fracassante.

— Victoire, madame Mathias, j'ai vaincu ! Grâce à la recette miracle de M. Delorme, les W-C de Mlle Lahure sont domptés !

— Faut célébrer ça, madame Adrienne, je vous régale d'un punch au gingembre ? Et vous, messieurs, fromage ou dessert ? s'enquit Linda Rasade.

— Trois cafés, madame Linda, commanda Green.

La patronne rafla les assiettes et souffla à Louis Delorme :

— Mon petit Louis, voilà votre gamelle, ça vous donnera des forces, avec votre besogne, dans le froid, à veiller sur ceux qui s'amusent !

— Oh, c'est provisoire et pas fatigant, répondit Louis Delorme.

— Quel est votre job ? lui demande Jeremy.

— Je travaille dans le Parc des attractions à l'expo des Arts décoratifs. Je suis le bonimenteur pour la piste des baquets-tampons. Ensuite, je démarre à vingt-trois heures, je raccroche à une heure du matin. Je suis aide-bourreau.

— Vous plaisantez !

— Nullement, c'est l'appellation consacrée. Je conduis les audacieux à l'élévateur du toboggan, je guide aussi au sommet ceux qui n'hésitent pas à ravaler leur dignité. Ils ignorent ce qui les attend. Une fois là-haut, je les pousse et ils roulent pêle-mêle jusqu'en bas sur un tapis ondulé qui imite la houle des flots. Rhumatisants s'abstenir. Les messieurs s'en sortent avec le ridicule de perdre leur chapeau, une canne ou un soulier, quant aux demoiselles… Vive la mode actuelle des jupes courtes ! Ces dames s'échinent à tirer sur l'étoffe, impossible de la rallonger, leur atterrissage procure un spectacle affriolant.

— Vous êtes verni, dit Green.

— C'est vite dit. Ça vous tenterait de visiter l'expo ? Il me reste des billets de faveur qui donnent également accès aux attractions.

— C'est chic de votre part, mais bibi et la marche à pied, ça fait deux. Jem, tu veux y aller ?

— J'en avais le projet.

— Monsieur Green, téléphone ! l'avertit le patron.

Green se leva lourdement et se dirigea vers l'appareil. Louis Delorme s'adressa à Jeremy :

— Je vénère l'Opéra, mais j'ai un engouement pour le jazz. Je suis en quête de partitions récentes, vous pourriez m'indiquer un magasin spécialisé ?

— *Le Coq gaulois*, passage Brady, on y vend tout ce qui se danse, disques et petits formats. Je vous présenterai au vendeur, c'est un copain.

— Quand ?

— Mercredi prochain ? C'est le jour des nouveautés, j'y ferai un saut. On pourrait se retrouver à dix heures chez *Rantanplan*, un troquet sympa à l'angle de la rue Saint-Denis, ça vous va ?

— Et comment ! J'y serai. Avez-vous lu les critiques au sujet de la revue qui se joue au théâtre music-hall des Champs-Élysées ? J'ai réussi à louer, il paraît que la troupe afro-américaine est du tonnerre mais que la chorégraphie provoque de ces controverses ! J'ai hâte de voir ça.

— C'étaient les Concerts Pasdeloup, précisa Paul Green en reprenant place. Un des clarinettistes est alité, j'ai décroché deux soirées de suppléance, c'est mieux que rien.

— Vous permettez ?

Pélissier rapprocha un tabouret de leur table.

— Vous avez l'air en pleine forme, monsieur Delorme, remarqua-t-il, vous avez gagné le gros lot ?

— Davantage et plus encore, assura Louis Delorme, je quitte ma mansarde. Mme Lequindre veut la récupérer, alors elle m'a proposé de me reloger dans un studio qu'elle possède avenue de l'Observatoire. Vous parlez si ça m'arrange, c'est à deux pas de la faculté.

— Pour le même loyer ?

— Oui, elle me fait une fleur, et c'est spacieux, avec une cuisine et des fenêtres.

— Quelle brave femme, j'en suis tout ébaubi, dit Pélissier, pince-sans-rire.

— Je ne suis pas comme vous, répliqua sèchement Delorme, je suis franc du collier, je ne dénigre pas les gens dans le dos. Mme Lequindre m'a fixé rendez-vous pour me libeller un bail.

— Quand signez-vous ? demanda négligemment Paul Green.

— C'est réglé depuis mercredi dernier, marmonna Louis Delorme.

Pélissier ricana.

— Vous l'avez adroitement manœuvrée, la vieille taupe !

— Ça vous en bouche un coin, le rapin ? riposta Louis Delorme.

Linda Rasade s'interposa :

— Allons, les garçons, cessez de vous chamailler, c'est terrain neutre, ici ! Monsieur Louis, n'oubliez pas votre gamelle avant de partir au turbin. Vous avez un bain-marie à la cantine ? Pas plus de dix minutes dans l'eau bouillante.

— Merci, madame Linda, c'est gentil, murmura le jeune homme.

Paul Green jeta un regard de chien battu à Louis Delorme, qui avait le privilège d'attiser l'instinct maternel des femmes. Adrienne Meunier l'observait. Ce clarinettiste commençait à la séduire. Son expression d'épagneul rabroué ne souffrait aucune comparaison avec l'arrogance teintée de mépris qu'affichait Pélissier.

Green se pencha vers Jeremy et lui glissa en aparté :

— Mme Lequindre, tu as pu lui exposer mon problème ?

— Patience.

Jeremy repoussa son siège, s'approcha d'Adrienne et chuchota :

— Avez-vous mené votre enquête sur l'origine du dentier ?

— Mme Lequindre s'est claquemurée, elle démarre tôt la semaine anglaise, souffla-t-elle en souriant. Ne vous inquiétez pas, si elle avait perdu sa prothèse dans l'escalier, elle aurait déjà lancé un avis de recherche.

— Dix-sept heures ! Deuxième tournée !

Le facteur sortit en sifflotant, après avoir lancé à Adrienne une œillade conquérante.

— Non mais, qu'est-ce qu'il s'imagine, ce balai à moustache ?

L'enveloppe destinée à Mme Lequindre fit un vol plané vers le bureau.

— Vite, un café serré. Toi, le chat, tu gardes la baraque.

Elle attrapa une pancarte et l'accrocha à la porte de la loge.

*LA CONCIERGE EST DANS L'ESCALIER*

— Zut, il bruine !

Elle aperçut Carmela Serrano.

— Qu'est-ce qu'elle manigance ?

Dans la cour, Carmela Serrano, empêtrée d'un parapluie, déversait maladroitement une boîte à ordures dans l'une des poubelles. Adrienne l'interpella :

— Mademoiselle Serrano, vous n'auriez pas égaré par inadvertance un appareil dentaire en nettoyant la chambre de Mme Lequindre ? On en a trouvé un dans l'escalier.

Carmela laissa tomber sa boîte à ordures dont le contenu se répandit sur les pavés.

— Vous m'en direz tant, dans l'escalier ? Ce doit être celui du bon ami de cette dévergondée du quatrième.

— M. Max ?

— Ben oui. Avant de m'accuser, faut s'informer. Deux fois la semaine, M. Max dort dans le lit de Mlle Lahure, enfin quand je dis « dort », je me comprends. C'est entre les draps que j'ai trouvé deux dents avec des crochets en or. Il a dû les égarer en faisant de la gymnastique avec sa poule !

Elle éclata d'un rire qui sonna désagréablement aux oreilles d'Adrienne.

— De l'or, il ne se refuse rien, ce pommadé ! J'aurais pu les empocher, ses dents, mais je suis honnête, moi, je les ai posées sur la table de nuit. Bon, je me presse, je vais à la gare.

— Vous partez en voyage ?

— Je vais acheter un billet de train. La semaine prochaine, je me rends chez ma tante Maria Luisa, à Roucy, dans la Marne, c'est près de Reims. Son mari Léonce est marchand de volailles, il a pignon sur rue, il fréquente des gens importants, un notaire, et même un juge au tribunal du chef-lieu. Léonce va me seconder dans mes démarches. La *vieja gruñona* Lequindre ne va pas s'en sortir comme ça, elle me doit des sous, la *puta* ! J'ai droit à un préavis, je n'ai pas l'intention de me laisser exploiter. Non seulement je jette ses déchets mais on me soupçonne de négligence ! Quel culot !

— Puisqu'elle vous chasse, inutile de vider les... Vous l'avez vue ? s'exclama Adrienne.

— Elle m'avait ordonné de briquer son gourbi, mais à présent, elle peut se brosser ! Fini, N-I-NI, je termine juste ce que j'avais entamé parce que je suis méticuleuse, moi. Il ne sera pas dit qu'elle m'aura employée pour des prunes ! Ah j'ai oublié de vous prévenir, elle est partie.

— Qui ?

— Ben elle, la Lequindre. Votre téléphone a sonné, l'autre soir, vous étiez chez le boulanger, alors je me suis permis de répondre. Je n'ai pas forcé votre chez-vous, c'était ouvert, hein !

— C'est une histoire de fous ! Ne me dites pas que Mme Lequindre s'est absentée, elle ne tient pas sur ses guibolles…

— Traitez-moi de menteuse ! éructa Carmela en se haussant sur la pointe de ses souliers. M. Tourtel surveillait votre loge, il venait d'embrasser le pavé avec sa bicyclette. M. Abel et M. Green aussi étaient là. M. Abel l'a aidé à changer un pneu, ils sont témoins, non mais !

— Je rêve, murmura Adrienne. Elle est partie où ? reprit-elle un ton au-dessus.

— À la campagne. Ce n'est pas elle qui a appelé, j'aurais reconnu sa voix. Elle a prié l'amie chez qui elle séjourne de vous faire la commission ; je me suis esquinté les esgourdes à tâcher de comprendre son baragouin, parce que la bonne femme au téléphone parlait du nez, on aurait cru un canard. D'après ce que j'ai saisi, la mère Lequindre a décampé mardi aux aurores, on est venu la chercher en automobile. Je voulais savoir où la joindre mais il y avait de la friture sur la ligne et on a été coupées.

— Mardi ? Je n'ai rien vu, rien entendu, vous êtes sûre ?

Carmela lui lança un regard noir en marmottant :

— On rend service et voilà la façon dont on vous remercie !

— Nous sommes logées à la même enseigne, mademoiselle Carmela. Venez, je vous offre une camomille, on va papoter.

L'après-midi touchait à sa fin. Allongé sur son lit, Paul Green rythmait la mesure en ânonnant des mots sans suite. Ses cheveux trop longs se dressaient sur ses oreilles en deux cornes domptées à la brillantine. Jeremy examinait son cahier de musique où se bousculaient rondes, bécarres, bémols, croches et doubles croches. Agacé par l'indolence de son partenaire, il n'y tint plus et lança d'un ton acide :

— Au lieu de polir tes mèches, tu devrais les raccourcir, ça te rajeunirait ! Je dis ça comme ça…

Green se souleva sur un coude.

— Tu crois ? C'est possible parce qu'en un mois j'ai pris cent ans. La plupart des locataires ont reçu un arrêt d'expulsion, je m'attends au pire, pourtant j'acquitte régulièrement mon terme. Pourvu que tu parviennes à convaincre la momie de m'épargner. Trois mois pour dégoter un toit, par les temps qui courent, c'est une mauvaise blague, de la démence, on se fiche de nous !

— Tu connais Abel Lochard ?

— Superficiellement, bonjour, bonsoir, quelquefois un verre chez Rasade. Il n'y en a qu'un avec qui j'aie noué des relations, c'est Louis Delorme, le jeunot coiffé des dieux. Comment s'y est-il pris pour ensorceler cette vieille toupie de propriétaire ? Un studio avenue de l'Observatoire, un vrai conte de fées !

— Il paraît que jadis elle a chanté Offenbach sur la scène des Variétés, Delorme a dû la complimenter.

— Elle, diva ? En voilà une nouvelle ! Qui te l'a apprise ?

Jeremy se mit à renifler à petits coups, feignant de refouler un éternuement tandis que son imagination galopait en tous sens pour rattraper sa bévue. Hors de question de révéler à Paul qu'il avait violé le domicile de Mme Lequindre !

Il mâchonna dans son mouchoir :

— C'est la concierge qui m'a renseigné, dit-il, avec une indifférence qu'il était loin d'éprouver.

Green tripotait sa clarinette.

— Tiens, c'est intéressant, une goualeuse, qui l'eût cru ? Drôle de mémère. J'avais entrevu une photo d'espagnolade sur son piano quand j'ai emménagé ici, mais je n'avais jamais fait le rapprochement. Remarque, Delorme est toqué de musique. Yvette Guilbert, Mistinguett, Caruso, Chaliapine, le jazz, une salade russe, il a dû baratiner la vieille.

Il farfouilla dans des rayonnages.

— Il m'a prêté des disques.

Soulagé, Jeremy grommela :

— Tu devrais dépoussiérer, je suis allergique.

Green clignait des yeux comme un mandarin. Il montra à Jeremy un enregistrement de *C'est Paris*, interprété par les Mitchell's Jazz Kings, et un second de *Saint Louis Blues*, par Bessie Smith.

— Tu veux les écouter ?

Jeremy soupira ; pour un peu, il se trahissait. La chance avec Green, c'est qu'il avait l'esprit lent. Rasséréné, il lui décocha une bourrade.

— Plus tard, mon vieux, on bosse. On va pondre une revue du tonnerre, tu te relogeras facilement. Crois-moi, le charleston va faire des ravages. Tout le monde s'y met. Ce pas inédit se pratique sur un tempo encore plus rythmé que les récents fox-trot. Ça t'inspire ?

— J'ai bricolé un couplet, il s'adapte à n'importe lequel de tes airs :

*Le ragtime est obsolète, le black-bottom fait banquette*
*Le one-step a expiré, le fox-trot est dépassé*
*Et la matchiche c'est bien pire, il faut vous en abstenir*
*Et quant au huppa huppa il va vite décaniller*
*Attention les p'tites gambettes, de ne point vous ramollir*
*Aujourd'hui il est d'bon ton de danser le charleston*

Du plat de la main, il lissa un ticket de caisse Félix Potin couvert de pattes de mouche et le tendit à Jeremy.

— Je t'ai copié les paroles, ça te botte ?

— Paul, tu m'énerves avec cette manie de tout noter sur n'importe quoi. Tu as un original, j'espère.

— Oui, oui. N'empêche, je suis perplexe, J'ai assisté à des démonstrations de ce fameux charleston, l'entraînement est rigoureux, mais le résultat ne m'a guère paru esthétique, cette désarticulation des genoux...

— Exact. Distorsion des jambes, des rotules aux doigts de pied.

— Tu estimes que ces entrechats vont prospérer ?

— Ma main à couper ! Paris s'enflamme pour cette jeune Noire qui triomphe au théâtre des Champs-Élysées.

— Joséphine Baker ?

Adrienne se beurra deux tartines et se prépara un chocolat chaud, goûter idéal pour une concierge déprimée.

— Le chocolat, c'est meilleur quand on y rajoute beaucoup de crème, marmonna-t-elle en se servant largement.

Depuis sa conversation avec Carmela, elle ressentait une irrépressible envie d'aliments interdits.

— L'acide urique arrive en direct dans mon bol, je n'ai plus besoin d'en fabriquer ! Satanée Lequindre, elle m'en aura fait voir ! Au moins, maintenant j'ai la paix. Et l'autre, la Carmela, drôle de spécimen, jamais un mot aimable, une fouineuse qui cache son jeu ! Elle a de la chance, j'ai été patiente. En tout cas, pas question qu'elle piétine mes plates-bandes ! On va vérifier ce qu'il en est, j'ai un prétexte si on me surprend : je livre le tailleur de la vieille. Toi, boule de gras, tu restes là, je monte.

L'appartement l'accueillit en silence. Elle suivit l'antichambre jusqu'au seuil du salon, déposa le costume repassé sur le dossier d'un fauteuil et se faufila dans la chambre de musique. Les doubles rideaux étaient tirés. Au sein de la pénombre, un rayon de lumière rampait sur le piano en une frise fantomatique, il provenait de la cuisine.

— Mince, c'est allumé ! Je parie que Carmela est passée par là !

Adrienne allait actionner le commutateur quand son attention fut attirée par un grand meuble en bois.

— Allons bon, y a de la flotte partout, la barbe !

Elle s'approcha. La glacière était vide. Goutte à goutte, de l'eau s'en écoulait. Les mains enveloppées d'une serviette, elle transborda le pain de glace en débâcle dans l'évier.

— Ça ne fait pas un pli, Carmela s'est offert un petit festin aux frais de Sa Majesté ! Allez, on explore, je vais sûrement avoir des surprises. En avant, toute ! Coupons les compteurs.

Dans la chambre à coucher, le lit défait était recouvert de vêtements en vrac, sur la table de chevet, un roman et un coupe-papier se battaient en duel, une combinaison pendouillait sur un voltaire.

Elle eut un rire nerveux.

— Comme qui dirait, elle devait avoir un train à prendre.

Elle ramassa une paire de lunettes sur la moquette.

— Zut, ses hublots. Rien que la monture, c'est trois mois de mon salaire. Je le sais, je suis allée les récupérer chez l'opticien le jour où elle s'est tordu la cheville…

Elle se redressa, son cœur bondit à la vue d'une silhouette de femme dans la glace de l'armoire ouverte.

— Idiote, c'est toi.

Le tiroir du bas révélait des souliers alignés comme pour une revue. Elle allait le refermer, quand un détail insolite la frappa. Sur le plancher de la penderie, une mince fente brillait d'un éclat métallique. Une charnière ? Elle se releva, attrapa le coupe-papier, en introduisit la pointe dans le minuscule espace et poussa prudemment. Une planchette glissa sur un casier rectangulaire bourré de vieux chiffons et de journaux qu'elle souleva, provoquant un envol de mites. Elle sentit le sang affluer à ses joues. À quatre pattes sur le tapis, en proie à un profond dilemme, elle perdit la notion du temps. Un bruit dans la cour la fit tressaillir, son cerveau s'emballa. Elle tendit la main sans réfléchir davantage, enfouit ses trouvailles dans la poche kangourou de son tablier, remit fiévreusement chiffons et journaux en place, rabattit la planchette du double fond, ferma le tiroir et gagna le palier.

« Dissimule tout ça chez toi, vite ! Ensuite tu te montres comme si de rien n'était, personne ne doit se douter… »

Chez Rasade, Tourtel et Pélissier étaient attablés dans la salle, Jeremy et Green sirotaient une bière, Linda, penchée au-dessus du comptoir, sermonnait Carmela Serrano.

— Vous ne mangez pas correctement, mademoiselle Serrano, vous avez une dégaine de hareng saur. Empoignez la vie du bon côté. Avec vos compétences, vous allez rapidement retrouver un emploi, je vous indiquerai la marche à suivre. Je devine ce qui pourrait vous rendre le sourire : du sucré ! Tenez, choisissez, c'est la maison qui régale. Vous aussi, messieurs, servez-vous.

Jaune le citron, rouges les cerises, verte la pâte d'amande, blanc le riz au lait de coco. En rang sur un plateau posé au milieu du zinc, les douceurs rivalisaient de couleurs, leur vue fit saliver Paul Green qui finit par capituler.

Carmela s'était composé un masque affable, mais son rire sonnait creux.

— J'espère que vous allez vous raisonner et mettre mes leçons en pratique, insista Linda, défendez-vous, quittez Mme Lequindre sans regret, c'est la reine des ennuis. Réclamez des références, des indemnités de licenciement.

— Ne vous faites pas de mouron, répliqua Carmela, Léonce, le mari de ma tante Maria Luisa, il s'y connaît, il va me conseiller. La semaine prochaine, je vais leur rendre visite.

— C'est loin ?

— Aux environs de Reims. Ah, la Lequindre, elle va marcher au pas de l'oie quand je vais rentrer ! Bien sûr que j'ai des droits !

— Des droits, on en a tous, approuva Paul Green, encore faudrait-il qu'on nous écoute, à commencer par la vieille. Je vais lui soumettre mes doléances. Locataire, oui, cochon de payant, non !

Carmela hocha nerveusement la tête et tenta de décamper. Agrippée à son bras, Linda la retenait.

— Oh, il est joli, votre foulard, ça donne envie de chanter ces notes de musique. Il est en soie ? Oui, c'est de la soie. On ne se refuse rien, mademoiselle Carmela. J'ai remarqué le même dans *Vogue*, il vient de chez Patou ? susurra-t-elle, la bouche en cœur.

Carmela se déroba d'un geste sec.

— Je t'en ficherai, je l'ai acheté boulevard de Sébastopol, chez Pygmalion, mais si ça peut vous soulager, à l'avenir, je me fournirai chez Patou, répliqua-t-elle d'un ton pincé.

Paul Green leva sa chope :

— « Il est bien assez temps de penser à l'avenir quand il n'y a plus d'avenir. » George Bernard Shaw, *Pygmalion*, 1912, déclama-t-il.

Jeremy soupira, le ton docte de Green, féru de citations, lui tapait sur les nerfs.

— Je remonte chez toi prendre mes affaires et je me sauve, dit-il. À demain.

— Madame Linda, vous discuterez chiffons plus tard, nos apéros vont refroidir !

— Ça vient, monsieur Tourtel, ça vient.

Enfin libre ! Carmela Serrano déguerpit en ruminant des injures.

— *Perra*, sorcière, elle n'a pas fini de m'engluer ! Et le gros goulu avec ses commentaires ? Comme si je n'avais pas assez de la vieille *miseria* qui me flanque à la rue ! Ils ont le mauvais œil, ils veulent ma peau, mais *nada*, ils n'auront rien !

Poussant rageusement la porte de l'immeuble, elle bouscula Jeremy qui lisait la pancarte suspendue à la vitre de la loge en effleurant du bout des doigts ses cailloux magiques dans la poche de son pantalon.

— Vous voulez quoi, vous ? proféra Carmela d'un ton agressif.

Il dégagea sa main et fit volte-face, une partie du contenu de sa poche roula sur le pavé.

— Je veux voir la concierge, grommela-t-il, courbé en deux à la recherche de ses cailloux.

Carmela le dévisagea avec méfiance, la bouche pleine d'insultes retenues, tourna casaque et fonça vers l'escalier du sous-sol, où elle s'engagea.

— Hé, madame, s'il vous plaît ! cria Jeremy.

— Vous n'avez qu'à l'attendre dans la loge, c'est ouvert ! brailla Carmela du pied des marches.

À quatre pattes en haut de l'escalier menant au sous-sol, Jeremy récupéra son quatrième caillou et une boîte d'allumettes.

— Manquait plus que ça ! Où sont les paroles de la chanson de Green ?

Il fouilla fébrilement sa veste.

— Nom d'un chien, je les ai perdues ! Non, les voilà.

Il extirpa une enveloppe.

— Mince ! La lettre que j'ai embarquée chez Mme Lequindre !

— Qu'est-ce que vous faites ?

Jeremy découvrit un gosse assis par terre.

— Et toi ?

— Papa m'a puni parce que j'ai tiré la langue à M. Tourtel.

— Comment tu t'appelles ?

— Toussaint Rasade.

— Qu'est-ce qu'il y a en bas ?

— Le père Fouettard et son copain le marchand de sable.

— Sans blague !

— C'est mon frère qui me l'a dit. Il les a vus. Ils se planquent au fond des caves et allument des bougies.

— Tu as peur ?

Le gamin renifla fièrement.

— C'est des histoires pour les chiards. Mon frère croit me flanquer la trouille, mais je m'en moque, j'ai neuf ans.

— Où est la concierge ?

— Chez nous, au restaurant.

Jeremy se promit de glisser en tapinois l'enveloppe sous la porte de Mme Lequindre, quand il s'aperçut que le rabat était décollé. Émoustillé par la curiosité, il en dégagea une feuille de papier sur laquelle un dessin malhabile semblait avoir été croqué par un enfant : près d'un cercueil, une silhouette encapuchonnée brandissait une faux au-dessus d'une phrase :

*La moissonneuse ne s'accorde jamais de sieste.*

Ses mains tremblaient tandis qu'il glissait la missive dans son portefeuille. L'auteur anonyme de cette sentence avait utilisé le même procédé de caractères d'imprimerie que les quatre menaces rangées dans la boîte Black Jack.

« Retourner chez Mme Lequindre, savoir si la deuxième lettre que j'ai égarée dans ma fuite contient, elle aussi, un avertissement... Et ses clés... Surtout déposer ses clés... Bon sang de bonsoir ! Qu'est-ce qui m'a pris de me fourrer dans ce guêpier ? »

Adossée au mur du sous-sol, Carmela tâtonna, sortit de sa poche une boîte d'allumettes et une chandelle dont elle enflamma la mèche.

— *Puta* de Lequindre ! Les autres, dans le même sac !

Elle allait leur montrer, à tous. Ah, on se gaussait d'elle, on la renvoyait telle une malpropre. Trois ans d'esclavage ! Elle ne se laisserait pas avoir. D'abord, écrémer la cave, ce n'était pas vraiment du vol. Dérober un maximum de choses avant qu'on ne les balance. Puis l'appartement, une dernière fois.

Après avoir longuement toqué contre la vitre de la loge, Jeremy entrouvrit la porte. Une masse pelucheuse lui frôla la jambe et disparut derrière les poubelles.

— *Shit !* Qu'est-ce que c'était ?

Il s'empressa de refermer et alla chez Rasade. Il salua Tourtel et Pélissier qui repoussaient leurs tabourets. Paul Green n'était plus là. Jeremy accosta Adrienne tassée devant une tisane.

— Mme Lequindre est réveillée ?

— Je suis concierge, pas dame de compagnie. Pour votre gouverne, sachez que, l'après-midi, elle plonge dans un sommeil de plomb dont seules pourraient la tirer les grandes orgues de Notre-Dame !

— Ne prenez pas la mouche. Il est presque huit heures du soir, elle ne dîne pas ?

— Satanée chipie. Elle se goberge à la campagne depuis mardi, elle a calté en coup de vent. Ça vous intéresse à ce point ?

Jeremy fut le jouet d'une sensation étrange. Selon toute évidence, Mme Lequindre était chez elle quand il avait visité son appartement en douce.

« Voyons, rappelle-toi, c'était avant-hier, mercredi, Green est allé répéter aux Concerts Colonne. »

Depuis le zinc, Pélissier et Tourtel prêtaient l'oreille à leur conversation. Jeremy insista :

— Elle est partie mardi, vous en êtes sûre ?

Adrienne le regarda avec une contrariété empreinte de colère.

— Vous êtes coriace, vous ! Une amie de Mme Lequindre a téléphoné pour prévenir qu'elle séjournait à la campagne. C'est Carmela Serrano qui a décroché, j'étais absente. Je suis consciente que je compte pour du beurre dans cette taule, juste efficace à briquer et à jouer les plantons, mais je ne suis pas encore gâteuse !

Pressé de calmer le jeu, Jeremy grommela :

— Vous avez vérifié si le dentier lui appartenait ?

— Inutile, il est à M. Max.

— Qui est M. Max ?

— Le protecteur de Mlle Lahure.

— L'ouvreuse de théâtre ? Comment le savez-vous ?

— Carmela Serrano me l'a affirmé. Elle est chargée du ménage chez Mlle Lahure, rien ne lui échappe. Un matin, en retapant le lit, elle a trouvé deux dents en or fixées à des crochets et, comme M. Max était venu la veille chez sa patronne, elle en a déduit que c'était sa prothèse. Voilà le mystère résolu. Je suis soulagée, ça m'évitera de poser la question à Mme Lequindre quand elle sera visible, elle l'aurait très mal pris. Qu'est-ce qui vous préoccupe ?

— Je voulais intercéder auprès d'elle à cause de la clarinette de M. Green. Si cela dérange les locataires, M. Green et moi irons travailler à mon domicile… Vous avez dit deux dents en or ? Mais le dentier que je vous ai confié n'en comporte pas.

— J'avoue que je ne l'ai pas examiné de près. À ce que j'en sais, un dentier est un dentier, non ?

— Mme Lequindre revient quand ?

— Quand les poules auront des dents, dit Pélissier avec un large sourire. Madame Rasade, vous inscrirez le montant des consommations et le café de Mme Adrienne sur mon ardoise.

— Merci, dit Adrienne. Moi aussi je dois y aller, sinon Diego va m'incendier, il se languit de sa pitance, c'est un goulafre.

— Qui est Diego ? demanda Jeremy.

— Mon chat.

— Enfin seuls, ma minouche !

Adrienne était sur des charbons ardents, elle ne sentait pas la fatigue. Elle sortit les trouvailles raflées dans le double fond de l'armoire à glace de Mme Lequindre. Elle les avait dissimulées dans le coffret à cirage, sous la pierre à évier, là où personne n'aurait l'idée de mettre son nez.

Le cœur affolé, elle marqua une pause pour contempler une bague, deux enveloppes bourrées de billets de banque et un paquet contenant trois rouleaux de dix pièces d'or enveloppés chacun dans une réclame de *Pilules orientales pour un buste idéal.*

Elle reprit son souffle, détailla la frappe des pièces, palpa les liasses de billets, en calcula le montant. Il y en avait pour plus de vingt mille francs, sans compter la bague.

— Supposons que je remette ces bricoles où je les ai trouvées, à qui va échoir cette fortune ? Réfléchissons, songeons à l'avenir, je crois que j'ai intérêt à tenir ma langue. Prends-en de la graine, ma minouche, l'adage selon lequel *bien mal acquis ne profite jamais* peut parfois se révéler erroné.

Elle camoufla soigneusement ses larcins dans leur cachette.

# 6

*Vendredi 9 octobre*

Drapée dans son ample blouse à poche kangourou, Adrienne emplit un seau au robinet de la cour et entreprit de laver le carrelage de l'entrée.

— Corvée du matin train-train, coupure du midi ennui, service du soir purgatoire.

Elle venait de tordre sa serpillière au-dessus du seau d'eau sale quand la porte de la cave s'ouvrit et qu'un centaure en jaillit : jambes d'homme, tronc de métal pourvu de roues surmonté d'une moustache et d'une casquette.

— Attention, je viens de laver !

M. Tourtel arborait un sourire satisfait.

— J'n'y peux rien, c'est plein de gravats et de plâtre avec leurs travaux au sous-sol. Ça va durer longtemps ?

— Une semaine ou deux.

— Magnifique, un revêtement de ciment ce n'est pas du luxe, on ne rapportera plus de boue dans les étages, coassa une voix éraillée. Bonjour, madame Adrienne.

— Bonjour, monsieur Abel, personne ne vous empêche de décrotter vos souliers sur le paillasson !

— Zut ! J'ai perdu la liste des commissions, s'exclama Tourtel, la patronne va me gronder ! Monsieur Abel, vous pouvez surveiller Titine ?

— Titine ! Tu parles d'un nom de bécane ! se gaussa Pélissier qui venait d'émerger du vestibule.

Une main sur le cœur, il se courba devant Adrienne.

— Mes hommages, charmante vestale, y a-t-il du courrier pour moi ?

Inclinée vers les abysses des caves, Adrienne secoua négativement la tête. À peine eut-elle effacé les traces de semelles qu'elle aperçut un papier sur l'une des marches. Elle le mit dans sa poche où il alla tenir compagnie à sa moisson de la matinée, puis elle fonça dans sa loge et se rinça les mains en étudiant son reflet. Une blonde échevelée, les joues en feu, la dévisageait sans aménité.

— D'accord, aboya-t-elle à la harpie du miroir, j'ai le cerveau en miettes. Pourquoi, à ton avis ?

Pour se calmer, elle inventoria le contenu de sa poche kangourou. Elle avait conservé cette habitude de son enfance : cheminer les yeux rivés au sol pour y dégoter des trésors. Elle aligna deux boutons, un élastique, un bigoudi, des épingles à cheveux et un ticket de caisse de chez Félix Potin couvert de gribouillis.

Tourtel réapparut et passa le buste dans la loge. Adrienne lui tendit le ticket Potin.

— Ce doit être votre liste de commissions, lui dit-elle d'un ton revêche.

— Vous l'avez trouvé où ? dit-il en y jetant un coup d'œil étonné.

— Dans l'escalier de la cave, indiqua M. Abel.

Tourtel dédia un remerciement à la concierge, souleva sa casquette, récupéra sa bicyclette et s'éloigna de concert avec M. Abel.

— Ces deux-là, c'est Doublepatte et Patachon[1], railla Pélissier. Aussi mal dégrossis l'un que l'autre.

1. Duo masculin comique danois qui tourna dans plus de cinquante films de 1920 à 1940, et inspira Laurel et Hardy.

Chez Rasade, la salle était bondée. Le plat du midi, un griot haïtien, viande de porc marinée et rôtie, garni de pommes de terre et d'oignons à l'alsacienne, remportait un franc succès.

Jeremy et Paul Green déjeunaient de bel appétit. Seul à une table voisine, M. Abel était plongé dans la lecture de *Frankenstein*. Jeremy se pencha vers son ami.

— Paul, je suis embêté, j'ai égaré les paroles de ta chanson.

— Pas grave, c'est noté au propre, j'ai écrit la suite. Ta musique est formidable, j'espère qu'on va vite appâter un commanditaire parce que, pour moi, tout est consommé, j'ai reçu mon arrêt d'expulsion, ça t'évitera la corvée Lequindre. La concierge m'a dit qu'elle était en villégiature à la campagne ; cette peau de vache a choisi la fuite, pour ne pas être prise à partie par ses locataires.

Green eut une moue désabusée. Il pointa le menton vers M. Abel.

— Il m'a confirmé ce que je subodorais : la taulière veut transformer ses appartements en locations de luxe.

— Ce n'est pas sérieux !

— Si, si, Abel l'a lu cet été dans *Le Figaro* sans y croire, mais maintenant ça se précise : les proprios ont calculé qu'il était plus rentable de louer à des touristes plutôt qu'à des pékins dans notre genre. Récemment, j'ai visité un deux pièces refait à neuf, rue Servandoni. J'ai cuisiné le concierge pour connaître le montant du loyer. « Deux mille trois cents balles », il m'a dit. « Par an ? » j'ai demandé. « Par mois, qu'il m'a répondu, les visiteurs étrangers sont prêts à mettre la main à la poche pour résider à Paris en toute indépendance, ça leur coûte moins cher que l'hôtel. » La mère Lequindre est probablement alléchée par cette idée, le quartier est admirablement situé, la Seine, Notre-Dame…

Jeremy eut un déclic : le mot expulsion était sur toutes les lèvres. Cela pourrait-il justifier les lettres anonymes adressées à Mme Lequindre ?

— Abel aussi a reçu un recommandé, ajouta Green, il est affolé à l'idée de quitter son gourbi. Ça ne va pas être une mince besogne de transbahuter le fatras qu'il a accumulé, il garde la moindre babiole. Il faut vraiment être téméraire pour oser s'aventurer chez lui. C'est bourré de bouquins, de dossiers, de vieux journaux entassés en murailles parallèles entre lesquelles il est sage de progresser les bras plaqués au corps. Si on dévie d'un centimètre, *crac*, c'est l'avalanche. J'aimerais mieux mourir asphyxié dans la neige que sous des paperasses poussiéreuses. Je m'efforce de chasser de mon esprit ce décor angoissant. En revanche, ce qui me scie les nerfs, c'est le martèlement des béquilles au-dessus de ma tête.

— Qui joue de cet instrument ? s'enquit distraitement Jeremy.

— L'épouse de Tourtel. Elle sort rarement, elle est très malade. Elle passe ses journées près de sa fenêtre à épier les allées et venues de l'immeuble. Je suis certain que c'est son mari qui s'est plaint de ma clarinette, il est aux petits soins pour elle. Finalement, je ne suis pas mécontent de me tirer, je commence à étouffer ici, je n'opposerai aucune résistance. M. Abel, si, il a l'intention d'engager une procédure, mais c'est fichu d'avance.

Jeremy observa discrètement leur voisin de table. Il était tellement absorbé par les pages annotées et maculées de gras de son *Frankenstein* qu'il demeurait figé, la fourchette en suspens, à bonne distance de sa bouche. On s'attendait à ce qu'il se la plantât dans une oreille.

Jeremy laissa filer ses pensées en torchant machinalement son assiette.

« Parmi les locataires, M. Abel est le plus susceptible d'avoir envoyé ces lettres anonymes à Mme Lequindre. Je dois me renseigner sur lui. Sous ses airs de fayot, il cache peut-être un cadavre dans son armoire. »

— Jem, tu m'écoutes ?

— Oui, oui. Au fait, depuis quand sais-tu que Mme Lequindre est à la campagne ?

— Je l'ai appris ce matin en réglant mon loyer à la concierge. La momie est en déplacement depuis mardi dernier. Désolé pour tes démarches inutiles. Tu m'en veux ?

— Bien sûr que non. Indique-moi un serrurier pas trop gourmand. La fermeture de ma porte refuse d'obtempérer, j'ai du mal à manœuvrer le pêne dans le cran de sûreté.

— Le type du quatrième, il s'y entend, il bosse à mi-temps chez un ferronnier, je lui en glisserai deux mots, dit Green, désignant Tourtel accoudé au zinc en compagnie de Pélissier.

Linda Rasade s'empara prestement de leurs assiettes et déposa devant chacun d'eux une portion de kouglof accompagnée d'ananas et nappée de lait de coco.

— Monsieur Abel, oubliez ce livre et mangez, sinon vous serez encore là ce soir !

M. Abel releva le menton, son regard vide erra sur la salle. Jeremy frissonna.

« Et si j'étais dans le vrai ? Si Mme Lequindre n'était pas allée se mettre au vert ? songea-t-il. Avec un cinglé pareil on ne préjuge de rien ! Il faut que j'en aie le cœur net. »

— Excuse-moi, dit-il à Green, je dois passer rue Guisarde, on se retrouve ici à l'heure de l'apéro.

— Ça m'arrange, je vais aller au théâtre Mogador pour mon remplacement aux Concerts Pasdeloup. Je ne bloque pas au verrou au cas où tu reviendrais avant moi. J'ai mis au point les lyrics de la première partie de notre revue, je compte soumettre les partitions demain au directeur du *Palace*. Eh Jem ! Tu me refiles ton dessert ?

Jeremy se coula sous le porche du numéro 20 *bis*, soulagé que la cour fût déserte. Il se força à escalader posément les marches de l'immeuble. Au premier, il vérifia qu'il était seul, et sonna plusieurs fois. Rassuré, il prit une profonde inspiration en introduisant dans la serrure une des clés du trousseau ramassé chez Mme Lequindre. Elle se coinça. Il en testa une autre, cette fois elle joua sans résistance.

Il perçut aussitôt la résonance particulière d'une maison inhabitée. Il s'immobilisa au seuil du vestibule, le temps que ses yeux s'accoutument à la pénombre et qu'il recouvre son courage, puis il se décida à explorer de nouveau les lieux.

Il traversa le séjour, pénétra dans le salon de musique. Une mousseline surmontant de frêles brise-bise opacifiait les fenêtres, de sorte qu'on n'y voyait guère. Il n'avait pas remarqué cet agencement le mercredi précédent. Un simple coup d'œil lui permit de relever des détails insolites : sur le piano à queue, le sous-verre qui encadrait la photo de *La Périchole* était retourné, les coussins de l'ottomane s'empilaient sur le tabouret à vis relégué contre un mur.

Il se mit à quatre pattes, rampa sous le sommier de l'ottomane, en quête de l'enveloppe qui lui avait échappé lors de sa première incursion ; elle avait disparu.

Dans la chambre à coucher, la fenêtre bâillait en grand. Il chercha en vain la paire de lunettes, pour finir par la retrouver dans un étui posé sur la table de chevet. Il actionna la poire de la lampe et constata que l'électricité était coupée. Aucun doute, on était venu sur les lieux après son passage. Malgré le capharnaüm qui attestait un départ précipité, il ne décela rien de plus, hormis le lit agrémenté d'un jeté damassé. Il le souleva. Les oreillers étaient dépourvus de taies.

Son cerveau s'emballait.

« Mercredi, quand je suis entré ici, il y avait quelqu'un. Qui ? Si ce n'était Mme Lequindre, c'est qu'il s'agissait d'un intrus. Tous les locataires sont frappés d'expulsion, sauf Louis Delorme. Carmela a reçu ses huit jours, ils ont tous un mobile pour lui en vouloir. »

Il hésita, partagé entre la tentation de ficher le camp et une envie perverse de poursuivre ses investigations. Le trousseau de clés l'obsédait. On peut admettre l'étourderie ou la négligence mais rarement au point de s'éclipser sans ses clés. Une étrange excitation montait en lui, semblable à celle d'un enfant qui joue à cache-tampon.

« Je brûle », songea-t-il.

Il se raisonna, cela pouvait facilement s'expliquer : la concierge avait mis de l'ordre.

« À moins que ce ne soit la femme de charge acariâtre… »

Il fit demi-tour et abandonna le trousseau sur la cathèdre. En tout cas, ce problème de clés était réglé. Il allait décamper quand l'un de ses pieds grippa. Soudain, il vacilla, sa semelle se décolla du sol avec un bruit de succion. Il bascula, son talon se posa sur un objet dur. Il s'agenouilla, sonda le tapis à tâtons, ses doigts palpèrent une protubérance incluse dans la laine.

Il attendit d'être sur le palier pour examiner sa trouvaille. C'était un petit bijou en forme de cœur où pendouillaient, accrochés à l'œillet, quelques maillons de la chaîne d'origine, comme s'ils en avaient été arrachés. Il fit miroiter le pendentif à la fenêtre et déchiffra deux initiales minuscules : R L.

Il se sentit faible, incapable d'adhérer à l'évidence. Les lettres scintillaient sous la lumière du jour. R L.

Tiraillé entre une impression d'irréalité et son intuition, il se laissa envahir par une certitude : Mme Lequindre n'avait pas quitté l'appartement de son plein gré.

Sans comprendre comment il était arrivé jusque-là, il se retrouva devant la fontaine Saint-Michel. Il demeura un bon moment en état de transe, le regard égaré sur les trombes d'eau jaillissant de la gueule des dragons.

Tout à ses ruminations, il s'engagea sur le boulevard, s'acharnant à se remémorer un nom. Dans une boîte de cigarettes Black Jack se dissimulait un indice qu'il ne parvenait pas à cerner. Il connaissait ce cycle familier qui ponctue l'existence humaine, la joie lorsqu'une idée surgit, puis le malaise et la frustration lorsqu'elle s'évapore.

Il avait atteint la jonction du boulevard Saint-Germain et de la rue Racine. Attachée à une borne scellée dans le trottoir, une jument mélancolique lorgnait les passants. On l'avait affublée d'un chapeau de paille orné d'une marguerite. Près d'elle, un poteau portait une plaque de la Société protectrice des animaux : CHEVAUX DE RENFORT. C'était un euphémisme car la malheureuse bête n'avait rien d'une costaude qui fournit des efforts pour aider ses congénères au travail. À quelques pas, dans un tintamarre assourdissant, défilait une cohorte de lourds camions, d'autobus, de taxis.

Il fallut à Jeremy plusieurs minutes pour assimiler l'incongruité de cette scène. Il fixa le galure à la marguerite avec intensité, et un nom de fleur le percuta : Violette ! Violette Lochard !

Il se souvint que la carte de visite punaisée à la porte de M. Abel portait le même patronyme.

Existait-il un lien de parenté entre cette Violette et M. Abel ? Saisi d'une impulsion, il sauta sur la plate-forme d'un autobus qui remontait vers le jardin du Luxembourg.

Il régnait dans le parc une atmosphère de sérénité. Des rais de lumière musardaient dans les branches et bleuissaient les bosquets. Un vieux monsieur s'improvisait charmeur d'oiseaux. Des pierrots, tels des ludions bruns et gris sur le sable des allées, se disputaient son pain, quelques-uns moins peureux ou plus voraces venaient picorer dans sa paume. Des écoliers, leur gibecière en bandoulière, montaient à l'assaut des tas de feuilles mordorées amoncelées au coin des plates-bandes.

Depuis qu'il avait lu *Le Livre de mon ami*, Jeremy ne pouvait traverser ce jardin parisien sans convoquer sa propre enfance.

Il contempla les chevaux de bois et leurs jeunes cavaliers, caracolant en boucle. Armés de baguettes, les marmots sanglés à leur selle se tortillaient pour y enfiler les anneaux dispensés par une planchette à crémaillère.

— Mademoiselle ! Je l'ai eu ! criait parfois l'un d'eux.

Jeremy stationna un instant derrière des barrières qui interdisaient encore l'accès au monument inauguré le matin même à la mémoire de José-Maria de Heredia, puis il tira de son portefeuille le programme du *Pégase* et la correspondance trouvés dans la boîte Black Jack.

> *Écris-moi à l'adresse suivante : M. Scott, c/o* Hôtel du Soleil, *27, promenade des Anglais. Si tu as besoin de renfort pour ton installation définitive avec le loupiot dans l'appartement de Paris, fais appel à Lucien Ricou, notre ami du* Divan japonais.
>
> *Mille baisers, ma fleur. Ton Will.*

Il relut attentivement la carte postale du défilé de la victoire :

> *Lucien Ricou. Kiosque de confiseries-jouets. Jardin du Luxembourg, entre la fontaine Médicis et la statue du faune dansant.*

Après avoir fait le tour du bassin, main en visière pour se protéger du soleil, Jeremy gagna le couvert des arbres teintés du roux de l'automne et aperçut la tache verte du kiosque à jouets.

Le marchand, un homme de petite taille qui ressemblait à un vieil enfant, se détachait à peine de l'ombre de son échoppe.

— Monsieur Ricou ?

L'homme tressaillit, tiré d'une somnolence.

— Excusez-moi de vous déranger…

— Oh, pour un samedi, on ne peut pas dire que je sois débordé !

Ricou s'était extrait de sa niche. Il atteignait laborieusement l'épaule de Jeremy et devait tendre vers lui sa figure décharnée. Ses cheveux rares, ses poches sous les yeux, son nez proéminent évoquaient le faciès d'un clown triste. Mais le plus saisissant était sa pomme d'Adam qui ne cessait d'aller et venir le long de son cou de poulet.

— Je suis journaliste, je viens de la part de Violette Lochard, dit Jeremy, mais j'ai égaré son adresse et je voudrais…

— Violette ! Il y a une éternité que je n'ai pas de nouvelles, elle était d'une constance ! Chaque année elle m'envoyait deux cartes, une à Noël, une pour mon anniversaire. Je le connais sous toutes les coutures, le pont levant de la rue de Crimée ! Et puis on s'est perdus de vue. Comment va-t-elle ?

— Elle va bien, répondit évasivement Jeremy. Elle m'a évoqué *Le Divan japonais* et m'a incité à vous interviewer, je prépare un article sur…

— Le caf'conc ! C'est ça, hein ? Elle a eu raison, je suis un observateur de première main. On en a publié, des livres sur ce sujet, et il faut que ce soit un English – c'est ce que vous êtes, n'est-ce pas ? Votre zeste d'accent ne trompe pas –, il faut que ce soit un English qui pense à Lulu ! Ah vous me faites plaisir. Allez-y, cuisinez-moi, je maîtrise l'histoire des scènes parisiennes sur le bout des doigts.

— Je ne suis pas anglais, mais je voudrais…

— Ressusciter cette période à travers un témoin direct ? J'ai débuté aux *Folies Bergère*, j'ai fréquenté Fragson, Polin, Eugénie Buffet, Paulus, Yvette…

— Yvette ?

— Yvette Guilbert, c'était au *Divan japonais*, rue des Martyrs, ça remonte à loin ! Un enfant de la balle j'étais, moi, monsieur. C'est aussi au *Divan* que j'ai côtoyé

Violette, elle tenait le vestiaire et vendait des cigarettes. Une gentille fille, gracieuse, réservée, pas question de se laisser courtiser par le premier gommeux, elle était déjà en main, la mignonne. Moi, par contre, si j'avais voulu... Oui, seulement voilà, on ne peut pas corriger sa nature. Quand j'ai rencontré Richard, on a monté un numéro de duettistes, Les « Gentlemen Copurchics ». On interprétait les dernières scies en vogue.

— Aux *Folies Bergère* ?

— Non, au *Pégase*, un chouette music-hall. Richard et moi nous avions mis au point un programme de danse, une combinaison de Valentin le Désossé et de Little Tich. Le public nous appréciait. Entre deux contrats on courait le cachet pour se produire en attraction sur les scènes des cinémas. Quel tandem ! Et pas que sur les planches ! *J'ai passé tant de jours, tant de nuits, à ne penser qu'à toi*, chantonna-t-il[1].

Il s'interrompit, absorbé par une vision lointaine. Jeremy lui remit le programme du *Pégase*.

— Où l'avez-vous déniché ? Punaise, ça remue, la nostalgie. J'ai balancé la moitié de mes affaires quand j'ai changé de crémerie. Violette aussi a déménagé. Voyons ça. Ah, cette photo, elle ne date pas d'hier ! Lui, c'est Will Scott, le chef d'orchestre, il s'était attribué ce pseudonyme avant la guerre en hommage à Scott Joplin, les sobriquets *english* ça faisait mousser. Son vrai prénom, c'était Guillaume. Guillaume, en *english* : William ! Avouez que William Scott, c'est nettement plus smart que Guillaume Lequindre, hein ?

Jeremy resta silencieux. La révélation de Ricou avait détourné le cours du temps. Il ne répondit pas et d'un signe de tête l'encouragea à poursuivre.

— Je le revois... Un type éminemment sympathique, plus de la première jeunesse, taiseux, distingué, talen-

1. *J'ai tant pleuré pour toi*, chanson de 1907, paroles de Millandy, musique de Rico.

tueux, mais modeste. On a vite sympathisé. Il menait une double vie, marié, une maîtresse, un gamin illégitime. Un soir, il nous a sauvé la mise à Richard et moi. On passait aux *Folies parisiennes*, rue de Flandre, je m'étais foulé la cheville. Richard et moi on créchait au fin fond de la banlieue, Will, pardon, Guillaume nous a hébergés chez lui, dans une rue au patronyme d'oiseau, près de la Seine, enfin chez Violette, l'amour de sa vie. Violette et lui ne cohabitaient pas à cause du qu'en-dira-t-on et de l'épouse officielle, soucieuse de préserver les apparences. C'était un trio à la Zola : Émile et Victorine d'un côté, Émile et Jeanne Rozerot de l'autre, sauf que leur gamin qui devait avoir une dizaine d'années à l'époque était en pension dans le sud de la France. J'ai su que Guillaume avait quitté ce monde il y a une décennie, rupture d'anévrisme. Sa régulière ne m'a même pas prévenu, j'ignore où il est enterré.

— Sa régulière ?

— Son épouse officielle, Renée.

Lucien Ricou tournait lentement les pages.

— Pongo et Congo, les Compagnons de la Jungle. Nuls. Lui, c'est Martinelli, un imitateur. Il a soufflé sa veilleuse il y a une quinzaine d'années. Ah, les Romanoff, des antipodistes…

Jeremy souligna du doigt un nom sur le programme.

— Renée Lequindre ? La régulière, l'épouse. L'administratrice du *Pégase*. Elle était plus âgée que Guillaume. Aujourd'hui il n'y a que les vieux de la vieille qui s'en souviennent mais, jusqu'aux alentours de 1910, les aficionados d'Offenbach la vénéraient. Pas vraiment jolie, mais un de ces timbres de mezzo ! Dans la reprise de *La Grande Duchesse de Gérolstein*, elle a cassé la baraque :

*Ah que j'aime les militaires,*
*Leur uniforme coquet,*
*Leur moustache et leur plumet...*

À court de paroles, Lucien Ricou fredonna un instant la mélodie et stoppa net, la pomme d'Adam bloquée sur un *la* défectueux. Il décocha à Jeremy un sourire enjôleur.

— Elle a surnagé quelques années et, hop, le bouillon. C'est bien fait, je ne pouvais pas l'encadrer et je n'étais pas le seul.

— Pourquoi ?

— C'était une pimbêche, elle était méchante, on la surnommait la *Mac'Miche*[1], parce qu'elle contrôlait les finances du *Pégase* au centime près, et surtout parce que, sous des dehors onctueux, elle était d'une jalousie féroce, elle l'avait à l'œil son Guillaume. Ils partageaient un vaste appartement deux étages en dessous de celui de Violette, Guillaume était le propriétaire de l'immeuble, il avait signé un bail à sa maîtresse sans en préciser la durée, ça facilitait leurs rencontres. Il savait parfaitement que la *Mac'Miche* était au courant de leur liaison mais il s'agissait avant tout de maintenir un statu quo, ne pas perdre la face. La *Mac'Miche* supportait la situation, dame, c'était Guillaume qui possédait les biens immobiliers et les actions. Drôle de couple ! Guillaume avait le cœur fragile. La *Mac'Miche* a pris les devants et l'a sommé de lui léguer ses biens avant que son palpitant cesse de battre la mesure. Il a cédé pour avoir la paix. Quelque temps après son décès, Violette a déménagé je ne sais où, vers le canal de l'Ourcq.

— Parmi ces gens sur le programme, avec qui avez-vous conservé des contacts ?

— Aucun. J'ai retrouvé Violette Lochard par hasard, il y a cinq-six ans, au cours d'un gala au profit des vieux artistes. Elle sentait la fin de saison et souffrait de problèmes pulmonaires. Son rejeton doit avoir dépassé la

1. Personnage antipathique créé par la comtesse de Ségur dans *Un bon petit diable* (1865).

trentaine à ce jour. Il portait un nom biblique... il s'appelait Abel, oui, c'est ça, c'est un de vos amis ?

— Je le connais à peine. On nous a présentés lors d'une soirée, nous avons échangé quelques mots, lui aussi m'a incité à vous interroger. Il m'a juste dit où vous trouver. Je comptais sur vous pour m'indiquer l'adresse de sa mère, j'apprécierais beaucoup que Mme Lochard me brosse l'envers du décor.

— Violette ne vous renseignera pas plus que moi, dit Lucien Ricou d'un air dépité. Enfin, si vous y tenez... Il faut que j'explore mon gourbi, je finirai par dégoter sa résidence, laissez-moi vos coordonnées, je vous téléphonerai. Monsieur ?...

— Nelson, Jeremy Nelson. Je vous note mon numéro. Quand vous serez libre nous ferons une interview en règle, si vous acceptez, ça va de soi, c'est votre témoignage qui m'intéresse.

Lucien Ricou parut rasséréné.

— Littré 03 12, Nelson, c'est ça ?

Il retint la main de Jeremy dans la sienne et dit d'un ton dégagé en lui glissant un papier.

— Vous pouvez me joindre à ce numéro, c'est celui d'un troquet, *Chez Mimi et Charlot*. Ça vous tenterait, ce soir, une escalope à la normande ? Chez Mimi et Charlot, ils la mitonnent avec amour, c'est proche de mon domicile. Du coup, après, vous monteriez chez moi, je chercherais où crèche Violette Lochard...

Jeremy déclina l'invitation et s'éloigna rapidement, évitant de se retourner afin de ne pas voir l'expression amère du vieil homme.

Quand il fut à bonne distance, il adopta une démarche plus posée, ressassant les détails de cette entrevue et les impressions qu'elle avait suscitées. Une rue au patronyme d'oiseau ? Rue de l'Hirondelle ? Si c'était le cas, tout se recoupait. Il ralentit devant le manège des bagues et considéra un petit dur, bredouille sur son canasson, le visage crispé par la déception. Il tendit un bras vers la crémaillère, fit mine de la viser, les doigts en revolver. Le petit dur l'imita, un anneau glissa sur sa baguette.

— Mademoiselle ! J'en ai un !

Ce gamin transfiguré de bonheur l'entraîna au pays de l'enfance. Très loin dans sa mémoire, une valise en carton bouilli révélait une brassée de fascicules à dix sous. Il aurait pu palper le filigrane grumeleux de ses premières lectures où d'intrépides détectives résolvaient des enquêtes tortueuses.

Sur le chemin du boulevard Saint-Michel, il fit le point sur ce que Lucien Ricou lui avait appris. Violette Lochard et Guillaume Lequindre étaient les géniteurs de M. Abel, qui occupait toujours l'appartement de sa mère. Avait-il un contentieux à régler avec Mme Lequindre ?

# 7

*Même jour, soirée*

Dans l'autobus qui le ramenait chez Paul Green, Jeremy dut convenir qu'il piétinait, il commençait à concevoir de sérieux doutes sur ses talents de limier.

« La vengeance ! Mme Lequindre serait-elle l'objet d'une vengeance ? »

Ce postulat s'imposait, encore fallait-il savoir ce qui le motivait et surtout s'assurer que le dentier n'appartenait pas à M. Max.

« Comment procéder ? »

En franchissant la grille de la rue de l'Hirondelle, il buta sur une gibecière abandonnée au milieu d'une des marches. En contrebas, Toussaint Rasade jouait à la balle au mur. Il tourna brusquement la tête, son regard croisa celui de Jeremy qui sentit son pouls s'accélérer.

— Toussaint, chuchota-t-il, ça te plairait de gagner vingt sous ?

— Ça dépend, grommela le gamin, sur la défensive.

— Dis-moi où habite l'ami de Mlle Lahure, M. Max.

— J'n'en sais rien, je n'suis pas cartomancienne.

Jeremy remballa les deux francs. Toussaint se rembrunit et débita d'un trait :

— Ben, j'ai entendu maman parler à Mlle Lahure le jour de la fuite d'eau. Maman veut aller au théâtre où elle est ouvreuse. C'est de la danse avec des Américains, j'ai oublié le titre, mais maman, non. Seulement faudra pas lui répéter que je vous l'ai dit parce qu'elle va y aller en douce de papa. Vous me les donnez, les vingt sous ?

Jeremy obtempéra, bien qu'il n'ait rien appris qu'il ne sût déjà.

Parfois, la vie prend des tournants inattendus. Était-ce le destin, le hasard ou la chance ? Jeremy n'eut pas besoin d'interroger Linda Rasade sur la nature du spectacle auquel elle rêvait d'assister, Paul Green s'en chargea : les cheveux en désordre, les yeux brillants, il déboula dans son appartement où Jeremy désespérait de son arrivée.

— Enfoncé, Volterra ! Au vestiaire. Je nous ai dégoté mieux grâce à un violoniste de Pasdeloup ! On a décroché la timbale ! Devine avec qui nous avons rendez-vous pour un lunch ?

— Paul Derval[1] ?

— Tu plaisantes ! Caroline Dudley Reagan !

Accablé de lassitude, Jeremy baissa la tête et traça des clés de sol sur une portée. Si Paul se mettait à picoler, leur projet était à l'eau, de toute façon tout était à l'eau.

— C'est l'effet que ça te fait ? La femme de Donald J. Reagan, l'attaché culturel de l'ambassade américaine à Paris ! Tu m'écoutes, oui ? C'est elle qui, sur les instances d'André Daven, le directeur artistique du théâtre des Champs-Élysées, lui-même conseillé par le peintre Fernand Léger, a recruté l'été dernier, à Broadway, douze musiciens et huit choristes afro-américains. Ils jouent dans une revue musicale où le jazz est roi. Ne me dis pas que tu n'en as pas eu d'écho ?

Jeremy le fixa un moment et se leva, pantin actionné par des fils invisibles.

— À quelle heure et où ?

1. Directeur des *Folies Bergère*.

— Dix-huit heures trente, à l'angle du quai des Grands-Augustins et de la rue Gît-le-Cœur. Rentre chez toi, enfile ton costume trois-pièces – tant pis s'il te serre, on n'a rien sans rien –, cire tes plus belles godasses et déniche-toi un galure, on se retrouve chez Rasade à dix-huit heures ! Ah, pense à apporter tes chansons et les notes de notre futur spectacle, avec notre adresse en évidence, on les posera négligemment sur un meuble et on les y oubliera !

— J'en viens, de chez moi, mentit Jeremy, je suis crevé.

— Tu ne peux pas y aller dans cette tenue ! Tu as vu les genoux de ton pantalon ? Ils sont tachés, on dirait du cambouis. Hé, il y en a aussi par terre, on te suit à la trace.

Du bout des doigts, Green effleura le plancher.

— Ça poisse, c'est du cambouis. Va te changer.

— À vos ordres, chef ! Dis, c'est quoi, cette odeur qui imprègne ta salle de bains ?

— Ce doit être ma brillantine, il paraît que l'alcool de romarin améliore la mémoire. Allez, file te bichonner, on va être en retard !

Rue Guisarde, Jeremy déposa les documents tirés de son portefeuille dans la boîte Black Jack et la dissimula sur une planche de la penderie. Il était temps de se préparer à rejoindre Green. Il glissa le cahier de musique et quelques petits formats de ses compositions dans son cartable pour partitions, ôta son pantalon qu'il considéra avec consternation.

Où avait-il pu s'arranger de la sorte ?

« En début d'après-midi, chez Mme Lequindre, je me suis agenouillé pour ramasser le pendentif. »

Aussitôt il revit le gamin des Rasade faire front à Tourtel et lui lancer que sa bicyclette semait de la graisse noire dans la cour… Tourtel ! Serait-il monté chez Mme Lequindre ?

Il fut saisi d'une rage froide.

— Le sale hypocrite avec son air cauteleux !

« Ne t'affole pas. Ce n'est pas forcément lui, n'importe qui a pu patauger dans le cambouis. Ce peut être Abel ou l'un des locataires de l'immeuble, ils ont tous une bonne raison d'en vouloir à Mme Lequindre. »

Son esprit était-il en proie à des élucubrations ?

Il accorda une fois de plus la préférence à son costume Norfolk, usé, mais tellement plus confortable que le trois-pièces offert par Camille. Il opta pour une chemise de coton beige, un nœud papillon et son Fedora Borsalino.

Après des fouilles minutieuses dans le bas de l'armoire, il exhuma une paire de souliers vernis qu'il astiqua à l'aide d'une chaussette trouée.

Il se sentait fatigué, mécontent.

« Il faut que je sache si cette prothèse dentaire appartient à ce M. Max. Si elle est à lui, plus de problème, sinon… »

Il ne possédait pas d'autre solution que d'aller au théâtre music-hall des Champs-Élysées questionner le béguin de ce fameux Max. Il mit du temps à se remémorer le nom de la demoiselle.

Il envisagea plusieurs alternatives sans trouver de réponse, il tournait en rond, tiraillé entre son envie de foncer et celle d'opter pour la prudence. Il éprouvait l'urgence de partager son désarroi avec quelqu'un. Green ? Non, Paul était sérieux dans le travail, mais tête en l'air de naissance, incapable de se concentrer pendant une longue période, encore moins de tirer des déductions d'indices incertains. Non, pas Paul. Il vit alors la bouille ronde et sympathique d'un môme ébouriffé, attifé d'une chemise trop large, Sammy Eidelmann ! Il lui fallait un ami fiable en qui placer sa confiance et Sammy était cet homme-là, un petit débrouillard fidèle, le seul à pouvoir mener des démarches alambiquées. Ils s'étaient connus quatre ans auparavant, alors que Jeremy était tapeur dans un cabaret de Belleville et, en dépit de la différence d'âge, leur amitié complice avait perduré au fil des ans. Restait à convaincre Sammy de l'épauler sans pour autant passer pour un névrosé.

Le tonnerre claqua au loin, il compta seize déflagrations : un éclair fendit le ciel sombre par-delà les toits. Il se raidit, l'anxiété s'accentuait jusqu'à la nausée. Il s'accouda à la fenêtre, ses peurs d'enfant revenaient au galop, peur des bruits violents, peur du noir, peur de perdre ceux qu'il aimait, peur de rater ce qu'il entreprenait.

— Jem ! Dépêche-toi, il va flotter ! braillait Paul Green, un journal déployé sur sa tête, à l'entrée de la rue Gît-le-Cœur.

Les premières gouttes les surprirent à l'orée d'un immeuble du XVI^e siècle. Ils gravirent deux étages, peinant à garder leur équilibre sur les marches carrelées d'inégale hauteur. Au bout d'un corridor sinueux, Green hésita avant de frapper à une porte en bois blanc.

Une femme entre deux âges, aux cheveux plats séparés par une raie au cordeau, vêtue d'une robe ajustée qu'égayait un collier de perles, les reçut avec cordialité. C'était Caroline Dudley Reagan.

— Deux musiciens en rabiot ! constata-t-elle à l'énoncé de leurs professions. Nous n'allons pas nous ennuyer !

Elle les précéda dans un couloir crépi à la chaux, débouchant sur un vaste salon au plancher de chêne, aux murs lambrissés, aux fenêtres à meneaux. Un feu de bûches flamboyait dans une cheminée, devant laquelle de moelleux fauteuils club accueillaient plusieurs hôtes. Caroline Dudley Reagan fit les présentations.

— Ma sœur, Dorothy, qui a dessiné les costumes de la revue avec Suzanne Smith. M. Ernest Hemingway, journaliste et nouvelliste. M. Fernand Léger, instigateur de notre show.

L'identité de Green et de Jeremy laissa indifférents les invités qui ne s'entretenaient que du triomphe du théâtre music-hall des Champs-Élysées. Tandis que Paul Green s'installait auprès d'eux, Jeremy, fasciné, contemplait un piano où était assis un homme en smoking, d'abord célèbre en tant que clarinettiste puis comme saxophoniste soprano. Il devina qu'il s'agissait de Sidney Bechet, dont il avait vu la photo dans des magazines. Le rythme de ses improvisations s'accéléra, ébranla le pot de bruyère et la lanterne japonaise posés sur l'instrument. Sidney Bechet plaqua un ultime accord.

— On se connaît ? demanda-t-il à Jeremy.

— Un ami américain m'a envoyé un disque que vous avez enregistré avec Louis Armstrong.

— Ah ? Vous vous intéressez au jazz ?

— Je suis pianiste et compositeur.

Sidney Bechet lui céda le tabouret avec un geste en direction du clavier. Intimidé, Jeremy n'osait accepter.

— Ne refusez pas, sinon je vous prendrai pour un hâbleur !

Jeremy régla le tabouret, réfléchit et se lança dans une suite de standards de ragtime, d'airs de shimmy et de one-step, pour finalement bifurquer vers une interprétation débridée des succès de son idole, George Gershwin.

— Hé, pas mal, pas mal du tout ! s'écria Sidney Bechet. Vous avez rencontré Gershwin ?

— J'ai eu ce privilège l'année dernière, lors d'un séjour à New York, où je n'étais pas retourné depuis la guerre. J'étais au *Capitole*, dans Lenox Avenue, quand il a surgi avec des amis.

— Oh, cette espèce de baraque enfumée réservée aux richards où il y a un téléphone sur chaque guéridon entre un seau à champagne et un journal ! Jolies, les petites dames poudrées, hein ?

— Jem, pourquoi ne joues-tu pas une de tes chansons ? suggéra Paul Green, qui s'était approché.

Jeremy aborda *Full Eden Moon* avec circonspection, après avoir récupéré le petit format de son paquet de partitions.

Les conversations s'éteignirent, tous écoutaient avec plaisir.

— Vous savez, moi, je ne lis pas une note de musique, confia Sidney Bechet à Paul Green.

— Et moi, je suis clarinettiste, souffla celui-ci.

— Chut ! leur ordonna un homme en costume clair.

Moulée dans une robe cerise, un chapeau cloche au ras des sourcils, une jeune femme se glissa vers eux. Elle jeta sur une table un manteau bleu garni de broderies et d'hermine.

Lorsque Jeremy eut terminé, il y eut des applaudissements.

— C'est admirable ! clama la jeune femme en rouge. Un jour, je le chanterai !

— Oh, tais-toi donc, Jo, tu es avant tout une danseuse, rétorqua l'homme en costume clair, qui tapa sur l'épaule de Jeremy. Enchanté, moi c'est Louis Douglas, j'ai mis en scène la revue dont Jo est une des vedettes. Je me produis régulièrement à Paris depuis 1903. Mais les artistes afro-américains sont un peuple de l'ombre, même dans la Ville lumière, constata-t-il en riant.

— Pas pour longtemps, intervint Fernand Léger. Les grimaces, les contorsions et le corps voluptueux de miss Joséphine vont révolutionner nos spectacles les plus archinus ! Les Hoffmann Girls peuvent aller se rhabiller !

Aidée de sa sœur, Caroline Dudley disposait sur la table étincelante un service à thé accompagné de boissons plus toniques.

— Alors, c'est sensass, non ? chuchota Paul Green à l'oreille de Jeremy. Quelle ambiance ! Je me sens mieux que dans mon pied-à-terre sinistre. Ici, même pour un fauché, la vie est un beau voyage.

Jeremy lui décocha un regard étonné.

— Je suis heureux de te voir enfin optimiste, Paul. Qu'est-ce qui t'arrive, tu as forcé sur le gin ?

Il n'entendit pas la réponse de Green, Joséphine Baker se pendait à son bras.

— Franchement, sincèrement, qu'avez-vous ressenti en me voyant ?

— C'est que... Je n'ai pas encore eu cet agrément... Je n'ai... cafouilla Jeremy.

— Quoi ? Vous n'avez pas franchi le seuil du théâtre ? Il est vrai que c'est complet. Caroline, deux invitations pour après-demain.

— Ah, c'est trop bête, dit Green, après-demain j'ai mon remplacement chez Pasdeloup !

— Ça ne t'ennuie pas si je fais profiter un ami du second fauteuil en échange de mes desserts à venir ? s'enquit Jeremy.

Il empocha les billets, satisfait à la perspective d'épingler l'ouvreuse, dont il venait de se rappeler le nom.

— Paris est une ville merveilleuse, les couturiers ont du génie ! s'exclama Joséphine Baker. Les couples se bécotent en pleine rue, à New York on les coffrerait aussi sec ! En revanche, la nourriture est exécrable ! Mes amies Maud de Forest, Mary Wood, ici présentes, et moi, avons loué un nid à Montmartre. Nous vous convierons à dîner un de ces quatre, monsieur Nelson, au menu vous aurez du *corned-beef* et des loukoums !

La nuit envahissait les vitres sur lesquelles se reflétaient les lueurs des réverbères.

Jeremy s'apprêtait à ouvrir son cartable à partitions pour placer discrètement une de ses récentes compositions sur une table basse, quand une voix l'arrêta :

— Il va bientôt falloir aller au turbin ! lança Louis Douglas.

Sidney Bechet rallia le piano. Maud de Forest se dressa et improvisa un couplet, puis fut rejointe par Mary Wood et Joséphine Baker. La musique s'accéléra, le motif persistant martelé par Sidney Bechet enfla jusqu'au galop. Mary Wood bondit et souleva sa jupe rose pour se livrer à une série de sauts acrobatiques, imitée par Joséphine Baker, qui roulait des pupilles en croisant les jambes. Les spectateurs tapaient des mains à contretemps, le feu rougeoyait, et Jeremy aurait voulu que cela ne cessât pas.

Quand Paul Green et lui regagnèrent le quai, il pleuvait toujours, et le ballet des automobiles chuintait sur la chaussée. Soudainement, Jeremy se sentit seul. L'absence de Camille effaçait toute joie en lui, même celle d'avoir obtenu des passe-droits pour le spectacle qui se jouait à guichets fermés.

— Ben mon vieux, quelle tête d'enterrement, déplora Paul, tu as des soucis ?

Jeremy émergea de sa torpeur.

— J'ai sans doute trop d'imagination, j'échafaude des scénarios délirants d'assassinat, de vengeance, je cauchemarde, je rêve de choses affreuses.

— J'avais remarqué que tu n'étais pas à prendre avec des pincettes depuis quelque temps : Camille te manque.

— Tu as raison. J'aimerais être aussi placide que toi. Le célibat ne te pèse pas trop ?

— Oh moi, les femmes modernes m'intimident et celles qui m'attirent sont mariées. Je refuse de me compliquer l'existence, et puis, question charme, je suis loin du séducteur type. Je ne suis pas malheureux, tu sais. C'est quoi, tes scénarios délirants ?

— Oh, rien, dit Jeremy en shootant dans un papier gras. Des idées, juste des idées.

Une image s'imposait à son esprit : le cadavre édenté de Mme Lequindre allongé dans un catafalque au milieu d'un cercle de lettres anonymes.

# 8

*Samedi 10 octobre*

Après une nuit agitée, Jeremy avait décidé de se jeter à l'eau. Il s'installa devant le téléphone et la cafetière.

— Mademoiselle, donnez-moi Roquette 12-21, s'il vous plaît.

Il patienta un moment avant que l'opératrice le mette en relation avec son numéro. Deux tasses de café plus tard, une cavalcade coupa court à la logorrhée de la logeuse de Sammy.

— Qui m'appelle ? s'enquit une voix pâteuse à l'autre bout du fil.

— C'est Jem. Peux-tu me rendre un service ?

Jeremy sauta du bus place de la Bastille. Il embouqua la rue de la Roquette jusqu'au passage Thiéré où siégeait le troquet d'un bougnat. Hormis deux ébénistes accoudés au zinc et un consommateur solitaire, la salle n'abritait aucun abonné de la banquette. Bien en vue derrière le comptoir, une maxime tracée en lettres blanches sur un tableau noir proclamait :

*Bois, tu mourras,*
*ne bois pas, tu mourras quand même.*

Le consommateur héla le garçon en train de semer de la sciure sur le carrelage.

— Alexandre, un grand crème, et sans bain de pieds.

— On vient, m'sieu Sam.

Sammy Eidelmann, en complet de lin, aux chaussures à deux tons, coiffé d'un chapeau à large bord, se remit à bouquiner, le menton entre les mains.

— Sammy, tu vas t'abîmer les yeux.

— M'sieu Nelson ! C'est chic de m'avoir téléphoné ! Vous n'avez pas visité mon nouveau garni. De l'extérieur ce n'est guère encourageant mais je voulais rester dans le quartier. Une chambre-cuisine, rue de la Roquette, un petit loyer, ça me convient.

Le freluquet à la tignasse rebelle, vêtu au décrochez-moi-ça, s'était mué en un jeune homme soucieux de son apparence.

— Sam, tu es aussi élégant qu'une Rolls !

— Si on veut plaire, m'sieu Nelson…

— Tu comptes me séduire ?

— Soyez sérieux, m'sieu Nelson, déjà que ma logeuse se pose des questions sur ma façon de vivre parce que je ne reçois jamais de filles, mais c'est que je n'ai pas le temps, je suis monté en grade, je bosse à la *Comédie des Champs-Élysées*. Je suis passé assistant en régie. Hier, c'était la dernière de *Knock*[1]. J'enchaîne avec *Madame Béliard*[2].

— Je croyais que ce théâtre accueillait une revue afro-américaine, s'étonna Jeremy.

— Oui, mais le bâtiment comporte trois salles, m'sieu Nelson : une grande à l'italienne destinée à la musique, une petite, le *Studio des Champs-Élysées*, et une moyenne, dirigée par Louis Jouvet : la *Comédie des Champs-Élysées* – c'est là que je travaille. Au début de l'année

1. Pièce de Jules Romains. Dans le rôle éponyme, Louis Jouvet, également metteur en scène.

2. Pièce de Charles Vildrac, mise en scène de Louis Jouvet.

prochaine, je serai engagé à l'Opéra-Comique. On va monter une féerie dansée et chantée[1]. J'ai du pain sur la planche et des projets à la pelle.

— Moi, Sammy, j'ai un gros problème. Soit je fabule, soit j'ai mis le doigt sur une pelote d'embrouilles. Il faut que tu m'aides à la démêler, je tiens à ce que tu me secondes, tu es un précieux partenaire.

Les joues de Sammy s'empourprèrent.

— Sincèrement, m'sieu Nelson ?

— Ne sois pas modeste, mon vieux. Tu possèdes un sens inné de l'investigation.

— C'est vrai, j'ai le nez creux. Je devine que Camille est en tournée. Chaque fois qu'elle voyage, vous devenez sentimental, nerveux, angoissé, suspicieux. Bref, vous éprouvez le besoin de vous aérer les méninges, répondit Sammy pour dissimuler son émotion. Qu'attendez-vous de moi ?

— Que tu m'escortes ce soir au théâtre music-hall des Champs-Élysées. Ensuite, si tout fonctionne selon mes vœux, je t'attribuerai une mission délicate, tu devras faire appel à ton imagination. Si tu acceptes, ça me tirera une épine du pied.

Sammy se rembrunit.

— J'ai déjà entendu ce refrain. Elle consiste en quoi, cette mission délicate ?

— Accoster une des ouvreuses qui se nomme Enora Lahure et lui extorquer l'adresse de son amant, un certain M. Max.

— Pourquoi moi ?

— Je ne peux pas m'en charger, elle se méfierait. Je dois impérativement savoir si M. Max porte un dentier, mais j'ignore où le joindre. Toussaint Rasade est incapable de me renseigner, et…

1. *L'Enfant et les Sortilèges* : texte de Colette, musique de Maurice Ravel.

— Quel charabia, je ne pige rien, vous êtes toujours aussi confus ! Un dentier ! Vous voulez que j'ausculte les amygdales d'un bonhomme que je ne connais ni d'Ève ni d'Adam ? J'ai l'impression que vous vous payez ma tête.

Jeremy resta un moment silencieux comme s'il réfléchissait, puis il tapota l'épaule de Sammy.

— Sottise, j'ai toujours été carré avec toi.

— Ouais, j'ai appris à décoder votre comportement, vous êtes maître dans l'art d'embobiner vos interlocuteurs ! D'accord, j'accepte, ne serait-ce que pour applaudir cette fameuse revue américaine. Vous avez de la chance, je dispose de huit jours avant la première de *Madame Béliard*.

Le théâtre music-hall des Champs-Élysées avait mérité sa réputation avant-gardiste dès son ouverture en mai 1913 grâce au tollé qui avait accueilli *Le Sacre du Printemps*[1]. Une atmosphère cotonneuse enveloppait l'avenue Montaigne. Une foule se pressait dans la brume. Douze ans et des poussières plus tard, le Tout-Paris venait découvrir l'événement de l'année.

UNE REVUE AMÉRICAINE

Un grand spectacle produit par Caroline Dudley, mise en scène de Louis Douglas, musique de Spencer Williams et de plusieurs célèbres compositeurs afro-américains.

Avec : Joséphine Baker, Louis Douglas, Sidney Bechet, Maud de Forest, Marion Douglas, Joe Alex, Honey Boy, les huit Charleston Babies, le Camp Meeting Quartette et Dudley Famous Charleston' Jazz-band.

1. Œuvre d'Igor Stravinsky, créée en mai 1913 par les Ballets russes de Serge Diaghilev, chorégraphiée par Vaslav Nijinski.

Une affiche signée Paul Colin attisait les commentaires. On y voyait se trémousser une jeune femme de couleur, coiffée à la garçonne, vêtue d'une courte robe blanche.

— C'est elle, c'est Joséphine Baker, il paraît qu'elle est épatante.

La posture aguicheuse de la jeune femme suggérait la fête à laquelle participaient deux artistes noirs, dont l'un arrondissait la bouche, tandis que l'autre souriait largement, un melon incliné sur l'œil.

Au seuil de la salle comble, Jeremy et Sammy attendaient que l'ouvreuse les guide à leurs places.

— Ne seriez-vous pas Enora Lahure ? lui demanda Jeremy.

Elle rit, secoua ses boucles blondes. Jeremy la gratifia d'un généreux pourboire.

— Merci, messieurs. Moi c'est Zouzou. Enora est brune, elle s'occupe du balcon. Vous pourrez la rencontrer à l'entracte, nous servons une collation dans le hall.

Sammy se cala dans son fauteuil en rouspétant.

— Ah, c'est fort ! Vous ne la connaissez même pas, cette Enora Lahure, vous m'avez mené en bateau ! Qu'est-ce que je vais lui débiter pour obtenir votre renseignement ? Et puis d'abord, je veux savoir de quoi il s'agit.

— Je te le dirai plus tard. Je te fais confiance, tu es le roi de la débrouille, répliqua Jeremy. Oh ! Là-bas, c'est Robert Desnos. Et un peu plus loin sur la gauche, Blaise Cendrars.

— C'est ça, détournez la conversation.

Les lumières s'éteignirent, le brouhaha se fondit en une rumeur entrecoupée de toussotements.

Sur le plateau obscur, des silhouettes frôlèrent la rampe. Des projecteurs cernèrent les musiciens sanglés dans des tuniques rouges à brandebourgs. Un saxophone sanglota, un banjo s'accorda au tempo d'une batterie, un trombone, un cor et une clarinette se lancèrent dans le baroud, tandis que Sidney Bechet, courbé sur son piano, disciplinait les discordances du *jazz-band*.

Les artistes martelaient les planches, gonflaient le ventre et les joues afin d'exécuter un shimmy épileptique. L'un disparut dans une trappe, l'autre s'envola vers les frises, emporté par un fil.

Créé par le peintre mexicain Miguel Covarrubias, le décor évoquait la patte d'Odilon Redon. Le rideau ocre, où se détachait un danseur en tenue saumon, se leva sur un paysage à la Douanier Rousseau. Deux bateaux à aubes remontaient un fleuve. Disséminés le long de la berge, des débardeurs fumaient la pipe ou somnolaient sur des barils de rhum. Soudain, surgirent les Charleston Babies agitant leurs jambes brunes aussi vite que des jouets mécaniques. Une jeune beauté bondit, les girls s'éparpillèrent. Un frisson parcourut l'audience.

— C'est la fille de l'affiche, c'est Joséphine Baker !

Sammy consulta son programme, la scène s'intitulait *Mississippi Steamboat Race*.

L'étoile noire, souple comme une liane, tournoyait, se contorsionnait avec drôlerie sans sacrifier à la vulgarité. Tantôt elle parodiait un kangourou boxeur, tantôt un androgyne ensorceleur, se gaussant des hommes perchés sur les tonneaux de ratafia. Lorsqu'elle se mit à chanter d'une voix plus aiguë que les cuivres, ce fut le délire. Le voisin de Sammy marmonna :

— Ben mon cousin ! Je suis médecin, je m'y connais, deux heures d'un tel spectacle et la tension artérielle de nombreux messieurs va piquer un sprint !

Les tableaux s'enchaînaient, tous susceptibles d'accélérer la fébrilité, tous vivement ovationnés : *New York Skyscraper*, *Louisiana Camp Meeting*, *Charleston Cabaret*. Le show atteignit son apogée avec *La Danse sauvage*.

Joséphine Baker, n'ayant pour toute parure qu'une ceinture de plumes vertes, s'élança sur scène, électrisant le public par ses évolutions érotiques et cocasses. Elle gambadait, se dandinait, marchait à quatre pattes, imposait à son regard un strabisme affecté. Son partenaire, Joe Alex, un athlète à demi nu, les lèvres teintes en blanc, se démenait comme un bonhomme de caoutchouc actionné par des poulies invisibles. Le vertigineux tangage convulsif de cette jeune femme de dix-neuf ans qui s'offrait, la croupe saillante, se refusait en riant, livrée à la folie d'un rythme effréné au cours duquel son buste, ses cuisses, ses mollets, ses chevilles et ses pieds formaient une créature complexe, attisait l'émoi des spectateurs, les uns enthousiastes, les autres scandalisés.

Quand tout s'arrêta sur un ultime crescendo du *jazz-band*, le quart de la salle cria : « Remboursez ! » tandis que la majorité acclamait la troupe.

— Ils ont fait scandale, ils sont assurés de triompher chez nous ! prédit le médecin.

Sammy, sous le charme de la nymphe affriolante qui venait de conquérir Paris, demeurait muet.

Jeremy lui souffla à l'oreille :

— Vite, va repérer Enora Lahure, n'oublie pas, M. Max, le dentier…

Sammy renauda mais s'exécuta, tandis que les membres du *band* interprétaient des airs en vogue. En gagnant le hall bondé, il glana des bribes de conversations.

— Elle est gironde, la petite Baker, un corps félin.

— Les membres de la troupe voulaient se farder en blanc pour brocarder les « minstrels » grimés en noir, alors que les États-Unis appliquent la loi de ségrégation, mais le directeur artistique l'a interdit.

Sammy dut jouer des coudes pour accéder au bar. Les ouvreuses distribuaient des boissons. Zouzou, la blondinette qui l'avait placé, le reconnut et l'incita à se servir. Encouragées par le public masculin qui leur offrait des verres, les Charleston Babies, fières de leur succès, s'étaient hissées sur une table. Elles avaient pour sobriquets

Mesmoue, Kobra, Baby d'or, Pamplemousse, Makoka, et se tortillaient dans leurs ceintures transparentes. Sammy ne but qu'une gorgée de champagne et reposa sa flûte. Ces filles dévoilées lui donnaient le tournis.

— Il paraît que, à la première, Mistinguett était jalouse et qu'elle a elle aussi exhibé ses jambes, lui souffla Zouzou. Enora est là-bas, ajouta-t-elle, désignant une grande fille brune coiffée au carré.

Sammy parvint à l'épingler.

— Madame Lahure ?

— Mademoiselle, répliqua-t-elle d'un ton pincé.

— Je suis porteur d'une bonne nouvelle. Une de mes accointances, qui se rend parfois dans l'immeuble où vous logez, est compositeur, il travaille actuellement dans un music-hall. Il vous a remarquée et m'a requis de vous prier d'accepter de figurer dans sa future revue.

— Je n'ai jamais mis les pieds sur les planches, alors tout dépend… C'est bien payé ?

— Ben, je suppose, vous savez, le *Casino de Paris*…

— Le *Casino de Paris* ?

Enora Lahure en avait reposé la bouteille qu'elle s'évertuait à ouvrir.

— Il faudrait auditionner assez vite. Où peut-on vous joindre ?

— Votre ami doit le savoir puisque je lui ai tapé dans l'œil.

— Il fréquente beaucoup de monde, et puis il est distrait.

Elle s'humecta les lèvres, fit bouffer ses cheveux et jeta avec un détachement étudié :

— Je suis hébergée chez une relation, M. Max Hébert, il tient une officine de produits antinuisibles, au 16, rue Quincampoix.

Sammy nota ces indications sur un papier repêché dans sa poche, salua Mlle Lahure et se faufila dans la salle.

À son grand désappointement, Jeremy était prêt à partir.

— On s'en va déjà ? Mais il y a encore Saint-Granier, des jeux icariens américains, des cascadeurs japonais, des nains allemands…

— Tu n'as pas eu ta dose d'exotisme pour ce soir ? Je suis épuisé. Tu as l'adresse ?

— Oui. 16, rue Quincampoix, une boutique spécialisée dans la vente de poisons raticides, insecticides, taupicides, grommela Sammy d'un air lugubre.

— Parfait. Tu y fonces demain matin et tu improvises.

— Vous en avez de bonnes, vous ! Moi, le matin, je dors. Oh, c'est elle !

Une jeune femme en manteau lamé, portant un diadème, montait dans un taxi.

— Joséphine Baker.

— Dire que j'ai goûté avec elle et qu'elle a promis de me régaler de *corned-beef*, dit Jeremy, rêveur.

— Elle a… quoi ?

Les automobiles qui cornaient, les autobus qui crissaient, la turbulence des passants, les vociférations des chauffeurs, les sifflets des agents de la circulation se fondaient en une partition proche de celle du *jazz-band*.

« Un jour, un compositeur inspiré harmonisera cette cacophonie, songea Jeremy. Ce sera la musique de notre époque survoltée, on y décèlera les menaces de la nuit et des assassins. »

## 9

*Dimanche 11 octobre*

La vaste charpente métallique des Halles cernait des pans de nuit troués de lueurs mouvantes. Un flot de denrées saturait les devantures, engorgeait les chaussées. Fromages, confiseries, primeurs coloraient de taches vives le pied de vieilles bâtisses où claquaient des enseignes. Une aube bruissant d'un récital d'appels repoussait la pénombre.

Sammy baguenaudait le long de la rue Quincampoix. Nez au vent, il humait les odeurs de miel, de sucre cassé, de cire, de café. La proximité des Halles changeait trottoirs et caniveaux en dépôts d'ordures. Coincés entre des fardiers et des charrettes à bras, les marchands des quatre-saisons débitaient leurs fruits et légumes dont ils jetaient au sol les plus esquintés. Sammy pensa au dernier film de cape et d'épée qu'il avait vu. Il s'attendait presque à faire escale deux siècles en arrière, cerné par une cohue d'agioteurs à perruque enfarinée, de vendeurs de libelles et d'oublies. Allait-il croiser le banquier John Law ou le chevalier de Lagardère grimé en bossu ? Une vieille chanson de rue, apprise par cœur autrefois lui revint en mémoire, elle énumérait les heurs et malheurs de ceux qui risquent leur avoir pour s'enrichir sans peine :

*Lundi, je pris des actions,*
*Mardi, je gagnai des millions,*
*Mercredi je pris équipage,*
*Jeudi, j'agrandis mon ménage,*
*Vendredi je m'en fus au bal,*
*Et samedi à l'hôpital.*

La réalité reconquit sournoisement ses droits : Sammy patina sur une pomme blette et atterrit contre la vitrine d'une salle de culture physique. Par-delà les vitres crasseuses, des photographies exhibaient d'un côté des individus malingres : épaules voûtées, ventre proéminent, de l'autre les mêmes après trois mois de pratique, dotés d'une musculature harmonieuse.

Sammy se tâta les biceps et se dit qu'il était peut-être temps d'améliorer son anatomie.

Dubitatif, il longea un mur tapissé de réclames pour les vins Nicolas. Sur les affiches, un frêle livreur moustachu le fixait d'une paire d'yeux en billes de loto, serrant dans chaque main plus de litres de rouge que de doigts.

« Toi aussi, mon vieux, tu aurais besoin de te muscler », songea-t-il avant de tomber en arrêt face à une enseigne sertie de noir, qui annonçait en lettres jaunes :

LE FAUCHE-RATS
OFFICE PARISIEN DE DÉRATISATION
ET DE DESTRUCTION DES NUISIBLES
PROPRIÉTAIRE : M. MAX HÉBERT

— J'y suis ! Il est gentil, m'sieu Nelson, mais comment examiner la dentition d'un bonhomme inconnu sans passer pour un fou ? « Si tu ne viens pas à Lagardère, Lagardère ira à toi », dit-il en poussant la porte.

Des étagères regorgeaient de paquets de poudres foudroyantes fatales aux rongeurs dont plusieurs spécimens empaillés contemplaient avec nostalgie le spectacle de la rue.

— Chouette commerce, marmotta-t-il.

Un gandin aux cheveux calamistrés, à la fine moustache gominée, cintré dans un complet à rayures, accourut vers lui, heureux d'accueillir un client dans son antre désert.

— Monsieur désire ?

Sammy regarda autour de lui. Partout, des pièges à palette, des souricières, des tapettes à mouches, des produits destinés à régler leur compte aux blattes, cancrelats, punaises, mites, araignées, moustiques et autre cargaison d'hôtes charmants nichés dans les tuyauteries, parquets, armoires et sombres recoins. Mais la spécialité de M. Max était sans conteste l'éradication de la gent trotte-menu.

Sammy se confronta au tenancier de ce trésor raticide, qui tenait à la fois du croque-mort et du danseur mondain.

— Ai-je affaire à M. Max ?

— En personne.

— La cave de notre immeuble est envahie d'affreux gaspards au museau effilé. Ma mère redoute d'être mordue et d'attraper la peste, énonça-t-il.

Les lèvres de M. Max esquissèrent un sourire condescendant.

— Nous vous rassurons incontinent, monsieur. Ce ne sont pas les morsures de muridés qui provoquent cette maladie, mais les parasites incrustés dans leurs poils. Où habitez-vous ?

— Quel est le rapport ? Près de la Bastille.

— Alors, il est improbable que votre mère ait décelé la présence de rat noir, dit rat vulcain. Cette espèce, qui est effectivement le vecteur de la peste, a cédé la place au surmulot ou rat brun. Le vulcain a été refoulé en banlieue, il y a cinq ans, ses puces ont été responsables d'une épidémie chez les chiffonniers de Saint-Ouen. Il y a eu plus de trente morts.

— Je n'étais pas au courant ! s'écria Sammy.

— Les journaux ont minimisé les faits, pour enrayer la panique. Ce que ces rats ne peuvent engloutir, ils l'utilisent afin de confectionner des nids moelleux, ils se nichent dans toutes sortes de tissus, d'où cette prédilection pour les biffins. Rien à craindre en revanche des surmulots. Ils n'attaquent que s'ils sont acculés, votre mère doit garder ses distances, s'interdire tout geste agressif, dominer ses nerfs.

Sammy retroussa les babines, prêt à défendre l'honneur maternel, puis se rappela qu'il était orphelin.

— C'est bizarre. Vous disposez d'une légion de collets, de trappes, de poisons, mais vous avez l'air d'apprécier ces rongeurs.

M. Max émit un profond soupir en se fourrant un cachou sous la langue.

— Vous en voulez ? demanda-t-il à Sammy, qui secoua la tête. C'est que, voyez-vous, reprit M. Max, on évalue à trois millions la population de surmulots à Paris, rajoutez à cela le nombre impressionnant de souris. Les ravages qu'elles engendrent sont beaucoup plus importants. Mais, entre nous, le plus nuisible des nuisibles de la création n'est-il pas l'*Homo sapiens* ?

Il s'interrompit, le temps de suçoter son cachou et de se lustrer la moustache, puis repartit d'un ton doctoral :

— Ce sont les surmulots, et non les humains, qui règnent sur la capitale. La nuit, ils sont les maîtres, ils pointent le museau hors de la moindre crevasse. Leur immense armée se répand dans la ville en quête de subsistance : nul restaurant, gargote, café, marché n'échappe à leur vigilance. Chacun de ces soldats consomme dix pour cent de son poids par vingt-quatre heures.

Une perception de vide au creux du pylore rappela à Sammy qu'il avait fait l'impasse sur le petit déjeuner.

— À la réflexion, dit-il, offrez-moi donc un grain de réglisse. Si je comprends bien, ces adorables bestioles ingurgitent autant de nourriture que les oiseaux ?

— Bien observé. Intelligentes et rusées, elles conçoivent des tactiques dignes de notre esprit d'entreprise. Nous en avons vu trois s'allier pour transporter un quignon de pain dur. L'une d'elles s'était couchée sur le dos, son butin sur le ventre, ses griffes enfoncées dans la croûte. La deuxième a saisi sa tête, la troisième l'a charriée par la queue, et le trio a emporté sans souci une prébende royale. Convenez-en, le mot « bêtes » ne leur convient pas.

— Et ils viennent d'où, ces surmulots ? s'enquit Sammy, essayant discrètement d'extirper le cachou collé à l'une de ses molaires.

— Cette variété brune a investi la France il y a plusieurs siècles. Passagers clandestins des navires russes, les surmulots ont d'abord débarqué en Angleterre, où on les nommait rats de Hanovre. Plus tard, ils déclarèrent la guerre aux rats noirs et se mirent à pulluler. Mais je les trouve plutôt discrets, et leur gourmandise contribue à nettoyer la ville.

— Pourquoi les tuer, alors ?

— À cause de la mysophobie qu'ils déclenchent chez l'homme, la peur irrationnelle d'être en contact avec la saleté ou d'être contaminé par des microbes et des parasites.

— Ah ! Je ne connaissais que la misogynie, moi.

— Et si nous parlions affaires ?

Sammy parvint à avaler son grain de réglisse. Il venait d'avoir une illumination.

— On ne vous a pas dit que vous avez la carrure d'un acteur ?

— Pardon ? répliqua M. Max, interloqué

— La façon dont vous avez prononcé : « Et si nous parlions affaires ». J'ai cru entendre Louis Jouvet, dans *Knock* quand il affirme : « Tout homme bien portant est un malade qui s'ignore ! »

— Acteur ? Vous trouvez ? Vous nous flattez, jeune homme… Encore que, nous l'admettons, nous caressions secrètement le rêve de monter sur les planches lorsque nous étions jeune. D'ailleurs notre future épouse œuvre dans le monde du spectacle.

Une main refermée sur son menton, les yeux mi-clos, Sammy tournait autour du marchand.

— Oui, vous avez la carrure… Quant à votre voix, elle est tout bonnement sensationnelle. Sacha Guitry n'a qu'à aller se rhabiller !

— Vous êtes sincère ?

Les narines dilatées, M. Max s'imaginait en Macbeth ou en Cyrano.

— Parole ! Et pourtant, des comédiens, Dieu sait si j'en côtoie. Y a juste un truc qui me gêne, oh, une broutille, un infime défaut d'élocution. Asseyez-vous et ouvrez grand la bouche.

M. Max obtempéra avec docilité. Calé sur une chaise, il desserra les mâchoires comme s'il était chez le dentiste.

— C'est ce que je pensais ! Ces crochets, là… Vous portez un appareil ?

M. Max s'empressa de mâchouiller.

— Une mécanique de précision, qui a été façonnée par un des meilleurs prothésistes de Paris, et qui ne nous a jamais causé d'ennui !

— Il n'y a pas de risque de le perdre au milieu d'une tirade ?

— En aucun cas, il est solidement ancré ! Nous ne le retirons que le soir afin de le nettoyer et, franchement, il faut l'inspecter de très près comme vous venez de le faire pour y déceler les fixations.

— C'est correct.

— Notre diction peut s'améliorer, il suffit de suivre des cours…

— Si tel est votre souhait, dès demain je solliciterai pour vous une audition auprès de M. Jouvet, chez qui je travaille, vous lui lirez l'extrait d'une pièce de votre choix.

— Vous êtes trop bon ! Pour la peine, nous vous consentirons volontiers une remise sur notre vente vedette, le Fauche-Rats. Vingt francs les deux boîtes de 500 grammes, au lieu de vingt-deux.

— Je vais voir, c'est maman qui tient les cordons de la bourse.

— Citez-lui mes références, le Muséum d'histoire naturelle, le service de la Voirie parisienne, le…

— Je n'y manquerai pas, le coupa Sammy, impatient de se dérober à la vision des vitrines exposant blattes, cloportes et cancrelats empalés, mais, par-dessus tout, de se soustraire à la logorrhée du tenancier qui causait comme un livre.

Il s'empressa de fuir cette officine de mort et s'échoua dans un café.

Au fond de la salle emplie de forts des Halles, après de pesantes minutes pendant lesquelles il visualisa une demoiselle du téléphone se vernissant les ongles, il obtint la communication avec Jeremy.

— Sammy Eidelmann au rapport. Si je vous réveille, c'est justice, moi je suis sur le terrain depuis l'aube. Réjouissez-vous, m'sieu Nelson, opération dentier accomplie. M. Max est muni du sien. Ne me remerciez surtout pas et ne me fournissez pas d'explication au sujet de cet examen branquignol d'un tueur de nuisibles à l'haleine de réglisse !

— Je te suis reconnaissant, Sammy. Je te régale d'un petit déjeuner au bistrot en bas de chez moi d'ici une demi-heure, répondit Jeremy en étouffant un bâillement.

Attablés contre une vitre, les deux compères dégustaient un double-crème.

— Hier, avant le spectacle, avouez que vous avez été fumeux. Les waters bouchés de l'ouvreuse, les prothèses dentaires de son amant, un certain Toussaint Rasade à qui je n'ai pas eu l'honneur d'être présenté… En comparse zélé, je vous ai obéi aveuglément, maintenant j'exige des éclaircissements !

— Voici de quoi il retourne : la propriétaire de l'immeuble où demeure un de mes amis a disparu, et… Je m'y perds.

— Racontez-moi posément, m'sieu Nelson, s'il vous plaît.

Tant qu'un accident fâcheux survenu à Mme Lequindre n'était pas avéré, Jeremy préférait échapper à la tentation de crier au loup. Il relata à Sammy pourquoi et comment il avait pénétré chez Mme Lequindre. Il lui fit part de son angoisse à l'idée d'avoir été surpris par un des locataires, ainsi que de son incrédulité quand la concierge lui avait soutenu que Mme Lequindre était à la campagne depuis la veille.

— J'espère que je me fais des idées parce que, le lendemain de mon intrusion, en gravissant les étages, j'ai buté sur un dentier. Avoue que trouver ce genre d'accessoire dans un escalier n'est pas banal. Je me suis enquis des personnes de l'immeuble susceptibles d'endurer cet instrument de torture. Seuls Mme Lequindre et M. Max ont été recensés. M. Max étant grâce à toi hors-jeu, reste Mme Lequindre. Toussaint Rasade est un gamin de neuf, dix ans, le fils d'un restaurateur.

— Elle a quel âge, cette Mme Lequindre ? demanda Sammy.

— À ce que j'en ai déduit après avoir vu une photo d'elle, une vingtaine d'années en 1874, donc…

— Elle est septuagénaire, l'âge usuel pour le port d'une prothèse dentaire. Après ma visite chez M. Max, c'est l'unique option. Et, bien sûr, vous subodorez un événement louche. Vous devez copieusement cogiter pour élaborer cette sorte d'énigme, vous envisagez d'écrire des romans ?

— Je ne certifie rien, seulement ça m'intrigue, je glane des informations. Je me fie à mon flair.

Sammy le dévisagea, le sourire aux lèvres.

— Si votre perspicacité de vieux renard dévoile des faits concrets vous les partagerez avec mézigue, d'accord ?

Jeremy adopta une mine innocente.

— Tope là. Je vais affiner mes recherches et, dès que j'en apprends davantage, je te préviens.

— Jurez-le !

Jeremy fouilla son veston et posa sur la table une araignée factice.

— Sur la tête de Musidora, l'indéfectible grigri que tu m'as offert autrefois, je le jure.

À l'instar de beaucoup d'hommes confiants en la providence et peu enclins au bricolage, Jeremy escomptait toujours que les problèmes pratiques se résoudraient par enchantement. Aussi fut-il déçu de constater que la porte de son appartement s'obstinait à renâcler. Le secours d'un serrurier s'imposait.

La sonnerie du téléphone le détourna de la clenche défectueuse.

— Allô ? Ne quittez pas, on vous parle.

Il patienta, pianotant un air de shimmy sur le bord de la table. Au bout de quelques minutes, la voix de Camille lui parvint au milieu d'un concert de grésillements.

— Mon amour ! s'écria-t-il.

— Toi, enfin ! Ça va, mon chéri ? Hier, J'ai dû essayer de te joindre dix fois ! Victor est à Paris, il veut te voir, il rentre à Londres ce soir, je lui ai indiqué l'adresse de Paul Green, parce qu'on a plus de chances de te rencontrer chez lui que chez nous ces temps-ci. Tu me manques.

— Où es-tu ? Je t'entends mal.

— À Manchester. Tu as toujours tes rêves de noyade ?

— Ça me fait drôle de me réveiller sans toi dans mes bras.

— Je t'aime très fort, Jem. Réponds à ma question.

— Ça m'arrive encore quand tu es absente, mais je tiens le coup.

— Il faut que j'y aille, mon chéri. Plein de câlins, prends soin de toi. Je te rappelle vite.

Avant qu'il n'ait réussi à placer une parole, on les avait coupés. Manchester ! N'était-elle pas censée être à Stockholm ? À moins que ce ne fût Budapest ou Vienne.

Heureux d'avoir des nouvelles, il décida de briquer l'appartement, au cas où son beau-frère ferait un saut à l'improviste. Armé d'un balai, il traqua les moutons agglomérés au bas des plinthes et attaqua plusieurs zones invisibles, sous les meubles. Étonné par les troupeaux qui s'y étaient réfugiés, il épousseta énergiquement son pantalon de flanelle.

Il gagna ensuite la cuisine où la paillasse croulait sous des piles d'assiettes et de tasses nettoyées à la va-vite.

Il se dit que la vie était un éternel recommencement, un combat perdu d'avance contre la ronde des corvées ménagères, mais se consola à la pensée que tout le monde mange, sauf les morts.

# 10

*Même jour*

*Bling, blong, bling, blong…*

Adrienne se frotta les yeux et distingua Diego, vautré sur une chaussure qu'il manœuvrait d'un côté et de l'autre afin d'obliger sa maîtresse à le ravitailler. Elle ébaucha un geste en direction du réveil, qui s'était envolé. Un faible tic-tac résonnait sous son oreiller, qu'elle souleva, se rappelant avoir mis fin à la sonnerie désagréable en enterrant l'objet dans un demi-sommeil.

— Mince ! Les poubelles !

Elle sauta du lit, s'habilla en vitesse, puis réalisa que c'était dimanche, jour de la semaine béni entre tous. Au moment où elle rabattait les volets, Tourtel et sa Titine se profilèrent devant sa loge.

— Bonjour, madame Adrienne, il y a quelqu'un qui est impatient de vous voir, lui lança-t-il au passage.

« Qui ? se demanda Adrienne. Qui attend la Cendrillon de la rue de l'Hirondelle ? L'irrésistible rapin musclé du deuxième, un pinceau entre les dents ? »

Le prince charmant se ratatina pour adopter les contours rabougris de Carmela Serrano. Adrienne s'empressa de fermer sa fenêtre.

À peine avait-elle beurré une tartine que Pélissier s'introduisit dans la loge.

— Alors, on ne frappe plus ?

— Je viens régler mon loyer.

— C'est la trêve ! Vous auriez pu vous en acquitter demain.

— Mais enfin, il faudrait savoir, vous êtes pressée ou vous ne l'êtes pas ?

Tandis qu'Adrienne rédigeait un reçu en bougonnant, Pélissier en profita pour lui caresser la nuque et les épaules. Il aurait exploré plus avant s'il n'avait récolté force tapes.

— Allez-vous cesser de me malaxer ? Il est primordial que les comptes soient à jour, tonna la concierge.

Ce fut le moment que choisit un visiteur pour toquer à la vitre. Échappant de justesse à une étreinte plus vigoureuse, Adrienne se précipita, ouvrit et dévisagea deux inconnus. Celui qui avait toqué était un élégant sexagénaire à costume de cheviotte et melon, doté d'une canne qui n'était qu'un outil décoratif car il paraissait assez ingambe pour s'en dispenser.

Son comparse offrait un aspect plus relâché, feutre à la van Dyck, veste et pantalon de velours côtelé, chaussures piquetées de boue. Ses cheveux longs et gris, sa moustache et sa barbe poivre et sel l'apparentaient à un chômeur sur le point de devenir clochard, à moins que ce ne fût l'inverse.

— Bonjour, madame, dit l'homme à la canne en soulevant son melon, on m'a assuré que M. Nelson travaille fréquemment chez un ami vivant dans cette maison, M. Paul Green, clarinettiste de son état.

— M. Green c'est au troisième gauche, quant à M. Nelson, je ne l'ai pas encore vu aujourd'hui et je ne suis pas au fait de ses déplacements. Laissez-lui un mot.

— Vous permettez que j'entre une seconde ?

Les deux hommes pénétrèrent dans la loge. Pélissier fixait le quasi-clochard avec insistance et incrédulité.

— Je me nomme Victor Legris, précisa le dandy. Je suis le beau-frère de M. Nelson.

Intimidée, Adrienne lui désigna une chaise et lui prêta un crayon. Victor Legris s'assit et griffonna quelques lignes sur un bristol extrait de sa poche.

— Monsieur Maurice Laumier ? finit par balbutier Pélissier. C'est le Ciel qui vous envoie ici !

— Oh, moi, le ciel, il me canule s'il sort de son rôle météorologique. Nos routes se sont déjà croisées ?

— Je suis un obscur artiste, un vermisseau comparé à des célébrités telles que Foujita, Soutine, Othon Friesz... Mais vous ! Comment ne pas reconnaître un des plus célèbres marchands de tableaux de la capitale ?

— Vous êtes un rapin ? C'est bien ma veine, déplora Maurice Laumier. Où que j'aille, je tombe sur un barbouilleur qui me met le grappin dessus !

— Mais enfin, je ne suis pas un barbouilleur, rétorqua Pélissier, piqué au vif. J'ai exposé deux fois et obtenu des critiques louangeuses.

— Ah oui ? Où ça ?

— Chez Lipp et à la Rotonde.

— Lipp, je ne fréquente pas. La Rotonde avait récemment pour spécialité les croûtes de la Foire aux navets, sur le terre-plein du boulevard Raspail. Aujourd'hui on y dîne, on y danse et on y zyeute des femmes faciles. Peu importe, les croûtes me font casser la croûte.

— Mais enfin je ne peins pas des croûtes ! riposta Pélissier, les joues en feu.

— Bon, bon, je jugerai moi-même. Apportez-moi trois de vos œuvres cet après-midi, 146 *bis*, boulevard du Montparnasse, près du *Jockey*. Trois toiles, pas plus, n'est-ce pas ? Je vous recevrai à une heure, soyez ponctuel, Kisling expose chez moi, je dois m'occuper du vernissage.

Victor s'inclina, Adrienne s'empara du bristol et le glissa dans sa poche kangourou. Pélissier courut à la porte et salua le galeriste de plusieurs courbettes. Rayonnant, il marcha vers la concierge, qui recula, méfiante.

— Vous vous rendez compte ? Maurice Laumier en personne ! Et l'autre ?

— Probablement un musicien. Aidez-moi donc à transbahuter les bacs de chrysanthèmes, j'ai l'impression de me réveiller dans un cimetière.

Elle avait prononcé les paroles adéquates pour se débarrasser de lui, il s'enfuit en un éclair.

— Je vais me débrouiller seule encore une fois, hein Diego ! annonça-t-elle au matou s'en revenant de balade, la queue en chandelle. Il semble que l'attirance charnelle s'accommode mal des fleurs funéraires. Encore une idée de Mme Vautour !

Lorsque Jeremy parut, une heure plus tard, Adrienne s'était pomponnée en vue d'une sortie au cinéma.

— Tenez, c'est pour vous, lui dit-elle en sortant un bristol de sa poche. Un gandin pas tout jeune, plutôt séduisant, l'a déposé ce matin : *à M. Jeremy Nelson de la part de M. Victor Legris*, lut-elle. Son copain, en revanche, quelle dégaine…

— Son copain ?

— Un rapin aussi mal embouché que M. Pélissier.

Jeremy parcourut le message. Victor Legris lui proposait de le retrouver en début d'après-midi dans une galerie de peinture appartenant à son ami Maurice Laumier.

Dès qu'il s'engagea dans l'escalier, Pélissier lui mit la main au collet.

— Vous m'aviez caché vos liens avec le gratin des diffuseurs d'art. Maurice Laumier *himself* !

— J'ignore tout de ce monsieur. Mon beau-frère est passé me prier de le rejoindre à un vernissage organisé par ce Laumier, mais il a omis de me préciser le numéro exact de la galerie. C'est boulevard du Montparnasse, *À Fleur de Toile*, vous savez où c'est ?

— Ça tombe à pic ! Maurice Laumier est un marchand de tableaux notoire. Il a accepté d'évaluer mon travail.

Je vous guettais, vous êtes un artiste vous aussi, alors ne me refusez pas votre soutien, soyez chic, aidez-moi à choisir trois tableaux.

Le cœur de Carmela Serrano s'apaisa peu à peu tandis qu'elle se glissait dans le vestibule par la porte qui menait aux caves. Les deux zigotos ne l'avaient pas vue, une chance. Elle poussa du pied une ménagère contenant des cuillers en argent.

« J'en tirerai un bon prix chez un brocanteur. Ce n'est pas du vol, la Lequindre ne s'en sert jamais ! Je vais la planquer sous le lit de Mlle Lahure, heureusement que j'ai conservé sa clé. »

Une porte claqua au second.

« Le croque-note, chez le barbouilleur. Qu'est-ce qu'ils mijotent, ces deux-là ? »

Le jour où elle avait compris que des personnes du même sexe s'adonnent ensemble à des pratiques similaires à celles de la majorité des humains de sexe différent, Carmela avait souffert d'une commotion. Comment le Créateur autorisait-il de telles mœurs ? Elle avait réussi à se persuader qu'il s'agissait d'une tentation diabolique surmontée par les vrais croyants, et que ceux qui y cédaient rissoleraient en enfer. Se pourait-il que le peintre et le musicien appartiennent à cette engeance ? Elle cracha, se signa, avisa un sphinx tigré immobile sur une poubelle, ses pupilles dilatées reflétaient deux minuscules flammes jaunes.

— Gros lard, toujours à m'espionner ! T'as fini de m'hypnotiser ? Toi, si je t'attrape, je te transforme en paupiettes.

Diego cligna des yeux puis, d'une cabriole, enjamba la distance qui le séparait de Carmela et se fondit dans les étages.

Hormis un lampadaire, la pièce n'abritait qu'un chevalet et huit toiles accrochées. Elles représentaient des compositions analogues aux teintes automnales : une grille de mots croisés – à moins que ce ne fût un échiquier – sur laquelle se détachaient les contours d'un être indistinct. Près des fenêtres s'entassaient des magazines et des livres en loques.

— Je trie les déchets ménagers, dit Pélissier, je m'adonne parfois aux collages, j'ai besoin de matériaux.

Il désigna sa production d'un geste large.

— Mon obsession du moment. Cela répond à mes fantasmes : l'artiste s'évertuant à se délivrer de l'emprise de l'industrialisation. Ou l'inverse, l'industrialisation refoulant l'artiste, expliqua-t-il à Jeremy.

— Oh, moi, les systèmes, grommela Jeremy.

— Mais enfin, le monde délire. Une bande de piqués sur un radeau à la dérive. Venez, on va chercher de quoi s'abreuver.

Ils traversèrent l'appartement. Jeremy entrevit une baignoire où marinaient une profusion de chaussettes, pénétra dans la chambre à coucher. Tout ce que Pélissier n'avait pas voulu accumuler dans le salon avait atterri autour du lit. Commode vomissant sous-vêtements et chemises, fauteuils encombrés de châssis, table noyée sous un effarant déballage de palettes, pinceaux, tubes de gouache, fusains. Une odeur de térébenthine imprégnait ce capharnaüm. Ils atteignirent la cuisine, emplie de vaisselle sale et d'un tas de boîtes de conserve.

— J'ai un creux, pas vous ?

Thierry-Quentin posa sur un plateau un quignon de pain, un camembert, deux verres et une bouteille de bordeaux. Ils revinrent dans la première pièce. Jeremy se déplaçait doucement, tandis que le peintre le soûlait de mots.

— C'est là que je pratique mes exercices de décontraction. Vous avez testé la visualisation des couleurs ? J'improvise aussi des mouvements inspirés des danses sacrées de Gurdjieff.

Pélissier écarta les bras et piétina lourdement le plancher.

— Cette discipline magnifie ma créativité, purifie mon fluide vital ! s'écria-t-il. La vieille taulière ne le supporte pas, elle croit m'intimider en jouant du balai contre son plafond. Tape, tape, tu calancheras plus vite ! Elle devait déjà sévir aux temps préhistoriques. Les savants se torturent la cervelle pour découvrir comment se sont éteints les mammouths, mais moi, je le sais. Ces pauvres mastodontes se sont occis pour ne plus reluquer la bobine de la mère Lequindre, elle ne leur a survécu que pour nous emmerder.

Il tira plusieurs œuvres d'un placard et les disposa contre des cloisons, cernant la pièce de triangles et de trapèzes sombres.

— Je serais heureux d'avoir votre opinion sur ma période géométrique. Ces trois-là, je les dois à mes ancêtres nordiques. L'attraction du cercle polaire. J'inaugure un nouveau chapitre de ma carrière : inconscient et infini. Vous aimez ?

Jeremy soupira, en proie à un léger vertige.

— C'est… un travail colossal, parvint-il à articuler.

— D'après M. Freud, il paraîtrait que tous les sentiments humains soient d'origine sexuelle. C'est envisageable. Mais pourquoi se manifestent-ils chez moi sous ces formes géométriques ?

— Je n'en ai pas la moindre idée, marmonna Jeremy, qui s'efforçait de déceler une issue de secours.

— Par les rêves, monsieur Nelson. Si je rêve d'une boîte d'allumettes, d'un tire-bouchon, d'un marécage ou d'une armoire que j'hésite à ouvrir, ces symboles trahissent une secrète frustration érotique. La preuve.

Il pointa un doigt sur l'un des tableaux : femmes nues caracolant sur des girafes, clés s'enfonçant dans des serrures d'où jaillissaient des jambes, gratte-ciel dotés de seins et de pubis, baigneuses 1900 gambadant sur le postérieur rebondi de matous obèses, tout cela sur fond noir piqué d'astres et de comètes, signé *Thierry. Q. Péli.*

— Le chat ou les mystères de la spiritualité. Celui de la concierge me sert de modèle. Alors ? Quel est votre verdict ?

— Au vu de cette toile, je suis d'avis que M. Freud est dans le vrai.

Le regard de Jeremy fut attiré par une tache écarlate au centre du collage.

Les mains dans les poches pour que Pélissier ne remarque pas leur tremblement, il s'approcha d'une série de cinq peintures adossées aux murs. Sur chacune d'elles, deux larges sphères sombres, autour desquelles galopaient des chats stylisés aux vibrisses hérissées, occupaient presque tout le champ ivoire. Une citation tracée à la gouache se détachait en lettres grenat.

Il tendit le cou, et lut, lèvres entrouvertes sans émettre le moindre son :

> *Lazare, sors ! Et le mort sortit, les pieds et les mains liés de bandes, et le visage enveloppé de linge. Jean, 11.*

— Vous ressentez une inclination pour celles-ci ? Moi aussi. Mais enfin, j'hésite. M. Laumier ne semble guère apprécier la métaphysique et, là, j'ai outrepassé certaines limites. Lazare, l'au-delà, la résurrection… Vous y croyez, vous ?

Jeremy avait du mal à respirer.

— Ce n'est pas moi qui aurais l'idée de mettre fin à mes jours pour vérifier cette hypothèse, ajouta Pélissier. Trinquons à l'au-delà ! grommela-t-il en versant du vin dans les verres.

Son ton impérieux tira Jeremy de sa fascination.

— Vous êtes féru d'études bibliques ? s'enquit-il, tandis que des spéculations contradictoires se télescopaient en lui.

Toutes dents dehors, le peintre éclata de rire en désignant des strates de magazines et de bouquins dépenaillés empilés sous une des fenêtres.

— Moi ? Je suis ignare en matière de religion, mon père bouffait du curé. J'ai glané ces vieilles éditions à la porte de l'immeuble, elles appartenaient à la mère Lequindre, la taulière. J'ai dégoté cette maxime entre deux pages de *Rocambole*[1].

Il brandissait une feuille de papier sur laquelle s'étalait la citation de l'évangile, rédigée en lettres d'imprimerie.

— J'aurais préféré trouver des billets de banque, mais ça m'a inspiré. Le tempérament d'un peintre se jauge à l'aune de son inventivité. Mêler le mystique au rationnel, c'est mon dada.

Jeremy se perdait en conjectures.

« Est-ce la vérité ? Il a l'air sincère. Comment en être sûr ? »

Il eût aimé réfléchir, mais Pélissier enchaîna :

— Dites, je vais avoir des difficultés à trimballer ces cinq tableaux…

— N'aviez-vous pas parlé de trois ?

— Qu'importe ? Accompagnez-moi, je paierai le taxi !

— Je n'ai que deux bras.

— Allez, monsieur Nelson, soyez aussi brave que l'amiral homonyme ! Je vais embaucher un autre volontaire. Rendez-vous à midi et demi !

Jeremy acquiesça sans enthousiasme. Il était profondément troublé.

« J'ai besoin de preuves. »

Son déjeuner englouti, Adrienne s'interrogeait. Comment avait-elle été séduite par les cheveux châtains, les yeux trop bleus et le menton trop rond de Pélissier ? Appâtée par la perspective d'une balade en automobile et la promesse que, sitôt les toiles arrivées à la galerie, le taxi, réglé d'avance, la reconduirait à la loge, elle accepta

1. Roman-feuilleton de Ponson du Terrail (1829-1871).

de le seconder dans le transport des cinq tableaux, au préalable empaquetés dans du papier épais.

Le trajet fut rapide, aucun bouchon n'obstruait le boulevard du Montparnasse. Adrienne se hâta de se débarrasser d'un des gigantesques encadrements et, sans un mot à Pélissier ni à Jeremy, tourna casaque.

— C'est fou ce que la culture l'intéresse, la déesse du corridor, grommela le rapin.

Adrienne se réinstalla avec délectation dans le taxi et indiqua au chauffeur :

— Cinéma Saint-Paul, 73, rue Saint-Antoine[1].

— La course est réglée jusqu'à Saint-Michel, pas jusqu'à Saint-Paul, objecta le chauffeur.

— Roulez, je comblerai la différence.

— À vos ordres, ma petite dame. Qu'est-ce que vous allez voir ?

— *Le Voleur de Bagdad*[2].

Planté sur le trottoir de sa galerie, Maurice Laumier bouillait de colère.

— Trois, nous étions d'accord, trois, pas cinq ! Et ils sont monstrueusement grands, vos machins !

— Vous allez vous régaler, le rassura Pélissier, ôtant un des emballages.

— Qu'est-ce que c'est que cette ragougnasse ? Mon vieux, vous retardez de quinze ans ! C'est du sous-Kandinsky ! Ça ne vaut pas un pet de lapin ! Pour quelle raison vous imaginez-vous que les collectionneurs achètent ? Pour in-ves-tir ! On ne se contente pas de vanter le talent de l'artiste, même si c'est un génie, à l'instar de Picasso, on encense le prix faramineux qu'atteindront, espère-t-on, ses créations dans le futur. Plus c'est cher, plus c'est beau !

1. Cette salle, ouverte en 1915, devient vite le cinéma le plus fréquenté de Paris. Le Saint-Paul fermera définitivement le 1er janvier 1967.

2. Film américain de 1924 réalisé par Raoul Walsh, interprété entre autres par Douglas Fairbanks, Julanne Johnstone, Anna May Wong.

— Mais enfin, moi aussi…

— Oh, « mais enfin, mais enfin » ! À la poubelle ce tic de langage à la mode, mais enfin !

Apitoyé par la mine contrite de Pélissier, Maurice Laumier se calma.

— Bon, vous allez me remiser ces merveilles au bout de la galerie. Qui sait, un provincial peu au courant des engouements contemporains serait fichu de se laisser tenter malgré la finition bâclée, et ces citations burlesques. Vous les avez signées ? Inscrivez votre adresse au dos et allez vous en jeter un derrière la cravate au buffet. Admirez les Kisling. Ah ! Ça, c'est pignoché ! Sa Kiki – elle s'exhibe au *Jockey*, à côté, et on l'entend brailler *Les Filles de Camaret* quand elle a trop tété la bibine –, sa *Fillette nue*, ses *Jeunes Italiens*, sa *Femme au corsage blanc*, ça a de la gueule ! Hein, Victor ?

Le dénommé Victor se retourna. C'était un sexagénaire élégant, d'allure juvénile, aux tempes argentées. Il grimaça un sourire à Pélissier en levant le bras d'un geste impuissant pour excuser le comportement de Maurice Laumier.

— Courage, lui souffla-t-il au passage.

Pélissier, empêtré dans ses toiles, s'inclina brièvement, s'approcha de Jeremy et lui glissa en pointant le menton vers Victor :

— Ce vieux gandin, c'est un amateur d'art ?

— C'est mon beau-frère, M. Victor Legris. Il est distributeur de films. Les seuls tableaux qui l'intéressent sont ceux que peint ma sœur, son épouse.

— Ah, des travaux de dame, marmonna Pélissier, méprisant.

La mine renfrognée, il avisa des tabourets alignés le long du mur, face à l'entrée de la galerie. Personne ne lui prêtait attention, les visiteurs s'extasiaient devant les Kisling, Jeremy rejoignit Laumier en grande discussion avec le gandin. Il coula un regard discret à droite, à gauche et déposa furtivement ses toiles sur deux des tabourets en prenant soin d'avantager celui qu'il avait dépiauté du papier fort, puis il feignit de contempler une nature morte, l'œil et l'oreille aux aguets.

— Maurice, dit le gandin je te présente Jeremy Nelson, pianiste virtuose, jazzman et compositeur dont j'ai l'honneur d'être le beau-frère. Jeremy, voici mon vieux camarade Maurice Laumier.

— Enchanté. Legris et moi, on se connaît depuis bientôt quarante ans. À l'époque nous étions pires que chien et chat. Il se passionnait pour la photographie et m'annonçait le glas de la peinture. J'étais fauché, réduit à portraiturer la tronche de petits rentiers. Je logeais à Montmartre avec ma Mimi, une belle tige qui a pris du poids comme moi de la bouteille ! Victor me surnomme le Cabanel de la chopine mais je lui pardonne.

— Cabanel ? s'enquit Jeremy.

— Un peintre pompier autrefois acclamé, aujourd'hui méprisé. Je ne suis pas en reste, j'ai baptisé votre beau-frère le Rouletabille des Saints-Pères. C'était un fin limier avant qu'il ne se compromette dans les images qui bougent. Une question, Victor : je me suis souvent interrogé sur ce qui vous menait sur la piste des criminels.

— Les journaux, rubrique des chiens écrasés. On parvient parfois à résoudre des énigmes grâce à la prose concise des faits divers sans intérêt pour le néophyte. Je n'ai jamais élaboré de plan, j'agissais le plus souvent par pure intuition, d'où nombre d'erreurs, acheva Victor en riant. Jeremy, nous comptons sur vous et Camille, à Londres, pour Christmas. Djina et Kenji seront si heureux, ils ont du mal à se déplacer, surtout Kenji, il est perclus de rhumatismes.

— Vous devez vraiment repartir ce soir ?

— Oui, ce voyage à Paris m'est tombé dessus à l'improviste, j'ai débarqué hier à la gare du Nord et je vous ai immédiatement téléphoné mais vous étiez absent,

Laumier m'a hébergé. Maintenant, c'est à vous de venir à Londres, Tasha se fait une joie de vous accueillir.

— Ah, Tasha ! soupira Laumier d'un ton rêveur. Jadis, j'ai commis un tableautin de cette superbe rousse dans toute sa nudité. Reflétée par un miroir, elle noue ses cheveux, les bras arrondis, les seins ronds et fermes… Elle n'était pas encore votre épouse, mon cher Legris. Je suis certain qu'elle avait le béguin pour moi.

— La mémoire vous joue des tours, Laumier, rétorqua abruptement Victor, votre chef-d'œuvre n'était qu'un buste miniature.

— Toujours aussi possessif, constata Laumier. Bon, bon, je me tais, un bœuf sur la langue.

Victor sourit à Jeremy.

— Laumier est un coureur, mais il s'est toujours débrouillé pour ne pas écorner son union avec Mimi.

— Mimi ? demanda distraitement Jeremy.

Il percevait les mots sans en saisir le sens, les yeux fixés sur le délire pictural peint sur les toiles de Pélissier. Puis l'allusion de Victor Legris à propos des faits divers le troubla. Jusqu'à présent, il avait négligé les coupures de presse de la boîte Black Jack. Ce vol de bijoux, la mort d'un cycliste écrasé par un tramway avaient-ils un lien avec les lettres anonymes ? Il chercha Pélissier, mais ne le vit pas. Laumier parlait, parlait…

— … mariés depuis 98, un record. Nous avons deux jumeaux, de vingt-cinq ans. Ajax étudie le droit, Patrocle est cuisinier. Pas un pour me succéder à la galerie ! Amis, je trinque au deuil de nos espérances, au progrès de l'art décadent et aux profits qu'il génère pour ceux qui n'ont pas le talent de manier un pinceau. À la vôtre ! Rincez-vous la dalle à ma santé, ce n'est pas du ratafia de grenouille ! De vous à moi, je suis soulagé qu'on ait enterré le cubisme, rien de plus rasoir que ces amoncellements d'œuvres sans âme. Mais je ne prise pas davantage les cercles et les points de l'abstraction, ou les chimères surréalistes qui envahissent les galeries.

Laumier lampa son champagne et examina la toile de Pélissier, la plaça à l'envers, sur le côté, recula, le menton entre le pouce et l'index.

— Si on considère ce fatras sous cet angle, ça change tout ! Où se dissimule cet olibrius qui vaut son pesant de moutarde ?

Laumier bouscula les estimateurs de Kisling, mais Pélissier était introuvable.

— Eh, monsieur Nelson, où est passé machin-chose ?

Il déchiffra la signature du tableau :

— *Thierry. Q. Péli.* Votre ami le grand artiste.

— Il nous a faussé compagnie, dit Jeremy.

— Vite, il faut que je rattrape le coup, je me suis gouré, ce type est à mi-chemin entre Chagall et Louis Wain, il trônera dans les intérieurs de la bourgeoisie triomphante qui ne pige que couic à la peinture, mais adore placer son épargne sur des valeurs sûres ! Les chats ! Comment n'y ai-je pas songé plus tôt ! Oui, oui, le Miró nouveau est arrivé ! Pablo ! Quel plaisir ! s'écria Laumier, à la vue d'un petit homme aux yeux de braise.

Le cinéma était bondé.

On avait projeté le quatrième épisode de *La Justicière*, suivi de *La Course à la mort*, puis, après un bref entracte, l'orchestre attaqua la partition composée par Mortimer Wilson. Adrienne se blottit dans son fauteuil.

Le rideau de velours glissa. Les conversations cessèrent. L'obscurité se fit. Sur l'écran, dans le ciel de la nuit, des étoiles scintillantes se rejoignirent pour tracer une phrase : « Le bonheur se conquiert. » Le marché du Bagdad des *Mille et Une Nuits* investit la salle. Aussitôt une allégresse enfantine emplit le cœur des spectateurs. À la vue des exploits héroïques du voleur amoureux de la princesse, la joie les saisit et les emporta. Adrienne buvait du petit-lait.

Son corps n'existait plus, son esprit s'échappait vers des espaces illimités où l'audace et les élans du cœur fendaient les nuages sur un tapis magique.

Lorsqu'elle sortit de la salle, deux heures et demie d'allégresse plus tard, se confronter au monde réel fut une épreuve. Elle vogua en somnambule jusqu'à l'arrêt de l'autobus, la tête bourdonnante, les jambes en flanelle. Désolée à l'idée de regagner sa loge, elle s'accouda à la rambarde de la plate-forme du véhicule. Une phrase tournicotait dans sa mémoire, lui insufflant l'espoir : « Le bonheur se conquiert. » Elle avait bien l'intention d'obéir à cette injonction. Jamais plus elle ne poserait le pied sur un râteau. Maintenant qu'elle avait de quoi affronter l'avenir, elle mènerait son projet à terme.

Traverser une partie de Paris à pied n'était pas arrivé à Jeremy depuis des années, et la présence de Victor lui fit oublier les kilomètres parcourus. Les fumées et les sifflements émanant de la gare du Nord les guidèrent rue de Dunkerque où une brasserie, *Le Terminus*, recueillait les suffrages de Victor.

— Leur bouillabaisse est du tonnerre, et leurs escargots de Bourgogne en entrée, excellents !

— Je ne raffole pas de ces bestioles.

— Vous prendrez des huîtres.

Ils attendirent qu'une table se libère dans une salle flambant neuve ornée de mosaïques et de boiseries d'acajou.

— C'est Kenji qui m'a inculqué l'amour de la bonne chère, dit Victor qui choisit un chablis.

— Vous ne m'avez pas parlé de Tasha.

— Elle peint. Des fleurs, principalement. J'espère qu'elle va se lasser de la botanique et s'intéresser à la vie des Londoniens, c'est une ville où les petits métiers abondent, aux abords de Covent Garden…

Victor demeura pensif.

— Quelque chose vous tracasse ?

— Je reviens de Berlin où le cinéma expressionniste produit des chefs-d'œuvre. J'ai pu y rencontrer mon neveu Marcus qui y a installé son cabinet médical. Il m'a prêté le premier volume d'un livre qui, par chance, n'est pas encore traduit en français car il n'a été tiré qu'à vingt mille exemplaires, *Mein Kampf*. Il a été écrit par M. Adolf Hitler, vous avez sans doute entendu ce nom.

— Oui, il me semble, mais la politique ne m'intéresse que médiocrement.

— Vous avez tort. Hum, délicieux, ce chablis. Les thèmes favoris de ce triste sire, qui est convaincu d'être le futur sauveur de l'Allemagne – il se surnomme le Führer –, sont l'antibolchevisme, l'antirépublicanisme et l'antisémitisme. Il est persuadé que son pays n'aurait pas perdu la guerre si des traîtres n'avaient pas frappé de l'intérieur et dans le dos les forces militaires et les institutions. Après un putsch avorté à Munich il y a deux ans, il a été incarcéré pour cinq ans dans la forteresse de Landsberg am Lech, où il a rédigé le tome un de son bouquin, mais on l'a élargi au bout de neuf mois, et il est en train de reconstruire le NSDAP, parti national des travailleurs allemands, et de créer des milices dirigées par un de ses amis, Heinrich Himmler. Il vénère Mussolini.

— Les Allemands sont moins crédules que les Italiens, ils résisteront aux tyrans.

— Je crains que ce ne soit pas aussi simple, en dépit de la conférence sur la paix qui a débuté à Locarno et des États-Unis d'Europe que nous promet Briand.

Le garçon vint noter leur commande et ils abandonnèrent le sujet des affaires étrangères.

Jeremy s'efforça de ne pas lorgner les escargots de Victor et se concentra sur ses huîtres.

— Victor, j'ai besoin d'un avis éclairé. Je recherche quelqu'un qui a commis un délit. J'ai des présomptions mais c'est compliqué car mes cibles sont au nombre de trois ou quatre et je suis perdu.

— Ne gobez pas d'emblée ce que l'on vous raconte, remontez aux sources, effectuez des recoupements, envisagez à qui profite le crime. Qui sait de quoi les humains sont capables ? Jalousie, vengeance, haine, cupidité, stupidité, préjugés, envie dominent le monde et sont autant de mobiles susceptibles de vous fournir une réponse. Fiez-vous à votre instinct.

Après avoir dégusté des profiteroles au chocolat, Victor régla l'addition.

— Escortez-moi sur le quai et ne vous tourmentez pas, Camille appartient à l'espèce nouvelle des femmes indépendantes. Elle vous manque ?

— Je suis désemparé.

— Vous reflétez ce que j'éprouvais à votre âge… Toujours ce désir de combler le vide. C'est dans la nature humaine : *faire*. Je connais cette sensation, c'est angoissant, on s'agite, on s'invente des prétextes pour corser le quotidien… On lève des lièvres à partir d'intrigues anodines, on aspire à l'aventure. Traquer le mystère a longtemps été mon péché mignon, dit Victor d'un air rêveur.

— Vous vous êtes assagi ?

— La vie s'en est chargée. Cette histoire vous trotte dans le crâne, n'est-ce pas ? Non, non, ne me dites rien, mais soyez prudent. Un dernier commentaire, établissez la liste des faits en votre possession et, quand vous cuisinez un suspect, faites l'âne pour avoir du son.

Victor, avec malice, cligna de l'œil à Jeremy.

L'estomac et le cœur gros, Jeremy s'allongea sur son lit, deux oreillers calés sous la nuque. Il se rappela un des conseils de Victor :

« Prescription numéro un : donner du sens aux indices insolites. »

Il se releva et extirpa la boîte Black Jack de la penderie. Il étudia les menaces d'inspiration biblique. À défaut d'explications somme toute plausibles, la citation de l'évangile selon Jean sur les toiles de Pélissier le taraudait. Celui ou celle qui avait envoyé ces billets possédait une certaine culture. Il élimina Carmela Serrano, hésita quant à Raymond Tourtel. Restaient trois cas litigieux : Pélissier figurait en tête, le suivaient M. Abel et Louis Delorme. Les recommandés d'expulsion étaient-ils la cause de ces messages anonymes ? Les locataires manifestaient tous un comportement équivoque, excepté le couple Rasade, il devait en tenir compte.

Et s'il se fourvoyait ? Si ces avertissements avaient été adressés non pas à Mme Lequindre mais à Violette Lochard ?

« Avant le décès de Guillaume Lequindre, Violette Lochard logeait dans une rue au patronyme d'oiseau, près de la Seine, m'a dit Lucien Ricou, ce ne peut être que la rue de l'Hirondelle puisque son fils y vit toujours ! À vérifier. »

Il alla fourrager dans la bibliothèque et dégota son vieux Livret-Chaix de Paris, attrapa une feuille de papier et s'attela à la tâche. Ligne après ligne, il entreprit le fastidieux travail d'inventorier les centaines de rues, de voies, d'impasses, de squares susceptibles de répondre à ces deux critères.

Lorsqu'il en eut terminé, il avait répertorié vingt noms de volatiles, du Coq-Héron à l'Ortolan, en passant par le Cygne, l'Alouette, le Pélican et le Poussin. Il était trois heures du matin, les yeux lui sortaient de la tête, des percussions martelaient son crâne mais il en était sûr : la seule voie qui collait était la rue de l'Hirondelle, les autres volatiles et gallinacés nichaient à l'écart du fleuve.

« Sonder M. Abel d'une façon détournée », songea-t-il.

En dépit de sa migraine, il se concentra sur les coupures de presse du *Petit Parisien*, relatant un vol de bijoux commis en novembre 1921 dans un immeuble du 6e arrondissement par Gaston Morel, domicilié rue des Amandiers. Celui-ci avait été condamné à purger un an de prison. Il s'était jeté sous les roues d'un tramway quelques mois après sa libération.

Il nota sur une feuille de papier à musique :

*Faits divers trouvés dans une enveloppe adressée à Mme Lequindre. Serait-elle la femme aux bijoux dont on ignore l'identité ?*

*Le dentier appartient bien à Mme Lequindre (enquête Sammy).*

*Y a-t-il corrélation entre le suicide de Gaston Morel et les lettres anonymes ?*

*Quand a-t-on effectué des travaux de ravalement au 20* bis, *rue de l'Hirondelle ?*

*Rôle de Lochard ???*

*Lucien Ricou : (révélations sur Mme Lequindre). Susceptible d'être joint par téléphone en fin de journée chez Mimi et Charlot (restaurant) Europe 29 35.*

# 11

*Lundi 12 octobre*

En cette fin de matinée, la clientèle du restaurant *Chez Rasade* était encore clairsemée. Tourtel, M. Abel et Pélissier croisaient le fer aux dominos sous l'œil distrait de Jeremy. Il avait regagné à pied la rue de l'Hirondelle, essayant vainement d'ajuster les pièces d'un puzzle infernal, sans trouver l'ombre d'une piste. Il détourna le regard et observa Paul Green, face à lui, en train de noter les paroles d'une chanson au revers d'un ticket de métro. Les joues en feu, avachi sur une table proche, Toussaint Rasade noircissait une page de pensum. Louis Delorme, sa gamelle en main, lui chuchota au passage :

— Allez, excuse-toi auprès de M. Tourtel, après tu seras tranquille.

— Non, je l'aime pas, il nous empêche de jouer, mon frère et moi. On fait pas d'excuses au voleur invisible.

— Pourquoi l'appelles-tu ainsi ?

— Parce qu'il nous pique nos billes et puis il est habillé comme dans le film qu'on nous a montré au patronage.

— Quel film ?

— *Le Voleur invisible*[1]. C'est un bonhomme qui achète un livre et trouve dedans la formule d'une potion. Il la boit et, quand il retire ses vêtements, on ne le voit plus, alors il dévalise ses voisins du dessus. Je l'ai vu, moi, ce film !

À cet instant, M. Rasade remontait de la réserve avec un chargement de bouteilles.

— Bel exemple pour des mômes ! Je vais leur dire ce que j'en pense, moi, aux curés ! Termine ta punition en vitesse. Par respect pour tes convictions, tu te contenteras de légumes à l'eau pendant quinze jours. Tu as un faible pour les blettes et les salsifis, c'est notoire. Et puis redresse-toi, sinon je t'envoie finir tes lignes à la réserve avec les araignées !

Pélissier ricana.

— Il a raison, ton papa. En bas, tu n'auras plus besoin de faire le grand écart pour surveiller la pendule.

Toussaint agrandit un trou dans la toile cirée.

— Oh, la barbe ! Lui, il me protégerait !

La paupière lourde, il invoquait le portrait de son homonyme d'Haïti, accroché derrière le bar, et marmonna entre ses dents :

— L'esclavage disparaîtra. C'est lui qui l'a dit, alors, grommela-t-il en parsemant exprès son pensum de taches d'encre.

Pélissier hocha la tête d'un air faussement navré.

— Ce n'est pas beau d'être insolent avec les adultes. Si j'étais toi, je céderais, parce que, tant que tu ne présenteras pas tes excuses à M. Tourtel, les frites et les desserts, tintin la riflette au gué !

Louis Delorme se retourna vivement.

— Laissez-le donc tranquille, espèce d'hypocrite de barbouilleur à la noix. Vous tapez contre le mur de M. Green et vous avez le culot de priver le monde

1. Film muet de quatre minutes, sorti en 1909, réalisé par le metteur en scène espagnol Segundo de Chomón, d'après *L'Homme invisible* de H. G. Wells.

de sommeil avec vos cavalcades de la cave au grenier au milieu de la nuit. Je me suis mordu la langue, l'autre soir, dans l'escalier, mais le barouf nocturne, ce n'était pas la première fois ; déjà la semaine dernière…

— Mais enfin, votre imagination vous perturbe.

— Je sais ce que je sais et j'en sais davantage que vous ne le croyez. Attendez que j'aille vider mon sac aux flics.

— Ils ont de meilleurs poulets à plumer, dit Tourtel.

— Vous, ça suffit. Le môme s'y entend, vous êtes un teigneux, je vous ai surpris plus d'une fois à refiler des coups de pied au matou de Mme Adrienne.

Jeremy s'interposa :

— Vous êtes pires que des députés, à vous invectiver de la sorte. C'est agaçant à la fin. Monsieur Delorme, c'est toujours d'accord pour après-demain, nous allons au *Coq gaulois* ?

— Je veux ! Rendez-vous au *Rantanplan*, à l'angle de la rue Saint-Denis, à dix heures.

Carmela Serrano entra furtivement, balaya la salle d'un œil de Sioux avant de s'installer sur un tabouret de bar à l'extrémité du zinc. Jaillie de la cuisine, Linda s'approcha de Louis Delorme et lui harponna sa gamelle.

— Donnez, mon petit Louis, je vais la garnir pour votre repas de ce soir. J'ai concocté une choucroute haïtienne à la papaye verte, un plat goûteux.

— Une recette maison inspirée d'une innovante mixture exotique ? ironisa Pélissier en ralliant ses compères au zinc.

— Non, monsieur, aucun rapport avec votre peinture qui fait penser à des flaques de margouillis, rétorqua Linda. Suivez-moi, je vais vous révéler comment on mijote les choux dans les îles au soleil. Mademoiselle Serrano, venez. Vous aussi, lança-t-elle à Adrienne qui se glissait à l'intérieur du restaurant.

— Je m'en fiche, bougonna Carmela.

Sur ce, elle lapa le fond de son verre de grenadine et sortit en claquant la porte.

— Je vais me laver les mains, dit Green, se dirigeant vers les toilettes.

Tous, excepté Jeremy et Toussaint, emboîtèrent le pas à Linda Rasade en cuisine, tandis que le patron descendait de nouveau dans la réserve.

Toussaint soliloquait :

— De la choucroute, voilà ce qui les intéresse ! Ils ne savent pas de quoi il est capable, le voleur invisible ! Je ne leur causerai jamais plus, na ! Et puis je ne ferai plus mon lit, ni les commissions, ni mes devoirs, ni rien ! Ah, ils vont le payer ! De la choucroute !

La lippe mauvaise, il entassa son attirail scolaire et fila vers la cour sous le regard amusé de Jeremy.

Tourtel fut le premier à réintégrer la salle. Rejoint par M. Abel, Pélissier et Paul Green, il commanda trois Byrrh au patron qui venait de réapparaître, tandis qu'Adrienne regagnait sa loge.

Adrienne poussa un soupir et le verrou. La paix jusqu'au lendemain.

C'était devenu un rituel. Depuis sa dernière intrusion chez Mme Lequindre, chaque soir, après un dîner vite expédié, elle étalait le contenu du coffre à cirage sur sa table. Les liasses de billets, les pièces d'or, c'était du concret, tandis que la bague représentait la part du rêve. Ce n'était pas sa valeur qui l'enchantait mais le fait de la porter à son annulaire. Elle adorait ses chatoiements sous l'éclat de la lampe. Elle ne se lassait pas de l'admirer. Elle s'y connaissait peu en bijoux, pourtant cette grosse pierre rouge ressemblait à un rubis. Elle l'enfila, agita la main sous l'abat-jour, ravie de ses scintillements. Intrigué, Diego s'approcha, flaira et, désappointé, se mit à gratter. Cela ne se mangeait pas.

— Ben quoi, ma minouche, tu désapprouves ? Oui, je suis une voleuse mais, à ma décharge, j'ai ramassé ce magot sans me douter de son montant. Ce qui m'inquiète, c'est Carmela. Songe à ce qu'elle dégoiserait si elle apprenait ça. Non, c'est impossible, elle n'est pas au courant, sinon elle se serait servie la première. Cela dit, il est primordial de redoubler de prudence, cette fille est une sournoise. Qu'en penses-tu ?

S'il avait été rationné en nourriture depuis une semaine, Diego n'aurait pas miaulé plus lamentablement.

— Ce n'est pas une réponse. Toi aussi tu as fait des bêtises, va-t-on te couper le sifflet pour autant ? Ça t'intéresse ce que je dis ? Eh, reviens, filochard !

Trop tard. Le chat venait de s'enfuir par la fenêtre de la cuisine.

Diego quitta le palier du troisième étage. Il frémit, huma les profondeurs. Il raffolait de ce mystérieux no man's land, féerique terrain de chasse pour un castrat séquestré. L'obscurité ne le gênait nullement. Ses vibrisses se comportaient comme une seconde paire d'yeux. Ses innombrables cellules olfactives identifiaient des milliers d'odeurs indétectables pour un nez humain. Justement, ces fameuses cellules venaient de déceler une fragrance particulièrement alléchante en provenance des cimes, était-ce le mythique buisson à côtelettes ?

Drapée dans une robe de chambre au seuil de sa soupente, armée de son solide parapluie *made in* Aurillac, Carmela Serrano guettait la cage d'escalier. Elle avait entendu du bruit dans l'appartement du dessous, censé être inoccupé. Elle n'osait allumer. Pour la première fois, elle voyait l'immeuble tel qu'il était : un territoire escarpé où rôdaient d'indistinctes menaces.

Écoutant la voix âpre qui grondait dans sa gorge et qu'elle parvint à museler, elle crispa les doigts sur la poignée de son pépin et amorça la descente. Ses prunelles dilatées rencontrèrent la porte du quatrième droite qui battait sur ses gonds.

— C'est fort ! Je l'avais fermée à clé quand j'ai planqué la ménagère de la Lequindre sous le plumard de cette dévergondée qui reçoit à draps ouverts, grommela-t-elle.

Le cœur aussi froid qu'un glaçon, elle sentit ses jambes l'entraîner contre son gré chez Mlle Lahure.

— Ça cocotte toujours, constata-t-elle, le nez froncé.

Par l'une des fenêtres du salon, la lueur falote du réverbère de la cour perçait la pénombre. Le parapluie tendu à l'horizontale à la manière d'un fusil à baïonnette, Carmela se faufila à l'intérieur de la première pièce. Elle progressait avec d'infinies précautions, tenant à s'assurer qu'il n'y avait personne. Rassurée, elle s'enhardit, fourra un cendrier dans sa poche et aperçut une potiche posée à même le plancher. Une pensée dépourvue de logique la frappa : la potiche semblait animée d'une vie propre, était-ce un effet d'optique ?

— Je perds la boule, marmonna-t-elle.

Ses oreilles bourdonnaient. Elle cilla à plusieurs reprises, accommoda et vit qu'il s'agissait d'un matou affairé à griffer furieusement le bas d'une armoire.

— Saleté de chat, pesta-t-elle. (Elle reprit d'une voix onctueuse :) Minou, minou, qu'est-ce que tu cherches, gros parasite ?

Diego se hérissa. Elle l'éjecta à coups de pépin.

— Il y a sûrement des trucs à récupérer, là-dedans, hein, affreux greffier ? Un de ces quatre je vais te gratiner à la cocotte !

Carmela tâtonna à la recherche de la clé de l'armoire, elle n'était plus là.

— *Mierda !* Tu l'as bouffée ou quoi, sale guenille poilue ?

Elle aspira goulûment pour recouvrer la maîtrise de ses nerfs, replia le parapluie et en enfonça l'embout entre la porte et le chambranle de l'armoire. Elle nota une résistance, appuya de tout son poids sur le manche et laissa brusquement son geste en suspens. Le battant basculait de lui-même, révélant les entrailles d'une penderie. Elle se pencha, avança une main, le regretta aussitôt. Ses traits exprimaient l'incrédulité. Il fallut quelques secondes avant que le cri né au fond de sa poitrine vînt expirer sur ses lèvres. Elle bondit et se barricada dans la deuxième chambre. Fuir, mais où ? Nulle part où se réfugier. Sous le lit ?

Elle s'immobilisa. Une présence rôdait, là, tout près, de l'autre côté de la cloison.

Un frottement. Une lueur tremblotante. Quelqu'un repoussait le vantail sur lequel elle pesait.

— Bouclez-la ! gronda une voix grave.

Carmela vissa son œil au trou de la serrure. Son champ de vision se limitait au mur opposé.

— Vous me compliquez bigrement la tâche, enchaîna la voix.

Carmela se mit à prier désespérément ; le vantail cédait pouce après pouce, son corps tendu s'échinait en vain à contrer l'assaut.

Sans qu'elle eût le temps de dire ouf, une paume s'écrasa sur ses lèvres, bâillonna son hurlement. Ses mains brassèrent le vide. Des images explosèrent dans son esprit. Elle entrevit l'expression haineuse de sa mère, son père, ses frères qui s'affrontaient dans la maison de la *calle* de San Mateo, elle distingua la vieille Lequindre mordant dans des parts de kouglof… Sa perception se dilua, un éclair fulgurant lui déchira la poitrine.

# 12

*Mardi 13 octobre*

Une matinée ensoleillée régnait sur la rue de l'Hirondelle où seule une théorie de pigeons arpentait mollement la chaussée, mais le cerveau d'Adrienne Meunier était en proie à une activité endiablée. Un joueur de flûte la talonnait d'étage en étage, le son lancinant de son instrument montait dans les aigus et quand, perchée sur le toit de l'immeuble par une de ces ellipses dont les songes sont friands, elle s'apprêtait à s'envoler, la sonnerie obstinée du réveil l'aspira à toute allure dans son corps agité.

Elle se redressa et aplatit d'une main ses cheveux en bataille.

« Pas de doute, c'est toi la plus belle ! » affirma le miroir en bâillant.

Diego mâchait gloutonnement un surplus de mou repêché derrière son écuelle quand il aperçut une paire de croquenots plantés sur le seuil. Il en avala de travers et régurgita sa bouchée.

— Vous êtes la concierge ? articula une voix rauque.

— Quoi encore ? J'arrive.

Juchée sur un escabeau, Adrienne nettoyait une vitre oubliée depuis des mois. Elle s'acharnait sur la couche opaque masquant la faible clarté du jour et n'était pas d'humeur à subir des importuns.

— C'est ici que résidait Delorme Louis, étudiant à la faculté de pharmacie ?

— Il y réside toujours, que je sache.

— C'est que, madame, il ne reviendra pas. Il a chuté d'un toboggan hier au soir.

Adrienne laissa tomber son éponge, regagna prudemment la terre ferme et affronta le sergent de ville qui porta deux doigts à son képi.

— Jonquier Alphonse, commissariat du 7e arrondissement. Je suis chargé de vous informer que Delorme Louis a été transporté à l'Hôtel-Dieu où l'on a constaté son décès.

— Mort ? Qu'est-ce que vous me contez là, ce n'est pas possible ! Un accident ?

— Un suicide. Il s'est brisé la nuque, le coup du lapin, par le fait. Il faudrait prendre des dispositions en ce qui concerne les proches.

— Comment ça, un suicide ? C'est insensé ! Il a écrit une lettre ?

— Non, mais les enquêteurs ont interrogé les témoins du drame, ils sont formels, M. Delorme s'est jeté du toboggan. Le dossier est clos, il n'y aura ni investigation policière ni autopsie, le corps sera rendu aux siens.

Le sergent de ville se courba, prêt à caresser Diego occupé à flairer ses souliers. Le chat cracha et fila dans la cour.

— Diego ! Vieille pelure, où vas-tu ? cria Adrienne. Ah, c'est malin, il va encore disparaître ! M. Delorme n'a plus que sa mère, poursuivit-elle, elle vit en province, j'ai le nom du bled sur le bout de la langue. Mme Lequindre, la propriétaire, saurait, elle.

— En ce cas, allons la quérir, suggéra le sergent de ville.

— Je voudrais bien, mais elle s'est absentée, pfft, comme mon chat, évaporée !

— Dès qu'elle rentrera, vous lui remettrez ceci, répondit le sergent de ville.

Il posa sur la table un trousseau de clés appartenant à Louis Delorme, ainsi qu'une musette dont il détailla le contenu : un pull-over couleur prune, une gamelle bleue, des notes relatives à un cours de chimie. Puis il tendit un formulaire à Adrienne.

— Le rapport du suicide, et l'inventaire des possessions de Delorme Louis sont mentionnés là-dessus.

— M. Delorme s'est suicidé, je ne peux pas le croire.

— Veuillez signer, s'il vous plaît.

— Pourquoi moi ?

— Vous êtes la concierge, et la propriétaire est indisponible…

— Mais puisque je me tue à vous dire qu'elle a décampé, la propriétaire !

— Merci, madame, au plaisir. Et restez en vie, nous aurons besoin de vous contacter.

Le sergent de ville repoussa son képi et se gratta le front.

— Vous savez, madame, quand un matou adore fuguer, on munit son cou d'une clochette, ça facilite les recherches.

Dans le café-restaurant *Chez Rasade*, un rentier sirotait un vermouth en parcourant *L'Intransigeant*. Il lisait chaque page en diagonale et concluait d'un : « Tout augmente ! Ah ces taxes, ces taxes, ces taxes ! »

Apparurent tour à tour Pélissier, Jeremy et Paul Green, qui s'affalèrent sur des sièges.

Pendant que son mari déjeunait dans la cuisine, Linda emplit des tasses et les leur apporta, exaspérée par une mouche s'obstinant à toupiller autour d'elle.

Avisant la concierge à l'extérieur, elle fonça vers elle.

— Madame Adrienne, vous voulez un croissant ? Ils sont tout chauds ! cria-t-elle.

Adrienne Meunier se glissa dans la salle. En proie à un vertige, elle oscilla, vite soutenue par Pélissier qui l'aida à s'asseoir et en profita pour lui effleurer les seins.

— Vous m'inquiétez, charmante vestale, vous êtes pâle comme un œuf, que vous arrive-t-il ?

— Ce pauvre Louis Delorme est mort. Un flic a rapatrié sa sacoche.

Les regards convergèrent sur la sacoche qu'elle tenait serrée sur ses genoux.

— Mort ? Vous êtes sûre ? s'exclama Paul Green, incrédule.

— Il s'est jeté d'un toboggan, m'a assuré le flic. Il m'a conseillé d'alerter la propriétaire et de prévenir sa famille… J'ai signé une décharge, c'est consigné noir sur blanc : suicide. Mme Lequindre est partie en coup de vent, quant à sa famille…

Jeremy ne retint qu'un mot : suicide, et subitement il se remémora sa conversation avec le jeune homme.

« Il s'était offert une place pour applaudir Joséphine Baker la semaine prochaine, il comptait les jours… On ne décide pas de bousiller sa vie si soudainement ! »

— Paul, souffla-t-il, as-tu remarqué quelque chose d'anormal dans le comportement de Delorme ?

— Non. Il était mon contraire, ouvert, audacieux, optimiste.

— Il sortait avec des filles ?

— Probablement. Il n'y a jamais fait allusion mais ça ne signifie pas qu'il s'en cachait, nous parlions plutôt de musique. Ça me peine vraiment, je n'ai plus de goût à rien. Jem, ne m'en veux pas, mais je ne pourrai plus travailler aujourd'hui.

— Moi non plus. Je ne crois pas une seconde à ce suicide. Delorme fourmillait de projets. Non, non, Paul, c'est impossible, un garçon si enthousiaste ! Hier encore il tirait des plans sur le futur. Je vais aller à l'expo, quelqu'un a peut-être vu ce qui s'est passé.

— Ça ne le ramènera pas, et puis les flics ont l'expérience de ce genre de chose.

— Nous avions rendez-vous au *Coq gaulois*, il se réjouissait d'acheter des partitions de jazz, insista Jeremy, il rêvait d'assister à la revue américaine au théâtre des Champs-Élysées, et…

— À ta guise, mon vieux, tout ce que tu voudras, dit Green, conciliant, assieds-toi.

Il s'adressa à Adrienne :

— A-t-il laissé une lettre d'adieu ?

— Je n'en sais rien… Mais j'y pense ! Sa mère lui écrivait régulièrement, son adresse doit être au dos des enveloppes. Elle vit dans un trou au fin fond du Cotentin, Grafleur, Morfleur… Barfleur, oui, c'est ça ! Je monte, j'examinerai sa correspondance, je viderai le garde-manger, je…

— Calmez-vous, lui enjoignit Green. Jem, prends un verre et attends-moi, je vais t'accompagner à l'expo. Venez, madame Adrienne, je vous escorte. Louis m'avait prêté des disques, je vais les lui rendre, appuyez-vous sur moi. Jem, ne bouge pas d'ici, promis ?

— Les macchabées ne dansent pas le shimmy, murmura Pélissier. Un chagrin d'amour, sans doute, pauvre vieux, il était soupe au lait, imperméable à mon humour mais pas méchant pour deux ronds.

— Quelle triste histoire, ma Linda s'est barricadée dans la cuisine, elle est atterrée, pleurnicha Rasade.

Une bouteille de schnaps et deux verres à la main, il s'approcha de Jeremy.

Adrienne Meunier et Paul Green eurent du mal à se caser dans la minuscule mansarde de Louis Delorme. Ils étaient persuadés de découvrir un capharnaüm et furent presque déçus. Le lit était fait, livres et cahiers s'empilaient sur une caisse tendue de cretonne, la glace de l'étroite armoire reflétait un rectangle de ciel serti dans une lucarne. Le seul objet luxueux consistait en un gramophone-valise *La Voix de son Maître*. Paul Green plaça ses soixante-dix-huit tours au sommet d'une pile de disques. Adrienne plia le pull-over, rangea les notes de cours et déposa la gamelle sur la table tandis que Green fouillait la sacoche.

— Qu'est-ce que vous cherchez, monsieur Green ?

— Une lettre.

— C'est vrai, ça. Habituellement, quand on se suicide, on prévient, c'est l'usage.

— Il faut croire qu'il ne l'a pas respecté, il n'y a rien. Pauvre Delorme, il fallait qu'il soit dans le trente-sixième dessous pour en arriver à cette extrémité. Ça ne me regarde pas mais, tout de même, je donnerais cher pour deviner la cause de son geste.

— On s'en va ? Cette chambre me déprime.

Mû par une impulsion qui se voulait rassurante mais devint vite un peu trop pressante, Paul Green lui passa un bras autour des épaules.

— Il y a beaucoup de mouvement dans cet immeuble. Vous en faites trop, madame Meunier, ménagez-vous. Si je ne m'abuse, vous me ressemblez, vous avez un rythme lent.

— Moi ? Ben je ne sais pas ce qu'il vous faut ! J'ai des lendemains qui chantent en perspective, les travaux ont repris, les ouvriers sont en train de cimenter le sous-sol, alléluia ! À moi la serpillière et le balai !

Courbée sur sa vaisselle, Adrienne se laissait hypnotiser par la mousse tournoyant dans une bassine. Elle fut tentée d'annoncer à son chat qu'elle venait de percer le secret de l'univers : la Voie lactée n'était qu'un amas savonneux en train de s'évacuer par la bonde d'un gigantesque évier. Restait à déceler où aboutissait le transvasement.

Elle contempla la gamelle posée sur une montagne de casseroles sales et plongea le couvercle dans l'eau.

— Pauvre M. Delorme, triste destinée. Si seulement il s'était confié, je serais intervenue, moi.

Elle affronta son double dans le miroir.

— Toi ? Tu es nulle, vieille, moche, solitaire, tu as l'angoisse et, quand tu as l'angoisse, il te faut des douceurs.

Elle se sécha les mains, fourragea un tiroir, en sortit un paquet de caramels largement entamé.

Diego avait sauté sur la paillasse, il avalait goulûment les reliquats de nourriture contenus dans la gamelle. Adrienne le chassa à coups de torchon.

— File, patapouf ! Tu te contrefiches de savoir pourquoi j'ai l'angoisse, tu ne penses qu'à ton ventre !

Grisé par l'alcool, Jeremy faisait les cent pas devant le restaurant en soliloquant.

« Je dois remettre mes idées en ordre, songeait-il. Un suicide ! C'est insensé... »

Il tripota ses cailloux.

« ... Mme Lequindre lui avait proposé un logement plus spacieux près de sa faculté, il était fou de joie... Mme Lequindre ! »

Il venait de se souvenir d'une réflexion de M. Abel concernant le dentier : *S'il n'a pas été largué de son sac c'est qu'il a sauté de sa mâchoire.*

Son estomac se noua.

« Ce dentier est à la propriétaire puisque Sammy m'a assuré que M. Max porte le sien. La paranoïa me guette ! Qui a invité Mme Lequindre à la campagne ? Je vais questionner Carmela Serrano sur la provenance de cet appel téléphonique. »

Adrienne essuyait ses assiettes quand un miaulement désespéré lui parvint.

— Diego ?... Diego !

Effondré au pied des bacs à fleurs, le chat, les flancs creusés par l'effort, régurgitait son déjeuner. Affolée, Adrienne s'agenouilla près de lui. Un goût de fer emplissait sa bouche, ses mains tremblaient.

— Ma minouche, t'es malade ?

Diego se convulsa pour se dégager de son étreinte.

— Ah non ! La paix ! Tu as boulotté une saleté, Dieu merci, tu l'as recrachée.

Elle prit Diego dans ses bras.

— Madame Adrienne, ça ne va pas ?

Jeremy se tenait sur le seuil de la loge.

— C'est mon chat, il a mangé une cochonnerie, brama-t-elle, passant en trombe devant lui.

Elle installa le matou sur le lit, l'enveloppa dans la courtepointe.

— Reprends des forces, mon gros… Je n'ai jamais vu un goinfre comme toi ! Et voilà, tu me fais une intoxication !

— Où est M. Green ?

— Je ne suis pas sa nounou.

— M. Delorme a laissé une lettre ?

— Non. C'est trop d'émotions, ce pauvre M. Delorme ! Se suicider sans crier gare, et puis mon Diego…

Jeremy eut un geste d'impatience.

— Je cherche Mlle Carmela. Quel étage ?

— Au cinquième, sous le toit. Ma minouche, ça va mieux ?

Jeremy regarda le chat pendant un instant et s'engouffra dans l'escalier.

Inclinée au-dessus du lit, Adrienne écarta la courtepointe. Diego s'étira, s'enfouit le museau sous une patte et s'endormit.

— Tu as entendu ça, ma minouche ? Ce type se moque de ce qui nous échoit, il vit sur une autre planète, à des milliards de kilomètres de cette loge. Une planète intéressante, gaie, active, où lui et ses semblables évoluent avec aisance. Un monde auquel j'appartiendrais si les choses avaient tourné différemment. Bon, Je vais nettoyer tes dégâts.

À peine sa serpillière avait-elle effacé les déjections que deux des ouvriers travaillant à cimenter le sous-sol surgirent. Larges et blanches, leurs empreintes zigzaguèrent jusqu'à la rue. C'en était trop. Adrienne, découragée, se planta près des chrysanthèmes, les yeux rivés à la porte de la cave qui, semblant obéir à un pouvoir hypnotique, livra passage à Paul Green et M. Tourtel.

— Un problème, madame Adrienne ? Le soleil est de la partie, dit M. Green.

— Ciel pommelé et femme fardée sont de courte durée, grommela Tourtel.

— Réjouissez-vous, monsieur Tourtel, quand le sol sera terminé on pourra y danser le quadrille des lanciers.

— Ça éparpille la poussière, et la poussière, c'est mauvais pour les bicyclettes.

— Allons, allons, monsieur Tourtel, votre Titine a la dent dure.

La bouche en bec de perroquet, Adrienne considéra les sillons boueux sur le carrelage ; elle avait envie de pleurer.

Jeremy avait fait chou blanc, pas de Carmela Serrano. Il déboucha de l'escalier, passa devant la loge sans oser frapper et rejoignit la rue de l'Hirondelle.

Assis sur le rebord du trottoir, les galoches dans l'eau du caniveau, les gamins Rasade s'invectivaient. Jeremy piocha une cigarette, prêtant une oreille distraite à leur discussion.

— D'abord t'y connais rien, disait Toussaint.

— S'il y en avait, des hommes invisibles, ça se saurait, lui asséna Jeantou.

— Mais puisqu'ils sont invisibles !

— C'est comme les fantômes, ça n'existe pas.

— Ben moi, j'en ai vu un, de fantôme.

— Chiqué ! Où ça ?

— Au quatrième, dans l'appartement où les cabinets ont débordé, expliqua Toussaint en se pinçant le nez.
— C'est même pas vrai.
— Si, monsieur. L'appartement est vide, Mlle Lahure, est allée loger ailleurs. Même que la semaine dernière j'ai accompagné papa et la concierge chez elle quand ils ont posé la planche en travers du siège de ses cabinets, et papa a bricolé le branchement de la flotte. Je venais juste de rentrer de l'école, riposta Toussaint, indigné.
— Ah, je ris, et t'as vu quoi ?
— Hier soir, on m'a expédié au lit sans dîner à cause de ce cafard de Tourtel, alors j'ai carotté une banane et je suis monté au quatrième, et là...
— Et là, quoi ?
— Ben j'ai épluché la banane, je l'ai mangée et j'ai jeté la peau sur le paillasson de ce mouchard. La prochaine fois j'y mettrai de la crotte.
— Tu charries. C'est tout ?
— Non c'est pas tout. La porte de Mlle Lahure, en face de chez Tourtel, ben, elle était ouverte, j'ai passé la tête dans l'entrée, et une forme maigre, toute noire, a sauté et s'est transformée en un gros monstre à quatre bras.
Jeantou se tapa sur les cuisses.
— Non, sans blague ! Je parie que tu t'es carapaté.
— T'en aurais fait autant !
— C'est défendu de grimper là-haut. Quand papa l'apprendra...
— Si tu caftes pas, il le saura pas. Comme il ne saura pas que t'as fauché des sous dans la caisse, si je la boucle, rétorqua Toussaint.
— Les fantômes, ils viennent que la nuit, ils s'habillent de draps blancs, argumenta Jeantou, ébranlé.
— Pas forcément. Et puis, c'est pas dur, il n'y a qu'à y aller, tu seras fixé. T'as la trouille ?
— Moi, tu rigoles ?

— Bon, ben, amène-toi, décida Toussaint.

— Des clous, lança Jeantou en piquant un sprint vers le restaurant.

— T'est qu'un dégonflé, hurla Toussaint, trouillard ! Trouillard !

Jeremy tourna casaque et heurta un quidam penché sur une roue de bicyclette. Raymond Tourtel se redressa, la casquette de guingois.

— Toujours dans mes pattes ?

Jeremy s'empressa de filer en bredouillant des excuses.

« Qu'est-ce que le môme a pu voir ? se demanda-t-il. Et Paul, qu'est-ce qu'il fiche, nom d'un chien ? »

Il alluma nerveusement une seconde cigarette au mégot de la première, mais n'eut que le temps d'en tirer deux bouffées. Mathias Rasade le hélait du pas de sa porte :

— M'sieu Nelson, vous avez un message !

Jeremy décolla le rabat d'une enveloppe et demeura stupéfait à la lecture d'un texte découpé dans un livre :

> *La curiosité malgré tous ses attraits coûte souvent bien des regrets.* Charles Perrault. *La Barbe bleue.*

Mathias Rasade s'inclina sur le comptoir.

— Ce n'est pas grave, j'espère ?

— Non, non… Je suis un peu vasouillard. Où est le téléphone ?

D'un mouvement du menton, le patron lui indiqua un poste mural près des toilettes.

— Allô, mademoiselle, Roquette 12-21, énonça Jeremy.

Il attendit la communication en parcourant les graffitis semés sur une cloison.

— M'sieu Nelson ? marmotta Sammy. Vous devriez avoir honte de m'appeler si tôt ! Je me suis pieuté à trois plombes ! Quelle heure est-il ?

— L'heure de sortir du lit. Grâce à moi, tu vas profiter d'une belle balade. On se retrouve au débarcadère du pont de l'Alma dans deux heures.

Sans laisser à Sammy le temps de protester, il raccrocha.

Quand Paul Green poussa la porte quelques minutes plus tard, Jeremy avait disparu.

# 13

*Même jour*

L'après-midi avait une allure de printemps. Jeremy embarqua au ponton du Châtelet, soulagé de cette virée au fil de l'eau à l'écart de la confusion. Il se retrancha des autres passagers et s'accouda à la rambarde, attentif au sillon d'écume argenté creusé à la poupe de l'embarcation et à la lente glissade des berges peuplées de rivagiers. Une nichée de gamins s'ébattait sur des pyramides de sable ; sous la voûte d'un pont des cardeuses rajeunissaient des matelas de leur démêloir ; plus loin, en rang sur des pliants, des pêcheurs guettaient la friture miraculeuse. Une nuée de mouettes planait au-dessus d'un bateau-lavoir, une odeur de lessive parfumait la brise.

Face à un tel spectacle, la souffrance et la mort étaient inconcevables. Seuls comptaient la caresse du soleil sur son visage, la rousseur des arbres et le clapotis du courant.

Ce fut à regret qu'il accosta à la station Alma, il aurait volontiers poursuivi son voyage au long cours jusqu'à Suresnes.

L'Exposition internationale des Arts décoratifs et industriels modernes avait été conçue pour sceller l'avènement de l'art contemporain dans chaque aspect de la vie quotidienne. Elle se tenait sur l'esplanade des Invalides, sur les deux quais de la Seine, du pont de l'Alma à la passerelle de la Concorde, et aux alentours du Grand et du Petit Palais.

Sans succès, Jeremy chercha Sammy de tous côtés. Il finit par discerner une silhouette dégingandée qui lui était familière.

Sur une estrade tournait un manège insolite. Des personnages monumentaux, sculptés à l'image de la typique faune parisienne, remplaçaient les habituels chevaux, cygnes ou cochons des carrousels forains. De la marchande des quatre-saisons au télégraphiste, en passant par le fumiste et l'accordéoniste, les métiers de la rue servaient de montures aux intrépides visiteurs.

Agrippé à des crampons fixés au panier d'un avatar de pâtissier, Sammy se laissait emporter par une cavalcade endiablée au son d'un piano mécanique[1].

— Dix-neuf ans et toujours aussi gamin, grommela Jeremy.

Sammy sauta à terre, ils cheminèrent quai Malaquais.

Ils contemplèrent la Seine. Amarrées à la berge, trois péniches baptisées *Amours*, *Délices* et *Orgues* accueillaient les amateurs de haute couture.

— M'sieu Nelson ? Vous avez l'air épuisé. Dites, vous avez vraiment l'intention de sillonner l'expo ? C'est une cité qui regroupe vingt et un pays, il faut au bas mot une semaine pour l'explorer ! Je suppose que ce n'est pas pour m'aérer les bronches que vous m'avez donné rendez-vous ici ?

— Une de mes connaissances m'a offert des billets pour le Parc des attractions. Je dois vérifier un détail qui me tarabuste et je tenais à ta présence. Tu vois, j'honore toujours mes promesses.

Au-delà des barrières de contrôle, ils furent happés par la cohue. Dans un tintamarre de flonflons, de ferraille,

1. Manège de *La Vie parisienne*, commandé au sculpteur Pierre Octave Vigoureux par le couturier Paul Poiret.

de cliquetis, d'appels de bonimenteurs, ils naviguèrent entre les grappes de badauds avides de sensations fortes. Ballotté de manège en manège, Jeremy dépassa la Chenille formée d'une suite de wagonnets lancés à grande vitesse, contourna le Dodgem et ses deux pistes d'autos-tamponneuses. Sammy le suivait en jouant des coudes.

— Vous avez le feu aux trousses, m'sieu Nelson, où me conduisez-vous ?

— Au toboggan, brailla Jeremy pour couvrir le vacarme infernal.

Au-dessus de leurs têtes, le Scenic Railway s'élançait sur ses rails suspendus à quinze mètres du sol. Cette « montagne russe » se précipitait de déclivités en sommets dans un roulement de tonnerre. Rivés aux barres d'appui, les passagers poussaient des clameurs d'épouvante.

— Quand on pense qu'il y a des gogos qui paient pour se faire malmener ! s'esclaffa Sammy. Vous avez vu, il n'y a presque pas de gosses.

— Si les bambins assistaient aux enfantillages de leurs parents, ceux-ci y perdraient en autorité. Allez, viens.

Jeremy désigna une crémaillère à l'arrêt où tanguaient des doubles sièges.

— Ah non, je ne monte pas sur ce truc, m'sieu Nelson !

— Je veux parler au type en uniforme, là-bas, tu le vois ?

— Qu'attendez-vous de moi ?

— Tu écoutes, tu observes, tu ne dis rien. Je t'expliquerai après.

Ils s'approchèrent du bonhomme qui bourrait sa pipe au pied du toboggan. Il releva la tête.

— C'est la pause, on démarre dans un quart d'heure, annonça-t-il, empochant sa blague à tabac.

— Bonjour, je cherche Louis Delorme, dit Jeremy, je suis un copain d'école, on ne s'est pas croisés depuis cinq ans.

— Ben c'est pas de veine ! Aucune chance de le harponner, il flirte avec les anges.

Confronté à l'incompréhension feinte de son interlocuteur, le bonhomme précisa :

— Pauvre Louis, il est tout ce qu'il y a de moins vivant. Il a passé l'arme à gauche, quoi. Quelle affaire ! La police m'a interrogé mais je ne suis pas responsable, et j'espère bien qu'on va m'envoyer un remplaçant.

— Qu'est-il arrivé ?

— Il a dévissé son billard. Faut du courage pour choisir de s'ôter la vie.

— Il s'est suicidé ? Louis ? Non, je ne peux pas le croire ! Vous l'avez vu sauter ?

— J'ai entendu une fille hurler. Je l'ai dit aux flics. En tout cas, un suicide, c'est mieux qu'un accident.

— Pourquoi ?

— Ben, ça tombe sous le sens ! Si ç'avait été un accident, la direction aurait été contrainte de suspendre l'attraction, tandis qu'un suicide, il suffit de doubler la surveillance. Enfin, c'est mon opinion. Moi, ce soir-là, j'étais resté au rez-de-chaussée pour régler un problème mécanique. On est pointilleux avec la maintenance depuis que le Scenic Railway a déraillé, quatre jours après l'ouverture du salon, en mai. Ça aurait pu être catastrophique mais, heureusement, il n'y a eu que deux blessés. Boudiou, quelle trouille ! On l'a fermé, le Railway, il n'a rouvert qu'en juin, c'est une perte sèche pour la compagnie.

— Et Louis ? insista Jeremy, refoulant son impatience.

— Ce soir-là, il n'était pas dans son assiette. « Qu'est-ce qui te tracasse, petit ? » je lui ai demandé. « Rien, qu'il m'a répondu, ce doit être ce que j'ai mangé. » « Qu'est-ce que tu as mangé ? » je dis. « De la choucroute à la papaye verte », qu'il me dit. J'en suis resté baba, sûr qu'il se fichait de moi. Quand on l'a emmené à l'hosto je me suis pensé que la choucroute à la papaye, ça n'existait pas. La papaye, c'est un fruit tropical, c'est sucré, on ne met jamais de sucré dans une choucroute ! J'ai réclamé la recette à ma femme, vu qu'elle travaille en cuisine au bouillon *Rougeot*. Pour mitonner une bonne choucroute garnie, qu'elle m'a dit, on met de la couenne de lard avec de la poitrine fumée, on ajoute des saucisses de Morteau ou de Francfort et des pommes de terre et puis on accompagne le tout d'un riesling, le plus fin des vins d'Alsace, expliqua-t-il avec un sourire brèche-dent.

— Quel rapport avec un suicide ?

— Vous savez, monsieur, quand on n'a pas le moral, on invente des craques, pour ne pas alarmer son entourage, on dit : « J'ai mal au ventre, j'ai mal au foie », alors qu'en réalité on a mal à l'âme. Louis, il ne voulait peut-être pas qu'on le détourne de son projet.

— Selon vous, il a vraiment sauté ?

— Je vous l'ai déjà signalé, il y avait des témoins et pas des moindres, M. Braseuil, son gendre et son épouse. M. Braseuil est membre du comice agricole de la Creuse. Et aussi M. Frouin, rédacteur à *La Veillée des chaumières*. Il y avait peu de monde, donc pas de bousculade, donc pas d'accident. C'est ainsi et pas autrement, les flics aussi, d'ailleurs, ils ne mèneront pas d'enquête, le dossier est clos. Faites excuse, mais c'est l'heure, on ouvre. Vous montez ?

— Non merci. Viens, Sammy, on s'en va.

Ils s'engagèrent sur la chaussée du pont Alexandre-III, bordée d'une quarantaine de magasins. Sammy fut attiré par la devanture d'un antiquaire encombrée de médailles, de vieux saxes, de miniatures et de coupes d'albâtre.

— Tu viens ? s'impatienta Jeremy.

— Attendez-moi, j'arrive, dit Sammy.

Il ressortit de la boutique un quart d'heure plus tard, la mine réjouie.

— Tu as l'air content de toi, qu'as-tu acheté ?

— Un médaillon en argent, pour ma fiancée, j'y mettrai une photo d'elle et une de moi.

— Tu es fiancé !

Sammy se mordit les lèvres.

— Personne ne le sait, surtout pas ses parents, c'est un secret, m'sieu Nelson.

— Qui est-ce ?

— Si je vous le dis, ce ne sera plus un secret. Je compte demander sa main dès que j'aurai suffisamment de sous de côté.

Jeremy haussa les sourcils. Les choses se compliquaient. Ce cœur d'artichaut était amoureux au point d'entreprendre une démarche officielle, cela chamboulait ses plans. Il sentit une vague inquiétude le gagner et prit une décision. Il n'avait pas le droit d'entraîner son ami plus avant dans cette intrigue tortueuse. Sammy allait convoler et moins il en saurait, mieux ce serait. Devant la foule dense, il éprouvait une profonde mélancolie. Il retrouvait ses impressions d'enfance, du temps où il se promenait à Coney Island : il était aussi seul et perdu, agressé par des puissances hostiles qui semblaient vouloir l'engloutir.

Ils se dirigèrent vers l'une des sorties.

Sammy se décida à rompre le silence :

— M'sieu Nelson, ce Louis Delorme, ça m'étonnerait que ce soit un de vos copains d'école.

— Je devais trouver un prétexte pour cuisiner le type du contrôle.

— Soyez clair.

— Je connaissais à peine ce garçon, il n'avait que quelques années de plus que toi, il travaillait ici pour arrondir sa pension d'étudiant… Je me suis posé des questions. Il y avait un truc qui clochait dans cette histoire et je ne pouvais mettre le doigt dessus. J'ai voulu vérifier qu'il s'agissait d'un suicide.

— Pourquoi en doutiez-vous ?

— On ne s'ôte pas la vie sans motif. Louis Delorme bâtissait des projets d'avenir, nous avions rendez-vous lundi, il se réjouissait d'aller au théâtre des Champs-Élysées… il allait déménager… alors j'ai élaboré une théorie qui se révèle erronée.

Les paupières à demi closes, Jeremy parlait au ralenti pour se pénétrer des complexités de la situation.

— Vous avez entendu le type du contrôle, m'sieu Nelson, on peut toucher le fond sans que vos proches le remarquent. Delorme aura appris une mauvaise nouvelle, sa petite amie l'a plaqué, il était dépressif, en voilà des motifs ! Vous vous imaginiez que c'était un accident ou qu'on l'avait délibérément poussé ?

— Oui. Mais puisque la police a démontré la thèse du suicide, c'est que je me suis monté la tête. Je suis curieux, j'adore résoudre des énigmes, tu le sais.

— Et comment !

— Je m'étais fait des idées. J'ai une propension au mystère, ça me joue des tours, répondit Jeremy d'une voix enjouée.

Il savait que toute autre explication à sa conduite ne manquerait pas d'éveiller la suspicion de Sammy et que sa chance de le flouer résidait dans une insolente audace. Il se força à sourire.

— Sammy, j'ai un dernier service à quémander. Accompagne-moi rue Guisarde, c'est direct, sept stations de métro.

Dès qu'ils furent sur le seuil de l'appartement, Jeremy sut que ce qu'il redoutait était survenu, sa porte bâillait. Il lui suffit d'une infime pression pour qu'elle s'ouvre sans résistance.

« Prudence, prudence, se répéta Jeremy, sois naturel. Mieux vaut être prêt à tout. Ce qui vient de se produire est peut-être anodin, mais il ne faut pas courir de risques à la légère. »

Il fila inspecter chaque pièce. Rien ne semblait avoir été déplacé. Il ouvrit la penderie, la boîte Black Jack était là et contenait l'intégralité des papiers qu'il y avait rangés. Il en ôta les trois coupures de journal relatant un vol de bijoux et les glissa dans sa poche, puis il revint dans la première chambre, examina la table où il avait abandonné les restes de son petit déjeuner. Dans l'état de tension qui l'étreignait il ne décela d'abord rien d'insolite. Sammy, qui l'observait, se mit à glousser.

— Depuis quand salez-vous votre café, m'sieu Nelson ?

Le sucrier avait disparu, à sa place trônait la boîte à sel.

— Je deviens amnésique ? balbutia Jeremy en s'approchant.

— Il devait être rudement saumâtre, votre café ! s'exclama Sammy en riant, vous ne vous en êtes pas aperçu ?

Il souleva le couvercle.

— On aura tout vu ! Vous avez de drôles d'endroits pour classer vos compositions ! Vous êtes fatigué, m'sieu Nelson !

— Donne.

Sammy fut le plus rapide ; il s'empara d'une demi-feuille de papier à musique pliée en deux et lut à voix haute une phrase écrite en lettres bâton sur une portée :

> *FURETER À TORT ET À TRAVERS, COMME MANGER TROP SALÉ, ABRÈGE L'EXISTENCE.*

— Qu'est-ce que ça signifie ? Un mot doux de Camille ? Ben dites donc, elle veille sur votre santé ! Pourquoi *fureter* ?

Avant même de trouver une explication acceptable, Jeremy répondit :

— C'est une blague privée entre Camille et moi.

Sa voix lui semblait appartenir à un autre. Sammy lui lança un regard oblique.

— Espérons que ce soit vrai, je ne veux pas être indiscret. Au fait, la proprio de votre copain musicien, elle a retrouvé son dentier ?

Jeremy appliqua à la lettre la règle que lui avait enseignée Victor Legris : « Pour imposer un mensonge, il faut subtilement l'assaisonner de vérité. »

— Grâce à ta perspicacité, répliqua-t-il, nous savons que la prothèse que j'ai ramassée dans l'escalier est probablement la sienne, mais on ne peut le confirmer, elle est absente et…

Le téléphone grelotta.

— Paul à l'appareil. Eh ben, mon vieux, tu as joué les filles de l'air ? Je t'avais prié de patienter, je parie que tu es allé à cette fichue exposition.

— Oui, excuse-moi, j'ai cru que tu te défilais. Tu avais raison à propos de Delorme. Une fois de plus j'ai bâti un roman.

— On se voit quand pour bosser ?

— Demain, plutôt en fin d'après-midi. Tu es libre ?

— Ça gaze. Salut.

Jeremy tripota un instant l'écouteur, le soupesant d'une main puis de l'autre.

— Je peux me rendre utile ? interrogea Sammy.

— Oui, ça m'arrangerait. Voilà de quoi il retourne. Je suis en possession d'une information et je me demande si elle a un rapport quelconque avec Mme Lequindre. Serais-tu apte à clarifier ce point ?

Sammy haussa les sourcils. Il venait de comprendre que la conversation prenait un nouveau tour.

— Je suis partant, dit-il.

Jeremy lui remit les coupures de presse qu'il lut attentivement.

— Quel est mon rôle, m'sieu Nelson ?

— Glaner des révélations sur ce Gaston Morel et ce vol de bijoux dont on l'a accusé. Tâche de découvrir l'adresse de la maison qu'il ravalait à l'époque.

— Un jeu d'enfant.

— Ne sois pas impulsif ou trop hâtif. Contrairement à ce que tu crois, ce n'est pas facile.

— Dites-m'en davantage.

— Tant que je ne suis pas sûr de ce que je pressens, non.

— En quelque sorte vous êtes mon éminence grise et moi votre exécutant ?

— En quelque sorte. Toi, rue des Amandiers, personne ne te connaît, tu as tout loisir d'aller et venir, d'engager le dialogue avec les riverains sous n'importe quel prétexte, et je te fais confiance pour en trouver un bon, répondit Jeremy. Moi, je risquerais de commettre une bévue et tout serait fichu. Encore une chose importante. Dès que tu auras obtenu des renseignements, téléphone-moi, je préfère qu'on évite de se rencontrer.

— Vous êtes surveillé ?

— Je n'ai pas dit ça. Si c'est non, je ne t'en voudrai pas... Écoute, Sammy, je ne peux rien t'expliquer, j'ignore même si cette histoire est réelle ou si je fabule.

Sammy empocha les coupures. Il était un peu déçu mais il n'en laissa rien paraître. Il médita un moment, ne manifesta aucune curiosité, ne posa aucune question, ne se montra même pas surpris de ce que Jeremy le prenne pour un tel gogo. Il y avait anguille sous roche, il le pressentait.

— J'irai demain, décida-t-il.

— Merci, Sam, tu es doté d'un esprit d'analyse très poussé, tu sais comment t'y prendre, ce n'est pas mon cas.

— Inutile de me passer de la pommade, m'sieu Nelson, je ne peux rien vous refuser.

Après le départ de Sammy, Jeremy relut les menaces qui lui étaient destinées :

*FURETER À TORT ET À TRAVERS, COMME MANGER TROP SALÉ, ABRÈGE L'EXISTENCE.*

Il déchiffra de nouveau :

> *La curiosité malgré tous ses attraits coûte souvent bien des regrets.* Charles Perrault. *La Barbe bleue.*

« Mes indiscrétions commencent à me compromettre. Cela a-t-il un rapport avec Louis Delorme ? Qui a deviné que j'irais enquêter sur le lieu de son travail sitôt après avoir appris son suicide ? »

Se méfier de chacun : telle serait désormais sa ligne de conduite.

« Décision numéro un : s'occuper de changer de serrure. Excellent prétexte pour frapper chez Tourtel. De tous les locataires de l'immeuble, ce type est celui qui me rebute le plus. »

# 14

*Mercredi 14 octobre*

À la devanture d'une pâtisserie, le nez collé à la vitrine, trois gamines montées en graine détaillaient les gâteaux. Sur la chaussée exempte de véhicules, un bouledogue était étalé dans une nappe de soleil. Un joueur d'orgue de Barbarie moulinait *Lilas blanc*. Sammy remontait la rue des Amandiers, savourant la paix et la beauté de l'instant. Ce vendredi automnal déguisé en mai lui insufflait du vague à l'âme ; il pensa à sa fiancée. Il était impatient de lui offrir le médaillon dans lequel il avait glissé sa photo, mais il hésitait encore à l'idée de présenter sa demande en mariage.

« Elle est si jeune, elle va m'envoyer bouler, je risque de le regretter. Alors, je me lance ou pas ? »

Attroupées autour d'une charrette des quatre-saisons, des ménagères tâtaient les choux, inspectaient des artichauts sur toutes leurs coutures, examinaient des pommes de terre avec méfiance.

« Si le joueur d'orgue ne change pas de refrain avant que j'aie compté jusqu'à dix, et si les bonnes femmes se rebiffent, je m'accorde un temps de réflexion avant de formuler ma déclaration. »

Le joueur d'orgue ne devait posséder qu'un seul rouleau de carton perforé car, après une courte pause, il réattaqua *Lilas blanc*. Sammy se coula subrepticement dans la queue de l'éventaire de légumes et murmura :

— Combien de petits pois dans une cosse ?

Ce fut un tollé.

— Grande courge ! Crâne de piaf ! Fleur de nave ! C'est dans ta caboche que t'as un petit pois !

— C'est confirmé, je remets ma requête, trancha Sammy en filant.

Il s'était soudain rappelé la raison de sa venue dans ce coin du vingtième.

Il n'eut guère de difficulté à localiser une entreprise de peintures et de ravalements, encastrée entre un marchand de couleurs et un volailler.

MOREL & ALFIERI

Il s'aventura à l'intérieur d'un local encombré d'échelles, de planches, de boulins métalliques, de pots de peinture blanche, de rouleaux de corde. Deux ouvriers en blouse grise, la tête protégée d'un calot, inventoriaient le matériel.

— Messieurs, bonjour, vous avez été recommandés au propriétaire de l'immeuble dont je suis le concierge. Puis-je m'entretenir avec M. Morel ?

L'un des deux hommes, un gros moustachu, s'esclaffa.

— Ben, dis donc, ils les prennent au berceau, les pipelets !

L'autre, un maigre au teint bilieux, se gratta le menton.

— Elle date de quand, cette recommandation ? Gaston Morel est mort et enterré.

— Oh, c'est fâcheux, le propriétaire a été long à se décider. Dommage, on lui avait tellement vanté le savoir-faire de M. Morel.

— Gaston Morel a cassé sa pipe, mais l'entreprise a survécu, précisa le gros moustachu. Y a un nouveau patron, M. Alfieri, la porte vitrée au fond de la cour.

Sammy souleva sa casquette.

— Merci, messieurs, vous êtes très aimables.

Le bilieux souffla au moustachu :

— Il a une dégaine d'encaisseur d'assurances, le jeunot.

Un homme était recroquevillé derrière un bureau surchargé de dossiers et de cendriers emplis de mégots. Il regarda Sammy à travers des lunettes à monture métallique et lui fit signe de s'asseoir.

— Vous êtes le successeur de M. Morel ? s'enquit Sammy en prenant place. Je viens d'apprendre qu'il est décédé.

— En effet.

— Il y a longtemps ?

— Plus de deux ans. Très exactement en mai 1923.

Enrico Alfieri ôta ses lunettes et les essuya avec un mouchoir avant de les poser sur le bureau. Ses joues étaient marquées de rides, et ses mèches en désordre encadraient son visage d'une crinière terne où le blond le disputait au blanc.

— C'est regrettable, dit Sammy. Vous le secondiez depuis quand ?

— Je suis arrivé de Turin en 1903. Je n'espérais pas dénicher aussi vite une maison qui m'embauche. Chez les Morel, j'ai trouvé une famille. J'ai d'abord été ouvrier, et puis, au fil des ans… Que désirez-vous, monsieur ?

— Au vu de sa réputation de bon ouvrier et de ses tarifs bon marché, on a chaudement appuyé M. Gaston Morel auprès du propriétaire de l'immeuble dont je suis le concierge, je venais lui proposer un chantier.

Enrico Alfieri hocha la tête.

— Oui, Gaston Morel était un homme d'expérience, sérieux et intègre, à l'image de son entreprise. Après le drame qui nous a consternés, j'ai pris la succession à mon corps défendant, je ne suis plus tout jeune.

— Le drame ?

— Gaston Morel s'est jeté sous les roues d'un tramway. J'aimais trop cette entreprise pour l'abandonner.

Enrico Alfieri se frotta les paupières de ses doigts jaunis de tabac.

— Pourquoi il a fait ça ?

— On l'accusait d'avoir dérobé les bijoux d'une dame sur son dernier chantier. On l'a traîné au Dépôt. Le chef de la Sûreté est venu perquisitionner ici, sans résultat, il n'a rien pu prouver, mais Morel a tout de même été condamné à un an de prison. C'était dans les journaux.

Alfieri se pencha par-dessus le bureau.

— Pour moi, il était innocent, il me l'a juré sur la tête de son frère.

Les pensées de Sammy s'enchaînaient comme du vif-argent.

« Sait-on jamais ? En lançant un filet à l'eau on ne recueille pas que du fretin… »

— Ah oui, je crois que c'est son frère qui l'a recommandé à mon patron, dit-il négligemment.

— Son frère ? Pas possible !

— Pourquoi ?

— Il a quitté la maison en claquant la porte il y a plus de dix ans, il n'a donné aucune nouvelle sauf à la libraire, Mme Villard, pour les funérailles. Vous le connaissez ?

— Non, pas moi, mon patron.

— Il se situe où, votre immeuble ?

Sammy avait préparé son coup.

— 18, rue Saint-Sulpice, pas loin de la place, répondit-il avec une spontanéité parfaite.

— Là où il y a des boutiques de bondieuseries en pagaille, près d'une église monumentale ?

Sammy opina. Alfieri saisit un dossier et le feuilleta.

— Je me disais aussi, murmura-t-il en relevant la tête. 20 *bis*, rue de l'Hirondelle, c'est dans votre quartier.

— Dans le sixième ? Ça se peut, répondit évasivement Sammy en repoussant sa chaise. Quel rapport ?

— C'était le dernier chantier de Gaston Morel, en… décembre 1923.

— C'est drôle, le hasard, constata Sammy d'un air benêt. Vous ne m'avez pas dit pourquoi M. Morel s'est précipité sous les roues d'un véhicule…

— Les gens d'ici jasaient, les commandes ont commencé à chuter. À sa sortie de prison, Gaston dépérissait à vue d'œil, pas seulement à cause des ennuis financiers. Il avait été gravement blessé dans son honneur, et rien, pas un mot d'excuse, pas d'autres suspects incriminés. Traiter autrui de cette façon, quelle honte ! Pauvre Gaston, j'ai échoué à chasser les idées noires qui lui gâchaient l'existence. Je lui ai suggéré de vendre la boîte, de s'installer ailleurs. Il s'est contenté de me répondre : « Rico, quand le ver est dans le fruit, le fruit pourrit. » Jusqu'au jour où… Quelle misère. Je suis allé à la morgue, j'ai failli m'évanouir, Gaston était en miettes, le visage écrabouillé, les jambes…

— Je vous inscris le nom et l'adresse de mon patron, je pense qu'il vous contactera, le coupa Sammy, en proie à une nausée.

Il manqua renverser sa chaise dans sa hâte d'évacuer les lieux.

Une fois dehors, sa tension retomba. Il fit quelques pas dans la rue, inspecta les alentours, feignit de lacer son soulier, personne ne le suivait. Dans un café-tabac, il commanda un petit noir au comptoir et s'empressa de noter ce qu'il venait d'apprendre. Au moment de payer sa consommation, il pria la patronne de lui indiquer l'emplacement d'une librairie-papeterie. Elle l'accompagna sur le seuil, et tendit le bras vers l'angle de la rue Duris.

Après avoir pesé le pour et le contre, Sammy choisit une approche directe. En supposant qu'elle puisse lui révéler un détail inédit, quel plat de résistance allait-il servir à Mme Villard ? Il décida de se fier à son intuition et longea le trottoir. Il finit par repérer une minuscule boutique au pied d'une maison décrépite.

AU PETIT ÉCOLIER
LIBRAIRIE PAPETERIE

— Vous désirez, monsieur ?

Une femme corpulente aux cheveux gris était assise près d'un comptoir, elle reprisait un bas. Elle le posa et dévisagea attentivement le visiteur.

— C'est fermé, monsieur, reprit-elle. Il y a belle lurette que j'ai mis la clé sous la porte, vous voyez, c'est vide.

— Madame Villard ? M. Alfieri m'a conseillé de venir vous voir. Il m'a dit que vous aviez eu des échos du frère de M. Gaston Morel.

— Thierry ? Vous l'avez rencontré ?

— C'est-à-dire, je…

— Il m'a oubliée, dit la femme en soupirant, il y a des années qu'il est parti. En dix ans, il m'a écrit trois fois, la dernière, c'était quand Gaston nous a tiré sa révérence, il m'a aussi envoyé un mandat, il me demandait de fleurir la tombe de son malheureux frère. Mais prenez un siège, monsieur, vous voulez une chicorée ? proposa Mme Villard, enchantée d'avoir trouvé un auditeur.

Sans attendre de réponse, elle poursuivit :

— Il était dévoué, Gaston, il s'occupait bien de Thierry et de son vieux père mais, sans femme pour tenir le foyer, c'est lourd.

Sammy se tortilla sur sa chaise bancale, sa tête dodelinait, sa vue se brouillait, la voix de la vieille dame lui parvenait à travers un voile invisible.

— La mère est morte à la naissance de Thierry, je crois qu'on le tenait pour responsable de ce grand malheur. Quand il était petit, Thierry était gentil, et puis, avec l'âge, il s'est enfermé en lui-même, toujours dans la lune. Ça se conçoit, il ne voulait pas devenir peintre en bâtiment, il supportait mal les ordres. Ce qui lui plaisait, c'étaient les romans d'aventures, après il s'amusait à les illustrer. À l'époque je faisais aussi librairie, il venait se réfugier chez moi, parce que Gaston lui interdisait de lire à la maison, excepté les manuels scolaires.

Tandis que Sammy se creusait la tête pour couper court à cette logorrhée, la femme eut un geste circulaire vers quelques cahiers poussiéreux, des gommes desséchées, des porteplumes et différentes fournitures scolaires fatiguées, en vrac sur une étagère.

— Bref, Gaston ne comprenait pas le gamin, pour lui il n'y avait que le travail qui comptait, alors que chez moi le petit se divertissait. Il déboulait après l'école, on bavardait. Je lui donnais du papier blanc, des crayons de couleur, il s'asseyait dans un coin et il dessinait, il était passionné. J'en ai conservé.

La vieille dame fourrageait sous le comptoir. Elle brandit une enveloppe.

— Je les ai !

Résigné, Sammy s'apprêta à subir le supplice des souvenirs exhumés. Une liasse de feuilles cornées couvertes de croquis atterrit sur ses genoux, maisons biscornues, pirates à la jambe de bois, bonshommes sans bras, bonnes femmes sans cheveux, ronds et carrés entremêlés…

— Il avait du talent, dit-il poliment.

— N'est-ce pas ? Il a aussi peint mon portrait, je vous montre ?

Sammy approuva d'un air las, ses paupières papillotaient, il avait besoin d'air. Mme Villard avait disparu dans l'arrière-boutique, il l'entendait ouvrir et claquer des tiroirs.

— Vous savez comment joindre Thierry ? cria-t-il.

— Non, il n'a plus écrit.

C'était l'instant où jamais. Il se redressa d'un bond, se rua vers la sortie et s'élança sur le trottoir.

L'après-midi tirait à sa fin, la rue Guisarde secouait sa léthargie. Les cafetiers et les restaurateurs époussetaient leurs salles et disposaient les menus sur les tables. Un homme traçait au blanc d'Espagne sur une vitrine : *soupe à l'oignon, moules-frites, pieds de porc, crème brûlée.*

Jeremy raccrocha le téléphone. Le rapport que Sammy venait de lui débiter éclairait d'un jour nouveau l'affaire qui le tracassait.

« Thierry. C'est le prénom de Pélissier… Il signe ses toiles *Thierry. Q. Péli.* Serait-il le frère puîné de Gaston Morel ? Si Gaston Morel était vraiment innocent, il peut s'agir d'une vengeance fomentée par son frère à l'encontre de la propriétaire des bijoux… Mme Lequindre ? »

« Pélissier me menace-t-il ? A-t-il pénétré chez moi pour y déposer ce mot ambigu à propos de *sel* ? »

« A-t-il mandaté Tourtel ? Ils sont souvent ensemble. »

Jeremy avait l'impression d'être emporté dans une embarcation de fortune sur des flots agités. Le grondement des rapides s'avéra n'être que les pétarades d'une Ford T Torpédo qui s'était égarée dans une rue trop étroite et s'efforçait de reculer.

« Il faut que je fasse le point. »

Il attrapa le papier à musique sur lequel il avait noté ses premières réflexions, relut :

*Faits divers trouvés dans une enveloppe adressée à Mme Lequindre. Serait-elle la femme aux bijoux dont on ignore l'identité ?*

*Le dentier appartient bien à Mme Lequindre (enquête Sammy).*

*Y a-t-il corrélation entre le suicide de Gaston Morel et les lettres anonymes ?*

*Quand a-t-on effectué des travaux de ravalement au 20* bis, *rue de l'Hirondelle ?*

*Rôle de Lochard ???*

*Lucien Ricou : (révélations sur Mme Lequindre) susceptible d'être joint par téléphone en fin de journée chez Mimi et Charlot (restaurant) Europe 29 35.*

Puis il consigna à la suite, dans le désordre, une série d'interrogations inédites :

*Louis Delorme a-t-il été poussé dans le vide ? Si oui : Pourquoi ?*

*Thierry-Quentin Pélissier est-il le frère de Gaston Morel ? À surveiller de près.*

*Le petit Toussaint Rasade a-t-il vu quelqu'un chez Enora Lahure ?*

*De qui provient l'avertissement extrait de* La Barbe bleue *? Est-ce la même personne qui a déposé ce mot ambigu dans ma boîte à sel ? Pélissier ? Tourtel ?*

*Cette personne savait-elle que ma porte ferme mal ? Green en a-t-il parlé à Raymond Tourtel ? Pélissier ? Lui poser la question.*

Il glissa la feuille annotée entre les pages d'un de ses cahiers de musique, le rangea dans son cartable. et décida de s'offrir un tournedos-pommes sautées chez Lipp. Le casse-tête attendrait.

Malgré ses précautions pour jouer les courants d'air et monter subrepticement chez Tourtel, Jeremy se fit épingler sur le seuil de la loge par Adrienne, vêtue d'une robe brodée qui lui conférait l'apparence d'une diva.

— Bonjour, monsieur Nelson. Avec tous ces événements, j'ai oublié de vous demander : c'était comment, cette expo de tableaux, dimanche ?

— Pas mal. Vous avez filé comme une autruche.

— Merci de l'analogie. J'avais mieux à faire. Vous savez, moi, la peinture abstraite…

— Vous appréciez davantage les couchers de soleil sur le lac du Bourget ?

— Pourquoi pas, c'est reposant. Permettez que je vous fournisse une information, monsieur Nelson, ce n'est pas parce que je préfère d'autres formes de manifestations artistiques que je suis une idiote.

— Au temps pour moi, *mea culpa.* Votre matou a récupéré ?

— Oui. Si seulement il pouvait s'enfoncer dans le crâne qu'on creuse sa tombe avec ses dents, ce serait Noël.

— Quel avait été son menu ? s'enquit Jeremy en se forçant à la patience.

— Du mou, il adore. Quand je cuisine du poisson, il a droit à un morceau sans arêtes. Une fois par mois, je lui offre du foie cuit pour le purger. Sinon, c'est du poumon ou du cœur, ça dépend de mon boucher, il me donne toujours du premier choix. À moins que…

Elle fronça les sourcils.

— Non, je soupçonne…

— Quoi ?

— On a peut-être tenté de l'empoisonner. Je connais des malveillants qui en seraient capables… Carmela Serrano, M. Tourtel ou Thierry-Quentin Pélissier, ils ne peuvent pas blairer mon Diego.

— À mon avis, ils ont d'autres chats à fouetter, répliqua Jeremy, agacé. Le vôtre a dû explorer les poubelles. C'est arrivé quand ?

— Après que M. Green et moi sommes redescendus de chez le pauvre M. Delorme, avant-hier.

Les yeux de Jeremy glissèrent sur la table mise pour une personne, la marmite émaillée, le pichet de vin, le quart de baguette au creux d'une serviette, la pomme dans une soucoupe.

— Je vous laisse, dit-il, je vois que vous alliez déjeuner.

Une pensée le percuta. Le gardien du toboggan avait assuré que Louis Delorme n'était pas dans son assiette le jour de sa chute. Que celui-ci avait dit : « Ce doit être ce que j'ai mangé. » Il se rappela le laïus du gardien sur une recette improbable de choucroute à la papaye verte…

— Madame Adrienne, où est la gamelle ?

— Quelle gamelle ?

— Celle de Louis Delorme… Je peux la voir ?

Elle le regarda comme s'il n'avait plus sa tête.

— Vous vous imaginez que j'allais la conserver sous cloche, en souvenir ? Je l'ai lavée le jour même et je l'ai remontée dans la soupente de M. Delorme. Écoutez, monsieur je-me-mêle-de tout : ici, c'est moi le capitaine, vous commencez à m'échauffer, qu'est-ce que vous cherchez, à la fin ?

— Moi, rien, ne vous emportez pas, je voulais comprendre comment votre chat… Il a léché les restes de la gamelle, et si…

Elle le considéra bouche bée et éclata de rire.

— Ben vous alors, vous êtes tordu. Vous voulez me faire gober que M. Delorme a été empoisonné, pareil à ce qu'on voit dans les films à épisodes ? Vous avez des preuves ?

— Plus maintenant, murmura-t-il.

— Et par-dessus le marché, vous m'accusez de les avoir détruites ? On aura tout vu ! Allez prendre une douche froide, ça vous rafraîchira le jugement !

Jeremy s'engagea dans l'escalier. Il se sentait mécontent de lui-même, une vague d'impuissance mâtinée d'excitation l'étouffait.

« Et si j'avais raison ? Si, pour une cause qui m'échappe, on avait attenté à la vie de Louis Delorme ? Il a été le seul à être malade. Qui parmi les habitués de Rasade a eu accès à sa gamelle ? »

Il aborda le quatrième palier.

« Tu y penseras plus tard. »

Au deuxième coup de sonnette, la porte, retenue par une chaîne de sécurité, s'entrouvrit. Un visage aigu, encadré de cheveux paille, frange au ras des sourcils, apparut. À l'abri de verres épais, des yeux gris le dévisageaient sans aménité.

— Je suis chez M. et Mme Tourtel ?

— Qu'est-ce que vous voulez ?

— Ma démarche est insolite, voilà, je suis un ami de M. Green qui demeure au troisième. Il m'a dit que votre époux effectuait des travaux de serrurerie et…

— Ça m'étonnerait, parce que le bricolage et lui ne font pas bon ménage. Vous vous appelez ?

— Jeremy Nelson.

La femme lui claqua la porte au nez. Avant qu'il ait eu le temps de réagir elle la rouvrit largement, l'invitant à entrer.

Étayé par deux béquilles, son corps rebondi et courtaud, engoncé dans une robe de chambre matelassée, s'affala dans un fauteuil.

— Vous m'excuserez, je ne peux pas rester debout, Alors comme ça, vous êtes en quête d'un serrurier ? Tiens, justement, voilà Raymond qui revient.

Surmonté de sa casquette à carreaux, M. Tourtel apparut.

— Monsieur Nelson, quelle surprise ! Vous accepterez un apéro ?

— Je supporte mal l'alcool.

Jacqueline Tourtel attrapa ses béquilles, son mari se précipita pour l'aider.

— Monsieur est venu pour des travaux de serrurerie, dit-elle à son époux en gagnant cahin-caha la cuisine.

— C'est M. Green qui m'a conseillé de m'adresser à vous, souligna Jeremy, d'ailleurs, il vous a mis au courant de mon problème.

— C'est quoi votre problème ?

— Ma porte ne ferme plus.

— Si M. Green m'en avait informé je m'en souviendrais, mais vous devez savoir qu'il est souvent dans les nuages, il plane. En tout cas c'est obligeant de sa part d'avoir pensé à bibi, seulement la mécanique n'est pas ma spécialité, je suis ferronnier d'art, dit Tourtel, ouvrant un placard.

Il posa trois bouteilles sur la table.

— Voyons, mais c'est qu'on est riches ! Dubonnet, Suze ou… Suze. Celui qui la finit se marie dans l'année. Où habitez-vous, monsieur Nelson ?

— Près du marché Saint-Germain, rue Guisarde.

— J'en toucherai deux mots à mes collègues de travail. Vous ne voulez vraiment rien ?

— Un doigt, pour trinquer, dit Jeremy. C'est gentiment arrangé chez vous, il y a longtemps que vous logez ici ?

— Quinze ans. Autrefois on résidait quai de la Gare, un rez-de-chaussée, mais en 1910, *crac*, la crue est venue subitement. La veille, on s'était couchés pépères, le matin, l'eau montait dans notre chambre. On a tout perdu. Ce sont des voisins haut perchés qui nous ont hébergés, on a été confinés jusqu'à ce que ça se tasse. Par chance, un copain avait entendu parler d'une location ici même. Naturellement il a fallu se fendre d'un pas-de-porte, mais ça valait la peine. Maintenant on regrette, à cause du handicap de Jacqueline, pensez, le quatrième étage ! C'est suite à cette saleté d'inondation qu'elle est tombée malade. *Tchin-tchin.*

Jeremy leva son verre.

— M. Green m'a dit que la propriétaire veut récupérer ses appartements.

— Elle fait tout pour, seulement, moi, je l'emmerde, la propriétaire ! Elle était déjà vieille quand on s'est installés, je vous parie qu'elle fera dodo au boulevard des allongés avant qu'on ne décanille. Non, monsieur, ce n'est pas demain la veille qu'elle nous éjectera ! Encore une rincette ?

— Merci, sans façon.

Jacqueline Tourtel émergea de la cuisine, appuyée sur ses béquilles.

— Raymond, arrête de boire, mets le couvert, le ragoût est chaud, on mange.

— Oui, ma colonelle, mâchonna Raymond Tourtel.

Il décocha une œillade de connivence à Jeremy qui se replia vers la sortie.

— Pour ma serrure, je peux compter sur vous ? C'est urgent.

— Je vais battre le rappel des volontaires, monsieur Nelson. Bonne journée, et surveillez où vous mettez les pieds, histoire de ne pas glisser sur une peau de banane, lança-t-il d'un ton goguenard.

— C'est un avertissement ?

— Non, un bon conseil. Ah, j'y songe.

Tourtel souleva le couvercle d'une soupière et en tira un papier.

— C'est à vous, je suppose ?

D'un air ironique, il ânonna :

*Le ragtime est obsolète, le black-bottom fait banquette*
*Le one-step a expiré, le fox-trot est dépassé*
*Et la matchiche c'est bien pire, il faut vous en abstenir*
*Et quant au huppa huppa il va vite décaniller*
*Attention les p'tites gambettes, de ne point vous ramollir*
*Aujourd'hui il est d'bon ton de danser le charleston*

Estomaqué, Jeremy considéra le ticket de caisse Félix Potin couvert de pattes de mouches.

« Les gribouillis de Green. »

Il regarda Tourtel quelques secondes.

— J'avais égaré cette note, dit-il d'un ton indifférent. Où l'avez-vous trouvée ?

Tourtel lui dédia un sourire en coin de rue.

— Mystère et boule de gomme, répondit-il d'une voix douce.

Jeremy descendait lentement l'escalier.

« Qu'est-ce que ce type a sous-entendu avec sa banane ? Hier, il tripotait sa bécane dans la rue quand j'ai surpris la conversation des frères Rasade et l'allusion de Toussaint à une peau de banane justicière déposée sur son paillasson. Et ce ticket Félix Potin, où l'a-t-il déniché ? »

Il frappa chez Green qui, plongé dans la lecture d'une partition, le fit entrer sans lui accorder d'attention.

— Paul, as-tu prévenu le voisin moustachu du quatrième que ma serrure était défectueuse ?

— Tourtel ? Oui, il est prêt à se charger des travaux dès que tu le contacteras.

— Ah ? Merci.

Jeremy se creusa une place parmi le bric-à-brac semé sur le canapé et s'y pelotonna.

« Tourtel m'a-t-il menti ? À moins que Green ne lui ait rien demandé, il a souvent l'esprit ailleurs. »

— Ça va, Paul, tu es avec moi ?

— Oui, oui. Je dors mal, mes nuits sont courtes.

— Tu prends des cachets ?

— Oui, mais ça m'abrutit.

— Au fait, Paul, ça peut t'intéresser, c'est au sujet de ton expulsion. Tu connais *Le Pégase*, un cabaret de la rive droite ? Avant guerre, ta propriétaire en était l'administratrice.

Paul Green bâilla, se pencha sur sa partition, corrigea quelques mots et sembla se réveiller :

— Mme Lequindre ?

— Il paraît. J'ai rencontré un type qui l'a côtoyée. Il se produisait en duo, sous un pseudo : *Les Gentlemen Copurchics.*

— Et alors ? articula Green d'une voix pâteuse.

— Tu bosses depuis un bail dans le spectacle, tu aurais pu le croiser.

— Je fréquente surtout les interprètes de musique symphonique. Comment s'appelle-t-il, ton bonhomme ?

— Lucien Ricou. Il s'est retiré des planches. Il m'en a conté des vertes et des pas mûres sur ta taulière, elle est prête à vendre son âme pour de l'argent. Dans ce litige d'expropriation, elle ira jusqu'au bout. Toi et les autres locataires avez peu de chances de l'emporter en dépit des menaces de M. Tourtel et de M. Pélissier.

— Je me fiche des autres, qu'ils se débrouillent. Je ne suis pas chicaneur comme ces deux lascars. Pour blablater, ils sont champions mais, pour mener une action commune, macache ! Quant à moi, je déteste les démêlés, les affrontements. Je te l'ai dit, Jem, je veux changer de crémerie, mais pour ça il faut que notre création aboutisse. Tiens, écoute la chanson de la seconde scène de notre revue :

*Vos cheveux restent dans le peigne*
*Déteignent, s'éteignent*
*Vos dents se font la paire*
*Dernière molaire*[1]*...*

— C'est joyeux !

— Oui, mais ça colle puisque c'est roucoulé par la jeune danseuse de charleston à son vieux beau qui en est resté au cake-walk ! C'est le dentier de la mère Lequindre qui m'a inspiré. Je t'offre une tasse de jus de chaussette ? Sans sucre, je suis à sec.

Le crépuscule grignotait l'appartement, modifiait l'aspect des meubles. Le sofa défoncé où proliféraient livres et carnets se transformait en dragon flasque tandis que la table ronde étouffée sous des piles de paperasses adoptait l'apparence d'un blockhaus.

Jeremy goûta le breuvage amer servi par son ami, réprima une grimace mais l'avala sans broncher.

Une semaine s'était écoulée depuis qu'Adrienne était entrée en possession d'une petite fortune et elle ressentait toujours cette curieuse impression de déjà-vu. Tant

1. Maurice Marc, *La Vivouza.*

par la taille que par le polissage, la pierre grenat présentait d'étranges similitudes avec celle qui ornait la bague dérobée à Mme Lequindre en même temps que ses bijoux, elle était sûre de l'avoir admirée une fois, alors qu'elle l'aidait à choisir une toilette pour se rendre sur la tombe de son époux. Mais si on la lui avait volée, pourquoi était-elle dissimulée dans le double fond d'une penderie ? Adrienne demeura pensive, puis elle se souvint des rumeurs qui avaient circulé parmi les locataires, quand, après une brève enquête de la police, le voleur avait été arrêté. Il s'agissait d'un entrepreneur en ravalements qui avait pénétré chez Mme Lequindre, empruntant l'échafaudage dressé contre la façade de l'immeuble.

« Fine mouche de Lequindre ! Aurais-tu empoché le beurre et l'argent du beurre ? Les as-tu tous bernés ? »

La bague retourna dormir dans les profondeurs du coffret à cirage. Adrienne se cala dans son fauteuil, le chat roulé à ses pieds.

« Nul au monde ne suspecte que je détiens ce trésor, excepté toi, ma minouche, mais il est peu probable que tu répandes la nouvelle, n'est-ce pas ? Je dispose d'un atout de taille : la patience, c'est là précisément un de mes points forts. Je suis prête à croupir dans cette loge aussi longtemps qu'il le faudra avant de jouir pleinement de la vie. Qui, dans quelques années, soupçonnera une humble concierge d'avoir fait main basse sur des bijoux censés avoir été chapardés, et dont la disparition a été remboursée par l'assurance ? »

Dans son for intérieur, Adrienne jubilait. Sa découverte transformait la donne. Elle se mit à imaginer comment les choses allaient se dérouler. Elle ne modifierait en rien sa façon de vivre et se contenterait d'une gâterie de temps en temps, jusqu'au moment béni où elle plaquerait ce boulot exécré. Elle prolongea le rêve en s'immergeant dans *Madeline*, son feuilleton pathétique et mouvementé.

Jeremy rentra chez lui à pied, avec la sensation de flotter d'un réverbère à l'autre. Au carrefour de l'Odéon, il échappa de justesse à un cycliste lancé à toute allure, sans lanterne. Boulevard Saint-Germain, une promeneuse de chiens tenant les laisses de trois caniches et de deux teckels le contraignit à changer de trottoir. En proie à un vertige, il s'assit sur un banc, somnolent, la tête vide. Quand il reprit sa route, la nuit était tombée. Il atteignit la rue Guisarde, mal assuré sur ses jambes, comme s'il couvait un rhume.

La cage d'escalier était sombre, hormis un rai de lumière cernant une forme imprécise. Il se dirigea vers les marches. Soudain, on l'agrippa aux épaules, un poing serré martela sa poitrine et l'expédia à l'extrémité du vestibule. Il chuta sur le dos. Des mains puissantes lui comprimèrent les côtes, écrasèrent sa jugulaire. Frisant l'apoplexie, il se dégagea, esquiva un coup de pied dans l'abdomen, s'arc-bouta aux barreaux de la rampe et distingua une silhouette ramassée qui se fondit dans l'obscurité.

Il émit une plainte, parvint à se mettre à quatre pattes et reprit pied en titubant. Il était tellement sonné qu'il mit un temps fou à dégripper sa serrure et à fixer une chaise contre la porte. Il gagna la salle d'eau, se fit couler un bain, ingéra deux cachets d'aspirine, puis il s'examina dans la glace. Son visage était maculé de sang et de poussière, une ecchymose marquait sa tempe. Il porta une main à son front. Son arcade sourcilière virait au bleu. Ses muscles étaient crispés. La douleur, d'abord cantonnée aux lombaires et au thorax, poussait ses ramifications dans ses membres. Fébrile, il éparpilla ses vêtements sur le carrelage et se plongea dans la baignoire, son corps se relaxa. Le médicament et l'eau chaude produisaient lentement leur effet soporifique.

Qui lui avait tendu ce traquenard ? Des idées invraisemblables s'insinuaient dans son esprit. Autour de lui la salle de bains dérivait.

« Éléments d'informations insuffisants… Continuer recherches avant de poursuivre. »

Il sortit de l'eau, s'enveloppa dans une serviette et tomba à plat ventre sur le lit.

# 15

*Jeudi 15 octobre*

Jeremy s'agitait sous les couvertures. Les cloches de Saint-Sulpice s'acharnaient à désagréger le rêve où son père, noyé parmi un grouillement d'algues visqueuses, s'apprêtait à lui révéler le mystère de la vie.

Jeremy bougea la tête, suffisamment pour que sa bouche se décolle du drap.

— Papa ? C'est toi ? Respire !... Respire ! bredouilla-t-il.

La vision s'évanouit dès qu'il ouvrit les yeux. À la recherche d'une goulée d'air, il flotta encore quelques secondes au-dessus d'un océan gris et hostile. Les tintements s'étaient mués en un bourdonnement régulier. Était-ce le grondement des vagues ou la machine à coudre de la couturière du deuxième ?

Le regard fixé sur une craquelure du plafond, il se cala contre les oreillers. Jamais il ne dormait si tard. Les événements de la veille affleuraient en désordre dans sa conscience.

Une sonnerie aigrelette se mit en branle.

Il se leva à regret et alla décrocher le téléphone. N'obtenant pas de réponse, il murmura : « *Allô ?* »

— Monsieur Nelson ? C'est Lucien Ricou… Je vous réveille… ? Vraiment désolé, j'avais peur de vous rater.

J'ai retrouvé des documents, alors j'ai pensé que, si on déjeunait ensemble je vous les...

— Quelles sortes de documents ? mâchonna Jeremy, qui reprenait difficilement contact avec le réel.

— Primo, le quartier où loge Violette Lochard depuis son déménagement de la rue de l'Hirondelle. C'était bien un nom d'oiseau, je m'en suis souvenu subitement, vous voyez, j'ai pensé à vous. Deuzio, des renseignements sur Guillaume Lequindre.

Ce « vous voyez, j'ai pensé à vous » sous-entendait que ce n'était pas de la frime, qu'un repas s'imposait si Jeremy voulait en savoir davantage.

— Aujourd'hui, le neveu de ma voisine me remplace, je suis libre, conclut Lucien Ricou. Vous connaissez la place de l'Europe ? Parce que le troquet *Chez Mimi et Charlot* dont je vous ai parlé, celui où ils cuisinent les escalopes à la crème, est là, à deux pas de chez moi, rue de Constantinople.

— Je préférerais un territoire moins éloigné, suggéra Jeremy. Évidemment, vous êtes mon invité. Vous descendez du métro à Saint-Michel ou Cité, vous suivez les quais vers Notre-Dame...

« Après ça, pas question de faire machine arrière. »

Un bref étourdissement l'obligea à s'adosser au mur. Qui l'avait agressé ? Tourtel ? Pélissier ? Abel ? Qui ? Et pourquoi ?

La chambre redevint stable. Il fit prudemment jouer ses articulations, soulagé de n'être la proie d'aucune douleur. Il en serait quitte pour quelques hématomes. Il avait besoin de s'éclaircir les méninges. Café noir ou douche ? Il opta pour la douche, un bain ne ferait que l'amollir. Frissonnant parce qu'il avait dormi nu, il actionna un robinet mais ne resta que cinq minutes sous le jet glacial : le chauffe-eau devait encore avoir des ratés.

Il grelottait. Rassemblant ses vêtements épars, il remarqua un rectangle blanc dépassant d'un des revers de son pantalon. C'était un bristol sur lequel était écrit :

*Thierry-Quentin Pélissier, artiste peintre.*

— Où ai-je pu récolter ça ? grommela-t-il.

Il en vint à la conclusion que la carte de visite appartenait à celui qui l'avait attaqué. Cette découverte étayait ses soupçons envers Pélissier. Il allait lui falloir démasquer ce faux jeton après son déjeuner avec Ricou.

Le restaurant offrait une terrasse ombragée sur le quai de Montebello, face aux boîtes des bouquinistes. Jeremy était arrivé le premier. Le garçon venait de lui servir un Martini qu'il sirotait en s'efforçant de repérer parmi les dentelures de la cathédrale la silhouette de Viollet-le-Duc, quand Lucien Ricou déboucha de la rue Maître-Albert, tiré à quatre épingles : chemise blanche à fines rayures jaunes, nœud papillon noir, pantalon crème, souliers vernis, cheveux aplatis à la brillantine. Il aperçut Jeremy, décontracté sur sa chaise, les jambes étendues, les yeux plissés sous le soleil.

— Racé, murmura-t-il.

Il s'assit, affirma que c'était trop beau, qu'ils auraient pu se contenter d'un bistrot. Jeremy haussa les épaules, balayant ses objections d'un geste de la main.

— Ils font un très bon cassoulet, c'est leur spécialité, mais je vous conseille un plat plus léger, dit-il en lui tendant le menu.

Lucien Ricou s'éclaircit la gorge et prétendit s'absorber dans la lecture de la carte. Jeremy nota qu'il l'examinait à la dérobée comme si, expert, il l'évaluait.

— Votre visage, murmura-t-il, vous êtes tombé ?

— J'ai glissé sur les pavés humides, ce n'est rien. Vous avez choisi ?

— Oui, ce sera une omelette-salade, dit Lucien Ricou.

— Et moi une sole grillée.

— C'est tout ? Pas étonnant que vous soyez si mince.

— Vous exagérez ! répliqua Jeremy.

Il y avait un enthousiasme naïf et enfantin dans la façon dont s'exprimait Lucien Ricou, dans le son de sa voix, dans la flamme non dissimulée qu'on lisait dans ses yeux. Désireux d'embrayer sur un autre sujet, Jeremy demanda :

— Vous avez retrouvé l'adresse de Violette Lochard ?

— Oui, pas loin du métro Crimée. Ah, et puis j'ai des photos. Vous voyez, celle-là, c'est Guillaume Lequindre. Un visage sympathique, non ? Excellent musicien, il interprétait tout, classique, variétés. Je lui avais commandé un petit morceau jazzy pour notre nouveau numéro à Richard et moi, c'était au poil, dans le style de Broadway, un mélange de Jérôme Kern et d'Irving Berlin. *Ta tata tatatata*, chantonna-t-il en tapotant la table des doigts.

— Quel genre d'homme était-ce ?

— Je vous l'ai déjà dit, le genre marié, répondit Lucien Ricou d'un ton amer. Moi, Guillaume, je lui aurais volontiers montré mes estampes japonaises – sauf que je n'en ai pas ! Richard aussi en pinçait pour lui, j'étais jaloux.

Lucien Ricou lui lança un regard éloquent, signifiant par là que, l'eût-il connu, Richard en aurait aussi pincé pour lui.

— Nous aimions tous les deux les bruns. Je vous confie une partition de la main de Guillaume. Il faudra me la rendre, c'est un souvenir.

Jeremy contempla la forêt de croches et de doubles croches courant sur le chemin des portées. Il prit la liasse de photos, les étudia une à une tandis que Lucien Ricou les commentait.

— Encore Guillaume. Là… Renée Lequindre, la légitime. Richard et moi. Richard seul. Nous deux avec John, excusez-moi, ce cliché n'a rien à voir, il est de 1915.

— John ?

— Un officier britannique de l'armée des Indes, blessé à la bataille de la Somme. Renée Lequindre a joué les entremetteuses entre lui et Richard, ça la réjouissait de briser les couples. Richard s'est épris de lui et m'a plaqué pour un uniforme anglais. Une sacrée vicieuse, Renée Lequindre, je lui en ai voulu à mort. Et puis avec le temps, on digère ses rancœurs. Quand je l'ai revue, elle était tellement décatie… Ça doit lui faire dans les soixante-quinze ans aujourd'hui, elle était plus âgée que nous. Enfin si elle est toujours de ce monde. Elle a disparu de mes préoccupations, comme Richard. Il m'a envoyé une carte d'Édimbourg en 1918, et plus rien. C'est la vie. Vous permettez ?

Lucien Ricou écarta la photo de John.

— Avez-vous la moindre idée de ce qu'est devenu le fils de Violette Lochard ? s'enquit Jeremy.

— Je croyais que vous le connaissiez ?

— Non, non, je l'ai entrevu chez des amis, le temps qu'il vous recommande à moi, nous avons bavardé.

— J'avoue que je n'ai pas cherché à le revoir. Après le départ de Richard, j'ai eu du mal à garder le cap. Quand j'y songe, je me trouve bête, j'aurais dû débaucher un militaire, moi aussi, ce n'est pas ce qui manquait.

Il se rendit compte qu'il venait de dire une sottise. Il rougit, secoua la photo.

— L'important c'est le désir et l'amour qu'on peut lire dans le regard de l'autre, et c'est dur quand ce regard n'est plus là, surtout après dix-huit ans de vie commune ! En ce qui concerne Abel, je crois qu'il vit dans l'appartement que lui a légué sa mère, dit-il à contrecœur, mais il ne vous apprendra rien de plus que moi sur le music-hall.

Jeremy sourit.

— Dans cette rue au nom d'oiseau ?

— C'est ça. J'ai retrouvé une lettre de Violette qui date de quelques années, elle m'annonce son déménagement et me dit que son fils supporte mal la séparation, il va lui rendre visite pratiquement chaque jour.

Jeremy hocha la tête d'un air entendu.

— Il est célibataire ?

— Allez savoir.

— Et Guillaume Lequindre ? Au téléphone, vous m'avez promis des révélations…

Ravi d'avoir éveillé la curiosité de Jeremy, Lucien Ricou soupira d'aise.

— Oui, oui, un détail, c'est Violette qui me l'a divulgué après la mort de Guillaume, mais il faut le garder pour vous, hein ? Interdiction de publier cette information dans votre livre, Violette ne me le pardonnerait pas.

Jeremy comprit que Lucien Ricou avait besoin d'un public attentif pour continuer son récit. Il agita la main d'un air indigné.

— Je n'ai aucune raison de dévoiler la vie privée des artistes.

— À ce que je sais, Guillaume Lequindre n'a jamais entrepris de démarches pour reconnaître son fils.

— Et alors ?

— Ben, Abel n'aura droit à rien à la mort de sa mère et de la légitime. Ça m'a étonné de Guillaume qu'il agisse de la sorte, un type si droit… Je pense qu'en vieillissant il aura perdu de sa superbe ou cédé au chantage de la *Mac'Miche*, enfin ce que j'en déduis…

Il prononça les derniers mots avec une expression amère.

— Et qu'en déduisez-vous ?

— Oh, rien. On se fait parfois des illusions sur ses relations.

— Vous prendrez du fromage ? Un dessert ? Du café ?

À chacune de ces propositions, Lucien Ricou secouait la tête.

— Vous avez une marche à suivre pour votre interview ? Je pourrais vous raconter des anecdotes…

L'espoir adoucit ses traits. Jeremy observait en silence le contenu de son verre. Il tira une cigarette de son paquet et en examina l'embout doré. Finalement il se décida.

— C'est très aimable à vous. Je passerai la semaine prochaine au Luxembourg, nous établirons un programme, si cela ne vous gêne pas.

« Allons bon, qu'est-ce que je suis en train de raconter ? »

Lucien Ricou émit un rire nerveux.

— Me gêner ! Pour une fois que quelqu'un m'écoute.

Jeremy tripotait sa montre. Pliant lentement sa serviette, Lucien Ricou souffla :

— J'abuse de votre temps. Vous devez avoir des tas d'occupations.

Sur le point de répondre : « Oui, je suis débordé », Jeremy sentit le courage lui manquer.

— Je ne suis pas pressé.

Lucien Ricou se détendit. D'une voix raffermie, il déclara :

— En ce cas, je prendrais volontiers une glace. Et donc, comme promis : Violette Lochard habite non loin de la rue de Crimée, rue de l'Argonne, à côté du quai de l'Oise, près d'un troquet qui subit les secousses du chemin de fer de ceinture. Malheureusement je n'ai pas le numéro mais, en cuisinant les commerçants du coin, vous l'obtiendrez sans difficulté. Indiquez-moi donc un lieu où vous écrire, si cela ne vous dérange pas. Je vous enverrai des renseignements plus précis, dit-il d'un ton détaché.

Jeremy pesa le pour et le contre et nota son adresse sur la nappe en papier.

L'addition réglée, il rejoignit Lucien Ricou sur le trottoir opposé. Ils longèrent le quai de Montebello, admirant la cathédrale et le fleuve au-dessus duquel voltigeaient des mouettes.

— Signe d'un hiver méchant, constata Lucien Ricou, ne sachant comment relancer la conversation.

Jeremy opina, puis invoqua un rendez-vous professionnel et ils se séparèrent à l'angle du Petit-Pont. La tête basse, la jambe traînante, le vieil homme s'éloigna vers le parvis. Évitant de s'attendrir sur Lucien Ricou, Jeremy se dirigea vers la place Saint-Michel en s'interrogeant toujours sur l'identité et les motivations de son agresseur. Tourtel était trop fluet. Pélissier et M. Abel correspondaient mieux au gabarit de son assaillant.

Il commanda un café au zinc de *La Taverne du Palais*, et descendit téléphoner.

— Allô, Sammy ? Hier soir, j'ai été attaqué dans l'entrée de mon immeuble, annonça-t-il d'emblée.

— Par qui ?

— Je l'ignore. Je revenais de chez Green, il faisait nuit. On m'a sauté sur le paletot et flanqué par terre. Je pense que c'est un avertissement, sinon la correction aurait été plus sévère.

— Qu'attendez-vous de moi ?

— Tu as de quoi écrire ? C'est important. Je voudrais que tu te rendes quai de l'Oise et que tu questionnes une vieille dame qui se nomme Violette Lochard. Je n'ai pas le numéro mais tu le trouveras en filant son fils. Il réside au 20 *bis*, rue de l'Hirondelle et lui rend visite tous les jours. Il est plutôt bas sur pattes, porte un béret, est âgé d'environ trente ans, a des yeux globuleux et un nez aplati.

— Simple et surtout pratique. Je dois repérer un bonhomme dont je ne connais pas les horaires et le suivre dans un quartier guère reluisant !

— Toi qui rêves de voyager... Dis à la femme que tu viens de la part de Lucien Ricou, qu'il aimerait avoir de ses nouvelles. Parle-lui du bon vieux temps, quand elle vendait des cigarettes dans un music-hall appelé *Le Pégase*. Mentionne le prénom de Guillaume Lequindre...

— Eh, moins vite ! Je n'y entrave que dalle. Qui est ce type à surveiller ? En quoi ça concerne la proprio ? C'est quoi, cette embrouille, Jem ? Je jure que je n'irai pas le galvauder sur les toits !

— Je t'expliquerais volontiers, Sam, mais pour l'instant le silence est d'or.

— Ah, faut vraiment que je sois une poire pour vous obéir ! Vous et vos histoires à la gomme ! Je suis votre homme de confiance à condition d'être muet. Très bien, dès demain je me mets en faction dans votre satanée rue de l'Hirondelle, mais pas sûr que je vous relate ma filature au retour. Et si quelqu'un vous tue, ne comptez pas sur moi pour vous venger !

Il raccrocha violemment.

Jeremy pila rue de Buci. Deux voitures des quatre-saisons avaient été renversées par une automobile. Le chauffeur pestait, prenant à témoin les ménagères goguenardes, tandis que les marchandes hurlaient qu'elles étaient ruinées. Ignorant les invectives, Jeremy enjamba les choux et les carottes répandus sur le trottoir. Cela lui remémorait l'ambiance bourdonnante d'Hester Street, la rue la plus animée de New York, où l'on entendait parler toutes les langues, où l'on côtoyait toutes les nationalités d'immigrants pris au piège de la misère. Plongés dans une réalité bien éloignée de ce qu'ils avaient imaginé en quittant l'Europe, ils tentaient de survivre en monnayant hardes ou bimbeloterie. À combien de pugilats Jeremy n'avait-il pas assisté, réjoui par l'absurdité d'horions et de quolibets qui ne changeraient pas d'un iota la face du monde ?

Rue Saint-André des Arts, il ralentit le pas et réfléchit à la façon d'aborder l'artiste peintre dont la carte de visite signait peut-être l'agression qu'il avait subie.

Bien que l'après-midi fût largement entamé, Thierry-Quentin Pélissier déjeunait de sardines piochées en direct dans une boîte dont il sauçait l'huile avec du pain.

— Bour une churprise ! marmonna-t-il en s'effaçant.

— Prenez le temps d'avaler, conseilla Jeremy, soulagé que Pélissier pose la boîte de sardines sur un coin d'évier et s'essuie les doigts avec un torchon. Je ne vous dérange pas ?

— Vous êtes un ami des arts, vous serez toujours le bienvenu dans mon modeste garni. Qu'avez-vous à l'œil ? Votre chérie, armée d'une poêle à frire, vous a joué la grande scène du deux ?

Jeremy posa son chapeau et sa veste sur le dos d'une chaise, écœuré par l'odeur de térébenthine mêlée à celle d'huile d'olive.

— Je suis l'émissaire de Maurice Laumier.

— Asseyez-vous ! Je vous sers un porto ? Un cognac ? Une bière ?

— Rien, merci. Maurice a l'intention d'exposer vos tableaux dans sa galerie, au printemps prochain sans doute, car son calendrier est bouclé pour l'hiver. Cela vous laisse le loisir d'effectuer un choix judicieux.

Pélissier se frotta les mains, il ne tenait plus en place, fourgonnant des placards où il avait remisé d'anciennes toiles.

— Hé, pas si vite ! Laumier m'a chargé de rédiger votre biographie.

— Facile ! Je suis né à Romorantin, ma mère est décédée en couches.

— Concentrons-nous sur les débuts de votre vocation.

— La barbe.

Pélissier se cala à cheval sur une chaise.

— Vous ne prenez pas de notes ?

— J'ai bonne mémoire, je vous écoute.

Pélissier adopta un air inspiré.

— Gamin, je dessinais des personnages sur les murs des toilettes où je restais enfermé des heures, si bien que mon père…

— Enfant, vous viviez à Romorantin ?

— Non, mon père est venu à Paris où il a monté une petite entreprise.

— De quel genre ?

Évasif, Pélissier balaya l'air d'un revers de main.

— Oh, des travaux divers, il était très habile de ses mains. Il y en a pour longtemps ? demanda-t-il.

— Dans quel quartier ?

— Le nord de la capitale.

— Vous avez des frères, des sœurs ?

— En quoi ma parentèle peut-elle intéresser Laumier ? marmotta Pélissier, de moins en moins désireux de coopérer.

— C'est son affaire, rétorqua Jeremy. La patronne d'une papeterie, rue Duris, m'a conté…

Pélissier sursauta.

— Mme Villard, la marchande de journ… ?

Le visage empourpré, il comprit qu'il s'était coupé.

— Vous êtes flic ou quoi ?

— Non, j'essaie de démêler une énigme. Mme Lequindre a disparu depuis un certain temps et…

— La mère Lequindre est à la campagne.

— C'est le bruit qui circule mais ce n'est pas avéré. Depuis des jours, je me décarcasse à démêler le vrai du faux, c'est probablement la raison pour laquelle on m'a attaqué hier soir en bas de chez moi.

— C'est ça, le coquard ?

— Savez-vous ce que j'ai pêché dans un revers de mon pantalon ? Une carte de visite. La vôtre.

Il montra le bristol au peintre, qui se gratta la tête.

— Quelqu'un a pu la déposer pour que vos soupçons se portent sur moi. Après tout, je passe mes soirées à calotter les pianistes compositeurs, c'est notoire !

— Je ne plaisante pas.

— Mais enfin, les cartes de visite sont faites pour être distribuées !

— À qui en avez-vous donné ?

— Si vous croyez que je m'en souviens ! Cette exposition chez Maurice Laumier, c'était du pipeau ? Voilà une blague dont je me serais dispensé ! Moi qui pensais que vous étiez un ami…

Au lieu de répondre, Jeremy exhuma du carnet une feuille pliée en quatre. Il y avait recopié les menaces contenues dans la boîte Black Jack. Il lut :

*Du sang ! Tes mains sont pleines de sang ! Tu auras à rendre des comptes !*

Pélissier se tassa sur sa chaise, un sourire railleur aux lèvres.

— Et ça, ajouta Jeremy.

*Crains le pouvoir de l'ombre, il tirera vengeance !*

— Des maximes ? Elles viennent d'où ?

— D'une boîte jetée aux ordures par Mme Lequindre, peut-être un acte manqué ? Je n'ai eu qu'à lire les entrefilets de journaux qui les accompagnaient pour me forger ma petite idée.

— Quels entrefilets ?

— Ne feignez pas l'innocence, vous savez bien, les articles découpés dans un quotidien relatant un malheureux événement : un entrepreneur en ravalements, accusé de vol, emprisonné, passé sous les roues d'un tramway. Où avez-vous déniché votre pseudonyme ?

— Ce n'est pas un pseudo, Pélissier est le nom de jeune fille de ma mère. Il me semble que rien ne m'interdit de l'utiliser pour signer mes œuvres. Où voulez-vous en venir, à la fin ?

— En réalité, vous vous appelez Morel, comme le frère aîné dont vous cachez l'existence. Vous craignez que ses méfaits n'éclaboussent votre notoriété ?

Pélissier se dressa, les poings serrés.

— Allez au diable, minable imbécile ! Je n'ai encore aucune réputation dans le milieu artistique. Vous déraillez ! Ce vautour de Lequindre a assassiné Gaston ! Les maximes ? Inutile d'engager un graphologue, oui, c'est ma pomme qui les a écrites, satisfait ?

Jeremy avait mené son interrogatoire avec doigté et assurance, il était sidéré par ce revirement. Pélissier jouait machinalement avec la boucle de sa ceinture. Il reprit d'une voix morne :

— Pauvre Gaston. Je suis souvent allé le voir au parloir de la prison. Il m'a toujours juré être innocent. Je l'ai vu dépérir de semaine en semaine. Je m'en veux d'autant plus que c'est moi qui lui ai procuré ce chantier. Je suis venu m'installer dans cet immeuble en 1920. Les rapports que j'entretenais avec la mère Lequindre étaient courtois. Lorsqu'elle m'a confié vouloir rénover l'immeuble, j'ai pensé à l'entreprise de mon frère.

— Que sont devenus les bijoux ?

— On ne les a jamais retrouvés. La compagnie d'assurances a remboursé intégralement leur perte. Ce rapace de Lequindre avait parfaitement manigancé son coup !

— Quand avez-vous décidé de la tuer ?

— La tuer ? Vous êtes cinglé ! Pour qui me prenez-vous ? Jack the Ripper ? N'empêche, je serais ravi qu'un autre l'ait zigouillée. Non, je voulais juste lui pourrir la vie, lui flanquer une trouille permanente, et elle a marché, la vieille chouette. C'est une punition légère, comparé au sort de ce pauvre Gaston. Un an de prison et le suicide ! Elle ignore d'où ça vient, elle tremble et je ne suis pas près de la laisser souffler.

— Je suppose que vos billets doux s'accompagnent d'exigences sonnantes et trébuchantes.

— Jolie mentalité que la vôtre ! Je ne l'ai pas fait chanter, je crache sur son fric, ça me placerait sur un pied d'égalité avec elle et ça ne ressusciterait pas mon frère ! J'ai des défauts, je suis égotiste, coureur, ambitieux, mais pas vénal. Qu'elle paie, qu'elle vive dans l'angoisse ! J'aurais pu la traîner devant les tribunaux mais je ne suis pas procédurier. Les lettres anonymes sont un excellent recours pour extorquer un semblant de réparation. Désormais, elle traînera ses jours avec une épée de Damoclès suspendue au-dessus de la tête ! Vous me suspectez de meurtre ? Mon pauvre ami, si j'avais commis une telle bourde je me serais privé d'une vengeance raffinée. Soit, son dentier a sauté de sa bouche, et après ? Je n'y suis pour rien. Peut-être n'en est-elle pas à son premier essai ? Peut-être y en a-t-il d'autres avant Gaston qui ont pâti de sa malveillance ? Vous comptez me dénoncer ? Je n'ai violé aucune loi, ces textes bibliques ne sont pas des menaces, il n'y a que leur destinataire qui puisse en comprendre le sens.

Jeremy ne savait que répondre. Mal à l'aise, il stationna face aux tableaux fixés aux murs.

— Ne m'en veuillez pas du stratagème employé pour négocier ces renseignements ; d'après Laumier vous avez un réel talent, sans doute êtes-vous un précurseur, et devrez-vous patienter avant d'être célèbre. Mais je suis certain que vous obtiendrez un bel accrochage sous peu, et que vous serez remarqué par la critique.

— J'aimais mon frère, répondit Pélissier.

Jeremy enfila sa veste, se coiffa de son chapeau et se dirigea vers l'entrée. Pélissier le suivit des yeux, le regard plein de haine.

Jeremy regagna la rue de l'Hirondelle, soulagé de ne pas rencontrer de locataires. Une soirée solitaire s'imposait pour digérer cet entretien et tenter d'en extraire des conclusions. Son esprit spéculatif reconsidéra les éventualités. Ou Pélissier était un improvisateur de génie, ou il ne savait vraiment rien au sujet de Mme Lequindre, dont il parlait au présent et même au futur.

« Toi non plus tu ne sais rien, rien qui prouve qu'elle soit morte, et puis le mystère de la carte de visite demeure entier », songea-t-il place Saint-André-des-Arts. Il se mit à fredonner une mélodie d'Irving Berlin :

*I love a piano, I love a piano*
*I love to hear somebody play*
*Upon a piano, a grand piano*
*It simply carries me away...*

Une matrone en cheveux quittant une boulangerie, une couronne sous le bras, l'examina, l'index pointé vers la tempe.

— Y en a qui ont un obus dans la casemate, grogna-t-elle.

# 16

*Vendredi 16 octobre*

De toutes les épreuves subies par Sammy pour soutenir Jeremy, celle-ci s'était avérée la plus ardue. Il fut contraint de s'attacher aux pas de M. Abel une partie de la matinée, pendant laquelle l'homme se contenta d'effectuer des courses alimentaires rue de Buci.

« Il a de ces idées, m'sieu Nelson… Qui c'est ? Un ancien combattant ? »

M. Abel était coiffé d'un béret crasseux, au revers de son veston scintillait une rangée d'épinglettes représentant des stars de cinéma. Son regard vide sous ses sourcils pareils à deux chenilles épileptiques effleura Sammy qui se rencogna sous l'auvent d'une charcuterie.

Tandis que M. Abel achetait un setier de lait, Sammy contemplait des têtes de veau à la vinaigrette.

« Il vaut le déplacement, ce bonhomme, on donnerait sa chemise pour le voir avec du persil dans les narines ! »

Après avoir fait le pied de grue rue de l'Hirondelle entre midi et deux heures en se nourrissant de pommes, Sammy put enfin démarrer vers le « bout du monde ». Par chance, le bonhomme, ignorant être surveillé, ne piquait aucun sprint afin d'échapper à l'espion collé à ses basques.

Deux longs trajets en autobus menèrent Sammy, à l'abri d'un journal déplié, et M. Abel, perdu dans une rêverie qui l'isolait du monde, de la place Saint-Michel à la rue de Flandre.

Inopinément, tel un jouet dont on a remonté le mécanisme, M. Abel sauta du véhicule. Sammy n'eut que le temps de l'imiter. Marcher un quotidien ouvert devant les yeux se révélant trop risqué, il lui fallait garder une certaine distance avec l'homme au béret. Sa progression n'était pas rapide car, dès qu'il fut engagé rue de Crimée, M. Abel s'arrêtait devant la moindre boutique afin d'en observer la vitrine, comme s'il se livrait à un inventaire, exécutait une série de signes cabalistiques avec les mains puis, les bras collés au corps, se propulsait vers la suivante.

— Parole, il n'a pas seulement l'apparence d'un crapaud, il en a aussi la démarche ! Zut, il pleut !

Ces ricochets obligeaient Sammy à la plus extrême prudence, il se rabattait sur le côté chaque fois qu'Abel s'immobilisait car il s'attendait à être repéré d'un instant à l'autre.

Ils parcoururent la place de Bitche, contournèrent l'église Saint-Jacques-Saint-Christophe de la Villette et bifurquèrent quai de l'Oise. Ils longèrent le canal de l'Ourcq sur une dizaine de mètres. Abel s'engouffra dans un troquet miteux situé près de la ligne aérienne de la Petite Ceinture. Les trains se succédaient régulièrement, ébranlaient la façade de cet assommoir. Lassé de poireauter sous la bruine, Sammy décida d'y pénétrer à son tour, et tant pis si M. Abel provoquait un esclandre.

Derrière un comptoir où s'alignaient des verres sales, un barbu en bras de chemise discutait avec M. Abel.

— Combien de fois faudra-t-il te le répéter ? T'as été démoulé trop chaud ou quoi ? Je t'interdis de reluquer Colette quand elle sert les clients. Ma fille est sérieuse et, si elle se marie un jour, ce ne sera pas avec un libidineux dans ton style.

— Je ne suis pas libidineux. Colette, je la respecte, pour moi c'est une princesse !

— Ouvre grand tes esgourdes, prince charmant de la débine, la réponse est niet, nada ! Même pas en rêve ! Ma Colette, elle épousera un entrepositaire du bassin de la Villette, de préférence plein d'oseille ! Pas un avorton fauché !

M. Abel repoussa son béret en arrière, indigné.

— Mais je suis riche ! J'ai hérité d'un appartement près d'ici. C'est vrai, parce que maman me l'a légué !

— Tu sais ce que je crois ? Quand, le troisième jour, Dieu a distribué l'intelligence, tu devais être dans la mauvaise file ! T'es là pour bavasser ou pour consommer ?

— Un amer, grommela M. Abel, qui se jucha non sans peine sur un tabouret de bar, faillit tomber et se retint au comptoir avec un hoquet de poule écorchée.

— Et pour vous ? demanda d'un ton rogue le patron barbu à Sammy.

— Un quinquina, répondit celui-ci, à demi affalé sur une table semée d'auréoles grasses.

— Je ne débite pas ce genre de potion, adressez-vous à un apothicaire. Pourquoi pas du lait tant qu'on y est ?

— Alors un ballon de blanc sec.

— Encore un touriste qui s'est paumé hors frontières, marmonna le patron.

— Ah, ces étrangers, ils nous piquent tout, le camembert et la brosse à dents ! clama un individu que ni Sammy ni M. Abel n'avaient remarqué.

Installé au bout d'un banc devant une bouteille de rouge, ce client avait l'aspect d'un alcoolique patenté. Sa marinière constellée de taches et son pantalon froissé n'avaient pas dû être en contact avec l'eau depuis des lustres. Sous son crâne aussi chevelu que celui d'un Allobroge, son regard embué examinait Sammy avec dégoût.

— Toi, Croustard, la ferme ! brailla le patron.

— Brosse à dents ! rugit le boit-sans-soif.

— Cette épave a une descente que je n'aimerais pas remonter à vélo, nota M. Abel.

— La vérité est au fond du verre ! répliqua Croustard. Et si ça te défrise, tant pis pour toi, minable cloporte !

— Je vous prie d'être respectueux, nasilla M. Abel.

— Espèce de bourrique ! Brosse à dents ! insista Croustard.

Son sourire de chacal révéla une double rangée de chicots.

— Vos amis devraient se cotiser pour vous en offrir une, rétorqua sèchement M. Abel.

Croustard trépigna, sa chaise bascula, envoyant valser la bouteille. Avant que Sammy et le patron aient pu intervenir, il balança son poing dans la figure de M. Abel et prit la poudre d'escampette. M. Abel émettait des gargouillis hystériques. Secondé par le patron, Sammy s'évertua à éponger le sang avec un torchon.

— Bouge pas, andouille, grogna le patron, c'est spectaculaire mais t'as pas le nez cassé. J'en connais un rayon parce que j'étais au Cirque de Paris quand Georges Carpentier[1] a vaincu Harry Lewis en décembre 1911. Je vais te préparer une poche de glaçons.

Il interpella Sammy :

— Vous pouvez le raccompagner chez lui ? C'est à deux minutes.

— Pas de problème.

Décidément, la Providence veillait, elle servait sur un plateau le moyen d'entrer en sauveur chez M. Abel.

Une serviette froide appliquée sur le visage, celui-ci se laissa guider par Sammy :

— C'est rue de l'Argonne, après l'angle du pont, la bâtisse près d'un réverbère. Deuxième palier, porte de gauche, prenez la clé dans ma poche.

1. Georges Carpentier : boxeur français champion du monde (1894-1975).

Trois étages lézardés aux fenêtres masquées sous le pavois des lessives surplombaient l'échoppe d'un réparateur de machines à coudre et d'un magasin d'horlogerie, *Delya*. Ils franchirent une barrière de poubelles et s'abritèrent dans un corridor au moment où une nouvelle averse mitraillait le pavé.

— C'était moins une ! s'écria Sammy.

Les marches couinaient sous le poids de l'amoché et de son Saint-Bernard. M. Abel s'agrippait à son bras, freinant ses tentatives de tourner la clé dans la serrure. À moitié étranglé, Sammy parvint à pousser la porte et se délivra de son fardeau dans un fauteuil de cuir fendillé où celui-ci s'enfonça comme un sac de pommes de terre. Sans souffle, sans forces, il s'affala à son tour dans un divan si profond qu'il fut avalé entre les accoudoirs. Saisi à la gorge par une forte odeur de chou brûlé, il s'en extirpa et se rua sur une fenêtre dont il peina à décoincer la poignée. Il aspira une goulée d'air frais.

— J'ai mal, geignit M. Abel.

Sammy s'aperçut que la serviette était trempée et tournoya dans l'appartement, en quête d'un linge de rechange. Ne trouvant, en guise d'armoire, qu'une panière saturée de tricots de corps et de draps roulés en boule d'une propreté douteuse, il pêcha une taie d'oreiller à peu près acceptable qu'il enroula autour du visage du blessé après avoir ôté la serviette, rejetée avec répugnance sur le plancher. La taie rougit instantanément.

— J'étouffe ! pleurnicha M. Abel.

— Inclinez la tête en arrière, et cessez de gémir. Dans la vie, faut prendre sur soi et réagir, parce que si on s'écoute on meurt !

— Mais c'est vous qui n'écoutez pas…

— Taisez-vous, restez tranquille, tenez bien serré, le sang va finir par s'arrêter, je vais chercher de l'eau et vous nettoyer, j'ai eu l'occasion d'observer les infirmières, à l'hôpital…

Nul cabinet de toilette, rien qu'un coin cuisine avec un minuscule fourneau supportant deux casseroles emplies de chou carbonisé, et un évier. Sammy rinça la serviette sous le robinet, encore et encore, jusqu'à ce qu'elle devienne rose, et, retournant auprès de M. Abel, il le débarrassa le plus doucement possible de la taie, à laquelle il s'accrochait, pour tapoter ses narines avec le tissu humide.

— Y a du progrès, ça coule moins, c'est plus le Niagara, juste un caniveau après un orage. Ne vous tortillez pas comme un ver de terre !

— J'ai le cou bloqué !

— Il n'y a pas que le cou qui se bloque, chez vous, les méninges aussi !

Enfin, à force de remontrances, de nettoyage, d'essorage de serviette et de taie, Sammy réussit à tarir la source rubiconde issue du nez de l'homme au béret.

M. Abel alla s'examiner dans un miroir fêlé suspendu au-dessus de l'évier. Sammy en profita pour étudier de plus près l'ameublement de la pièce. Outre les deux fauteuils qui les avaient accueillis et une commode orientale croulant sous une profusion de châles poussiéreux, l'espace était rétréci par une table ronde nappée de dentelle et un sofa peuplé de sorcières de tissu dotées chacune d'un balai de bruyère.

— C'était la collection de maman, précisa Abel, une moustache de coton appuyée sur la lèvre supérieure.

— Votre mère logeait ici ?

— Sarah Bernhardt est morte, maman aussi, beugla Abel.

— Oh, je suis désolé.

— Oui, ma maman vivait ici. Moi, j'habite ailleurs dans Paris, mais le contact entre nous n'est pas rompu. Vous croyez au fluide universel ?

— Euh, oui, un peu.

Abel fronça les sourcils, épais et hirsutes. Sammy lui trouvait à présent une ressemblance avec un aye-aye de

Madagascar. L'éclat de ses yeux de hibou, ses oreilles de chauve-souris évoquaient le visage de Nosferatu, à l'exception du nez.

— Un peu, ça ne convient pas. Vous croyez ou vous ne croyez pas ? *Hocus Pocus Fidibus !*

— Je ne pige rien à ce charabia ! grommela Sammy.

— C'est l'équivalent d'*abracadabra* en tchèque !

Abel posa le coton sanguinolent sur la paillasse de l'évier et lui fit signe de le suivre dans la chambre. Des effluves de patchouli émanaient des draps et de la couverture ébauchant sur le lit une mer démontée. Un papier imprimé alternant bouquets de jonquilles et de roses se laissait deviner sous les nombreux placards de cinéma, de théâtre, de reproductions de tableaux et publicités punaisées en guise de décor, toutes consacrées au macabre et au fantastique.

Abel désigna une affiche au thème futuriste représentant des personnages vêtus de costumes métalliques et coiffés de tiares en ferblanterie. Les lettres R.U.R. surmontaient le croquis, suivies de ces mots :

*Robots du monde ! Le pouvoir de l'homme s'est effondré ! Un nouveau monde se lève, celui des Robots !*

— Qu'est-ce que c'est que ça, les Robots ? s'enquit Sammy.

— Ce sont des créatures inventées par un dramaturge tchèque, Karel Čapek[1], j'ai vu sa pièce, *Rossum's Universal Robots*, montée l'année dernière à la Comédie des Champs-Élysées. Ça valait le déplacement[2] !

— Incroyable ! Je travaille dans cette salle de théâtre.

La bouche en O, Nosferatu au nez camus dévisageait Sammy avec stupéfaction.

1. Un des plus importants écrivains tchèques du XX$^{e}$ siècle, inventeur du mot *robot* (1890-1938).

2. Pièce montée par Jacques Hébertot en 1924.

— Pas possible ! Un acteur m'a tiré d'un bouge et piloté chez moi ! Asseyez-vous, je vous prie !

Il poussa Sammy dans un fauteuil de velours rose devant un bureau surmonté d'une succession de casiers, véritable ruche aux alvéoles débordant de paperasse. Des photos reproduisaient la figure mélancolique d'une jeune femme portant en bandoulière un panier où étaient disposés des paquets de cigarettes.

— C'est maman, dit Nosferatu. Sarah Bernhardt est morte, maman aussi, brama-t-il.

— Elle est adorable ! s'exclama Sammy avec une admiration exagérée.

— Elle aurait pu devenir artiste, elle tenait le vestiaire d'un cabaret, *Le Pégase*, elle fréquentait des gens célèbres.

— Comment se nommait-elle ? demanda Sammy.

— Violette Lochard.

Exaspéré, Abel se frotta si furieusement les lèvres que le sang se remit à couler. Il n'eut que le temps de courir cueillir sa moustache de coton dans la salle à manger-cuisine et de se l'appliquer en tampon.

— Vous avez été gentil avec moi, alors je vais vous révéler un secret, mais il faudra vous garder de me trahir, sinon *Hocus Pocus Fidibus* !

Sammy tendit le bras en signe d'allégeance.

Abel lui montra un portrait de groupe.

— Là, c'est mon papa avec sa peau de vache et les *Gentlemen Copurchics*.

— Sa peau de vache ?

— Le sac d'os, c'est l'épouse de mon papa. Il travaillait au *Pégase*, on l'appelait William Scott. Maman a eu un coup de foudre pour lui. Malheureusement, il était déjà marié avec Renée. Son nom, à mon papa, c'était Guillaume Lequindre, il était chef d'orchestre au *Pégase*. Lui et maman s'aimaient à la folie, c'est comme ça que je suis né. Papa nous a installés dans l'appartement d'un immeuble qui lui appartenait, près de la place Saint-Michel, il a signé un bail de longue durée à maman, mais il n'encaissait pas le loyer.

Abel pointa un doigt sur une femme à chignon, moulée dans une robe dévoilant la naissance de sa maigre poitrine, un double rang de perles autour du cou.

— C'est Renée Lequindre. En vrai, elle se nomme Zénaïde, seulement comme elle trouvait ça vilain et qu'elle chantait sur scène, elle a choisi Renée.

— Elle est moins jolie que votre mère.

— Elle ne lui arrive pas à la cheville. Papa, il vénérait maman, et moi il m'aimait, mais Renée a été méchante. Maman m'a confié des choses sur elle. Vous n'allez pas les répéter, hein ?

— J'ai juré.

— Des choses laides que Renée a faites avant que je ne sois né. Après, elle n'a pas voulu que papa vive avec maman et moi, elle l'en a empêché, et papa, il a été obligé de lui obéir, sinon…

— Sinon quoi ?

— Passez-moi le dossier vert.

M. Abel brandit une photo sur laquelle un poupard nu, à plat ventre sur une fourrure agitait un hochet.

— C'est moi ! proclama-t-il fièrement.

Au dos de la photo, Sammy lut : *Mon nounours en sucre à six mois.*

— C'est l'écriture de maman. Sarah Bernhardt est morte, maman aussi, pleurnicha-t-il. Maman, elle savait ce qui allait se produire. Elle l'a dit à Renée, je l'ai entendue comme j'entends la voix des Robots quand ils me conseillent. Et Renée, elle a ri, elle a tordu sa bouche, elle a ameuté les voisins, j'avais très peur. Je suis sorti de ma chambre, j'ai gueulé plus fort qu'elle.

Abel se dressa, les yeux fous.

— J'aurais pu l'étrangler, cette garce, la garce, la sale garce !

Harassé, il retomba sur sa chaise et enchaîna d'une voix blanche :

— Je crois que mon papa la craignait et puis c'était l'administratrice du *Pégase*, alors pour sauver la mise, maman et papa n'habitaient pas ensemble, et moi ils m'ont envoyé en pension à Nice, je revenais aux vacances. Renée, parfois, elle me menaçait de sa canne, elle me crachait : « Toi, on devrait t'enfermer, ton crâne est plein de toiles d'araignées ! » Après, elle m'oubliait, elle me donnait des bonbons et me tapotait le crâne comme si j'étais un chat ou un chien.

Sammy pensa que l'enfance d'Abel avait dû être tourmentée et qu'il en gardait des séquelles.

— Renée harcelait maman sans répit. Elle pinçait les lèvres pour lui siffler ses méchancetés. J'avais envie de lui tordre le cou tellement je la détestais, cette vipère, ce fléau. D'ailleurs, elle était jalouse de tout le monde ! Devinez ce qu'elle a fait pendant la reprise de *La Belle Hélène*, au théâtre des Variétés, parce qu'elle enviait le charme d'une des chanteuses qui tenait un petit rôle ?

— Je sèche.

— Elle l'a accusée de lui avoir carotté son collier de pierres précieuses. Ça remonte à loin, mais maman a retrouvé un article. Donnez-moi la chemise jaune. Cette pauvre fille élevait seule son enfant de cinq ou six ans. On l'a jetée dehors et elle n'a plus décroché d'engagement. À force de cavaler d'une régie à l'autre, elle a chopé une pneumonie, ça l'a conduite droit au cimetière.

Abel extirpa du dossier un journal plié en quatre.

— Tenez, la preuve ! Consultez la presse de 1899 :

LA GUERRE DU TRANSVAAL
PROGRÈS DE L'INVASION DES BOERS

— Ben je lis et je ne pige pas. Quel rapport entre la guerre des Boers et votre histoire ?

— Vous êtes miraud ou bien vous avez oublié vos lunettes ? Là, en bas de page, c'est encadré d'un trait bleu !

> Nous voudrions indiquer aux artistes, avec discrétion, une grande infortune à soulager :
>
> Injustement remerciée de la scène des Variétés à la suite de la disparition d'un collier de valeur, Mlle X..., choriste soprano, gravement malade, mère d'un petit enfant, a épuisé ses dernières ressources et n'a plus de quoi payer la modeste note du pharmacien. Nous faisons appel aux comédiens qui furent ses camarades, car un peu d'entraide valorise l'humanité. Adressez vos dons au journal qui transmettra.

— Le collier a été retrouvé au fond d'une armoire. Cette sale carne de Renée n'a jamais présenté d'excuses. Elle a lâché du bout des lèvres : « Personne n'est à l'abri d'une erreur. » Ce n'est pas beau, ça ?

Abel ôta le coton de ses narines et, prenant un mouchoir froissé dans sa poche, se moucha bruyamment. Le mouchoir fut escamoté.

— Quand papa a quitté ce monde, maman est venue vivre ici, elle n'en pouvait plus. Ce logement, c'est papa qui le lui avait acheté à la barbe de la Lequindre. Moi je suis resté locataire.

— Votre père ne vous a pas légué l'appartement du 6e arrondissement ?

— Non, parce que la Lequindre l'a obligé à signer des papiers chez un notaire.

Abel se couvrit les yeux des mains et, se balançant d'avant en arrière, entama une litanie :

— Sarah Bernhardt est morte, maman aussi... Papa et maman sont réunis au paradis.

— Il y a longtemps qu'elle a rejoint votre père ?

— Quatre ans, elle n'a pas supporté le départ de papa. Ce deuil et la malveillance de la Lequindre l'ont poussée à s'installer dans ce logis mais elle n'y a pas habité longtemps.

— Si vous déménagiez ici, vous réaliseriez de drôles d'économies…

Abel sursauta, indigné.

— Ah ça non, par exemple ! Je suis chez moi, rue de l'Hirondelle, vous entendez ? Chez moi ! Ici, c'est chez maman, son fluide imprègne les lieux, les meubles. Je nettoie, j'aère, je discute avec elle tous les après-midi. Quand j'ai un problème, je l'en informe, et elle me dispense des conseils.

Il s'empara d'un poignard de Tolède à manche d'argent et en caressa la lame. Inquiet, Sammy détourna le regard vers une reproduction représentant une femme allongée, le corps déjeté, vêtue de satin blanc, victime d'un cauchemar symbolisé par une sorte de gnome hideux et par une tête de cheval aux yeux argentés émergeant de rideaux rouges[1].

— C'est joli, hein ? remarqua Abel. J'aime beaucoup aussi celui-ci, il a été peint par Edvard Munch, c'est un homme qui crie, a-t-il mal ? A-t-il la frousse ? La frousse, ça me plaît, au cinéma aussi, *Nosferatu le vampire*, *Le Cabinet du docteur Caligari*[2]. Et au théâtre, *R.U.R.* Je vous le résume ?

— Euh, il est tard, je vais vous… bredouilla Sammy.

— J'en ai pour deux minutes. La pièce se déroule dans l'avenir, à l'intérieur de l'usine de fabrication de robots R.U.R. L'ingénieur qui les a inventés décide de réduire leur sensibilité et d'augmenter leur intelligence. Résultat : les robots se révoltent et anéantissent l'humanité. À la fin de l'histoire, deux robots découvrent l'amour et le dernier homme leur confie la responsabilité du monde. L'argent devient inutile. D'ailleurs, même maintenant on peut en

1. *Le Cauchemar*, tableau peint par Johann Heinrich Füssli en 1781.
2. Film horrifique expressionniste allemand de Robert Wiene, sorti en salle en 1920.

dépenser moins si on essaie ; par exemple, ma montre, je l'ai chinée d'occasion chez Delya, en bas de la maison. Il m'arrive de rêver des Martiens, ils me dictent des récits et, au réveil, je dessine leurs engins dans ce carnet, là, vous voyez ? Ils sont capables de se poser sur terre comme sur mer. Quand ils débarqueront, les gentils devront se cacher, mais il vaudra mieux éviter les caves, à cause des nuisibles. Avec leurs armes spéciales les Martiens détruiront les vilains comme ce salaud qui m'a agressé.

— Excellente tactique, en effet, reconnut Sammy, qui, parmi les vampires, les savants fous, les cauchemars et les futurs maîtres de la planète sentait sa raison basculer.

— Soyez prudent et, si vous apercevez l'énergumène qui m'a frappé, alertez un médecin, une morsure serait fatale tant sa dentition est pourrie. *Hocus Pocus Fidibus !* murmura Abel en le poussant vers le palier.

Sammy s'aventura dans l'escalier grinçant. Il faudrait enquêter au théâtre des Variétés au sujet du renvoi d'une chanteuse en 1899. Jeremy le féliciterait-il de ces renseignements ? Pas sûr, il était quelquefois avare de compliments.

Sous une pluie fine transperçant sa veste de lin, Sammy gagna au pas de charge le quai de l'Oise, envahi par une vague d'anxiété. Au moment où il atteignait le troquet délabré où Abel avait été blessé, un train fonça sur le pont. La locomotive haleta avant d'émettre un sifflement rageur, et les vitres du troquet vibrèrent comme si elles allaient voler en éclats.

# 17

*Samedi 17 octobre, matinée*

Adrienne adorait dénouer des bolducs et déplier des papiers d'emballage. Elle avait demandé du papier cadeau à la caisse, omettant de préciser que la destinataire, c'était elle. Elle goûtait à présent la joie de dépiauter les paquets.

Elle étala sur un fauteuil une gaine et une brassière réductrice qui, espérait-elle, diminueraient l'ampleur de sa silhouette. Une culotte de soie brodée et une guimpe de mousseline complétaient ses emplettes qui, grâce à des soldes intéressants sur la lingerie dans une boutique de la rue de Rennes, ne l'avaient pas ruinée.

Diego tenta de s'allonger sur ces merveilles de douceur, mais Adrienne s'empressa de les ranger dans une armoire. Elle alla chercher la boîte à cirage dissimulée sous l'évier de la cuisine. Elle recelait les pièces d'or provenant de l'appartement de Mme Lequindre. Adrienne les recompta, elle n'en avait monnayé qu'une chez un changeur. Il restait beaucoup de billets.

— Surtout ne pas éveiller la curiosité de l'entourage par des achats trop voyants. Ne modifier en rien notre mode de vie, hein, ma minouche. Allez, j'y vais, toi tu montes la garde.

Un miaulement éloquent fusa du gosier de Diego.

— Tu as faim ? Oh ça va, je connais la réponse : « Faim, moi ? Jamais ! Juste un petit creux. » Ben, mon gros, tu attendras.

Diego se gratta frénétiquement une oreille et, avant qu'Adrienne ne lui bloque la retraite, fonça se camoufler derrière les poubelles.

Adrienne haussa les épaules, attrapa le maigre courrier de la deuxième tournée et le glissa dans sa poche kangourou.

Devant la loge, elle croisa Paul Green. Cramoisi, il s'écarta.

— Bonjour, madame Meunier, vous êtes très en beauté ce matin.

— Ah, selon vous, une blouse pleine de taches me sied ? C'est donc en effet que j'ai une superbe charpente. Vous partez en balade ?

— Quelques courses, pain, sucre, café. Vous êtes réellement rayonnante, mademoiselle… euh, madame Meunier.

— Je me suis offert des bricoles et cela me met le cœur en fête, après tout je suis la personne que j'aime le plus au monde, après Diego bien sûr.

— N'y a-t-il donc aucun soupirant dans votre vie ?

— Personne encore, répondit-elle en minaudant.

— Il va falloir y remédier, déclara-t-il avec une telle conviction qu'elle rougit et préféra s'esquiver pour aller inspecter les travaux de la cave.

Paul Green soupira en la regardant s'éloigner. Il salua Pélissier qui revenait de la rue des Beaux-Arts où il s'était procuré des châssis entoilés affectés à de nouvelles œuvres.

— Beau brin de fille, dit Pélissier. Elle refuse de poser pour moi, dommage. Je l'imagine volontiers nue, alanguie sur un drap de satin rose, environnée de papillons et de lucanes jaillis de la bouche d'un bouc.

— Elle est avisée, grommela Green en se dirigeant vers le porche.

Croulant sous ses châssis, Pélissier entama une ascension périlleuse et manqua tomber en atteignant le premier palier, déséquilibré par le chat Diego, qui fila en trombe entre ses jambes et disparut dans les hauteurs.

— Numérote tes abattis ! Pendant la Commune de Paris, les assiégés mangeaient du matou, il paraît que ça a le goût du lapin ! clama le peintre.

À la cave, le revêtement de ciment enfin achevé séchait depuis deux jours. Quatre empreintes de pattes trahissaient le passage de Diego dans ce lieu provisoirement interdit.

Un cliquetis effraya Adrienne. Elle fit volte-face. Ce n'était que Raymond Tourtel, accompagné de sa fidèle Titine qu'il remisait au fond d'un couloir au sol de terre battue.

— Vous êtes comme moi, madame Adrienne, vous admirez. C'est agréable, cette chape, c'est nettement plus propre.

Adrienne le suivit jusqu'à l'escalier et se baissa afin de récolter un petit objet métallique orné d'une marguerite émaillée. Elle identifia une des épingles à cheveux qu'affectionnait Carmela Serrano.

« Elle les sème ! Il y a un bail que je ne l'ai pas vue, elle doit être rentrée de son périple à Reims. Je vais vérifier. »

Elle grimpa au dernier étage et cogna en vain chez Carmela. Elle utilisa son passe et pénétra dans la mansarde. Le lit défait, des vêtements éparpillés sur des chaises et une table donnaient à la pièce l'aspect d'une friperie.

— Ben dis donc ! Elle a filé en vitesse ! Quelle mouche l'a piquée ?

Elle descendit poser une facture sur le paillasson des Tourtel et, comme elle était à côté de l'appartement d'Enora Lahure, ne résista pas à la tentation d'y jeter un coup d'œil. C'était nettement mieux rangé que chez Carmela mais cela sentait toujours aussi mauvais. Elle ramassa sur le plancher un parapluie *made in* Aurillac et, coincée entre deux lattes, une seconde épingle à cheveux couronnée d'une marguerite.

— Carmela est venue fouiner ici ! Elle joue au Petit Poucet, maintenant, mâchouilla-t-elle, refoulant le pépin dans un coin.

Elle sortit le courrier de sa poche. Rien pour Paul Green ni pour Abel Lochard, en revanche deux lettres pour Pélissier. À pas de loup, elle gagna le deuxième étage.

Diego avait découvert un territoire inexploré dans l'immeuble. Sur le qui-vive, il s'y coula prudemment, étira une patte, puis l'autre, à l'affût d'une menace inconnue, et se dénicha une cachette moelleuse au fond d'un placard d'où émanait une senteur qui eut sur lui un choc euphorisant. Il renifla, se lécha frénétiquement, se roula sur le dos. Il s'apprêtait à dormir pour museler sa panse criant famine, quand une onde électrique parcourut son échine à rebrousse-poil. Une présence impalpable rôdait. Un souffle hostile faisait vibrer l'air et provoquait des picotements sous sa peau. Il pointa les oreilles, se tapit, prêt à fuir. Soudain, une ombre s'allongea au-dessus de sa tête, une voix tonna :

— Toujours dans mes pattes ! Fiche le camp, gros lard ! Sale bête !

Affolé, Diego se rua vers le refuge le plus accessible. Terré à la cime d'une armoire, il fit le mort, attentif aux allées et venues de l'intrus.

Au bout d'un moment le silence régna, l'ennemi s'était retiré. Rassuré, Diego sauta à terre, affriandé par une odeur de nourriture.

Museau en alerte parmi une gabegie de paperasse et de crayons, Diego s'acharnait à repérer d'où provenait cette enivrante exhalaison. Y aurait-il, égaré dans ce fatras, quelque chose de bon à se mettre sous la dent ? Son odorat infaillible finit par détecter la source des effluves, par-delà une issue plongée dans la pénombre. Il atterrit sur une chaise, puis dans un évier encombré et se figea devant une marmite posée sur une gazinière. Le contenu était encore tiède.

Face à une toile blanche sur son chevalet, Thierry-Quentin Pélissier avait adopté la pose d'un rêveur éveillé, les yeux écarquillés sur une vision intérieure qu'il éprouvait une immense difficulté à reproduire. Il piqua deux minuscules touches noires au centre du futur tableau et recula d'un pas pour juger de l'effet. Le silence de l'immeuble lui permit de percevoir un frôlement derrière la porte. Tel un félin bondissant sur sa proie, il se propulsa vers la poignée après avoir expédié palette et pinceau sur une chaise et vissa un œil au trou de la serrure. Il ouvrit brusquement, saisit un bras courbé vers le paillasson et attira sa proie à lui. Adrienne Meunier en lâcha son courrier.

— Vous, ma déesse du vestibule ! Enfin je vous épingle ! Vous êtes une femme solaire, oui, le pur type solaire. Vous devriez porter des corsages plus échancrés.

— Allez-vous me libérer, espèce d'abruti gluant ? s'écria la concierge qui s'efforçait en vain d'échapper à son étreinte.

— Mais enfin, que me reprochez-vous ? Suis-je hideux de ma personne ? La plupart des femmes ont un faible pour moi. Pourquoi me résister ?

— Parce que vous n'êtes pas mon genre. Parce que j'en ai soupé des hommes et que plus jamais on ne me bouclera en cage !

— En cage ? J'abhorre les cages, j'évite les jardins zoologiques, je fuis les dresseurs de fauves. Regardez mes toiles. Ne parlent-elles pas à votre cœur ? Tenez, celle-ci s'intitule *Le Tourbillon des gamètes*, j'inaugure un nouveau cycle de ma créativité. Je l'ai peinte en pensant à vous. Vous appréciez ?

Il la traîna devant un tableau au milieu duquel un faune excessivement velu au sexe hypertrophié jonglait avec des étoiles et des comètes.

— C'est… spécial, chuchota Adrienne.

— Oui, un gros travail, que j'envisage de vendre à Maurice Laumier… Oh, ma muse !

Il l'enserra et colla sa bouche à la sienne. Plaquée au mur, incapable de bouger, Adrienne sentit une main sous sa robe.

— Non ! glapit-elle, se cabrant de toutes ses forces.

Il la bouscula tant et si bien qu'elle fut renversée sur le dos, entraînant dans sa chute le napperon d'un guéridon semé de tubes de gouache, de chiffons et d'objets divers.

Le peintre l'écrasait de son poids.

Elle tâtonna, s'empara d'une brosse et lui en matraqua le crâne. Il accentua sa pression. Désespérant de se débarrasser de lui, elle lui tordit violemment le nez. Il éternua en rafales.

— Au secours ! hurla-t-elle.

Une silhouette corpulente jaillit dans la chambre et martela le corps de Thierry-Quentin Pélissier avec une balayette cueillie près d'un poêle.

— Bas les pattes, mirliflore !

Adrienne entrevit le profil de Paul Green. Elle replia les genoux, percutant le menton du peintre, s'élança vers le palier et escalada les marches à toute allure.

Suant et soufflant, Paul Green la rejoignit au troisième. Il n'eut pas besoin de chercher sa clé, sa porte bâillait largement. Il demeura cloué sur place à la vue de l'état de son bureau-salle à manger. Hébété, il contemplait le désastre. Les livres, les journaux avaient été jetés sur le tapis. Une averse de papiers, de babioles, de chaussettes et de sous-vêtements jonchait le plancher. Quelqu'un avait retiré les assiettes du placard de la cuisine, certaines étaient cassées. On eût dit que la personne qui s'était donné pour tâche d'explorer l'appartement s'était escrimée à commettre le maximum de dégâts.

Les épaules de Green s'affaissèrent, il suffoquait.

— Ma clarinette !

L'instrument à vent gisait sur les coussins éventrés du canapé, l'étui qui contenait ses accessoires béait sous la table près d'un métronome dont le tempo *lento* résonnait comme un glas.

— Mon Dieu ! Pourvu que…

Il se précipita sur sa clarinette. Les mains tremblantes, il vérifia que le bois n'était pas fissuré et que le bec était lié au barillet, puis il porta l'embout à ses lèvres et attaqua un morceau guilleret sous l'œil ahuri d'Adrienne qui recouvrait lentement ses sens. Sa mésaventure chez Pélissier n'avait, sur le coup, provoqué en elle qu'une stupeur narcotique. Peu à peu, les effets de l'anesthésie se dissipaient, son esprit transmuait les idées en images, les images s'animaient en un film tragi-comique. Barricadée derrière les coussins, elle eut du mal à réprimer un fou rire nerveux à la vue de Paul Green qui, après quelques mesures de *Piccadilly*[1], astiquait tendrement les clés de son instrument :

— Seigneur, merci, merci de l'avoir épargnée !

— Je suis indemne, c'est gentil, grommela Adrienne.

« Il plane, songea-t-elle, bientôt il va promettre d'aller réciter deux *pater* et trois *ave* à Saint-Sulpice pour m'avoir évité de passer à la casserole ! Attends, je vais te ramener sur terre, moi ! »

Elle se remit debout, traversa la pièce au pas de charge et, repoussant du pied des bibelots en miettes, elle pénétra dans la chambre à coucher.

— Vos draps sont en boule, il y a un cartable sur la descente de lit, vos vêtements arrachés à la penderie jonchent le sol, rien de plus à signaler ! claironna-t-elle.

— Nos chansons, la musique de Jem, mes textes ! se lamentait Paul Green. Aidez-moi à ramasser ce fatras, voulez-vous ?

1. Œuvre d'Erik Satie, compositeur et pianiste français (1866-1925).

Ils regroupèrent les pages dont quelques-unes étaient numérotées.

— Finalement, y en a pas tant que ça, dit Adrienne en se forçant au calme. Vous imaginez si vous aviez le génie d'un Beethoven ? On en aurait pour une semaine, à reconstituer l'*Ode à la joie*[1].

— Jem va me tuer.

— Qui est Jem ?

— Jeremy Nelson, mon partenaire.

— Drôle de diminutif, constata Adrienne, soudain assaillie de crampes dues à un agenouillement prolongé.

Sa main effleura sa poche kangourou.

— Zut, mon passe ! Je ne l'ai plus !

Elle se redressa et posa sa récolte sur une malle.

— Vous allez vous amuser, à nettoyer. Vous vous êtes absenté longtemps ?

— Vingt minutes tout au plus, répondit Paul.

— Pour que ça se soit produit aussi vite, il faut que le ou la coupable soit un des locataires. En tout cas, s'il y en a un qu'on peut innocenter d'emblée, c'est le peintre. Ce débauché avait les mains occupées ailleurs, je lui réserve un chien de ma chienne, je vous en flanque mon billet ! Vous êtes arrivé à point.

— J'ai toujours rêvé de secourir une jeune femme en détresse. Je n'aurais jamais supposé M. Pélissier capable d'une telle lubricité. Vous êtes sûre de ne…

— Ah ça ! Vous me prenez pour une coquette, pire encore, une coquine ? Selon vous, c'est moi l'aguicheuse ? lui jeta-t-elle, indignée.

— Vous me peinez, madame Adrienne, j'ai le plus grand respect pour votre personne. Comment oserais-je vous comparer à la femelle du coq !

Paul Green sourit rêveusement, lui dédia une œillade enamourée et chuchota :

1. Quatrième et dernier mouvement de la *Neuvième Symphonie*, sur un poème de Schiller.

— Pour vous, madame Adrienne, *Je te veux*[1], une valse d'Erik Satie, c'est mon compositeur de prédilection.

Il emboucha sa clarinette et se mit à jouer.

Adrienne, stupéfaite, marmonna :

« Ma pauvre Adrienne, pour le romantisme, tu repasseras ! Agressée par un satyre ! Sauvée par un cinglé marié à son chalumeau ! Avant, tu mourais d'envie que Pélissier daigne te remarquer, faudrait savoir, ma vieille !... Oui, avant, j'en avais envie, mais pas à la hussarde !... Et l'autre qui dépose son cœur à mes pieds par l'entremise d'une aubade à la mie de pain ! »

— C'est le bastringue, ici, il y a eu une tornade ? s'enquit une voix gouailleuse.

À la vue de Pélissier et de Raymond Tourtel, qui se tenaient au seuil de la salle de séjour, Green s'embrouilla, sa clarinette dérapa sur un couac, il désigna le peintre.

— Vous ne perdez pas le nord, vous !

— Il me semble que non, répondit Pélissier avec une nuance de sarcasme.

— Dégagez de chez moi, brailla Green.

— Faites comme si de rien n'était, lui chuchota Adrienne, la bouche en coin. J'ai l'intuition que c'est à moi qu'il veut parler.

— Vous ne m'en voulez plus, n'est-ce pas, madame Adrienne ? dit Pélissier, j'ai eu un bref moment d'égarement.

— Pour quelqu'un qui a le sens de l'orientation, chapeau !

— Je sais que je ne suis pas votre type d'homme... Mais enfin, quel est votre type d'homme, madame Adrienne ?

— Un type pas du tout dans votre genre, gentil, respectueux, talentueux, modeste et tout... Ne vous gênez pas,

1. Mélodie d'Erik Satie, paroles d'Henry Pacory. Cette valse sentimentale fut créée par la chanteuse Paulette Darty en 1903, à *La Scala*. Elle a été reprise de nombreuses fois depuis cette date, entre autres par les chanteuses Juliette, Jessy Norman, Patricia Petibon.

messieurs, prenez un siège, susurra-t-elle, tiraillée entre la colère et le mépris, vous tombez à pic, nous allons porter plainte, vous serez nos témoins.

— Plainte ? Contre qui ? Ah non ! Je refuse d'être mêlé à vos histoires, protesta Tourtel.

— Plainte contre moi ? s'écria Pélissier.

— Plainte contre X. Constatez *de visu*, on a forcé le domicile de M. Green, riposta Adrienne d'un ton aigre-doux.

— Je parie que c'est votre chat, dit Tourtel. Je l'ai vu rôder dans les étages tout à l'heure, il se sera glissé chez M. Green. C'est son habitude à cette sale bête, elle pisse dans les étages, elle crotte sur les paillassons, l'odeur, j'vous dis pas !

— Oh vous le pète-sec, cessez de cacher la poussière sous le tapis ! Depuis quand un chat vide-t-il un placard et empile-t-il des assiettes sur une carpette ? Avec votre Titine, vous semez du cambouis partout et vous avez le culot de dénigrer Diego ! Oui, on va porter plainte ! D'abord vous étiez où, ce matin ?

— C'est plutôt M. Pélissier qui devrait porter plainte, vous avez vu la bosse que le gros lui a infligée avec une balayette ? Il y a du sang sur le manche, il aurait pu succomber !

Adrienne ricana :

— Même la mort ne veut pas de lui. Allez, du balai, caltez !

# 18

*Même jour, après-midi*

Au cours de la nuit qui avait suivi sa visite chez M. Abel, Sammy s'était épuisé en cauchemars qui se terminaient tous de la même façon : un être maléfique enveloppé d'une cape sombre se penchait vers lui, sa bouche vorace révélant deux énormes canines.

Il se réveilla en fin de matinée, le sternum bloqué. Par la fenêtre, il apercevait le cinéma *Cyrano* où il avait usé ses culottes courtes. En contrebas, sur le trottoir, Mme Bouvier, emmitouflée d'un châle à crochet, vendait ses fruits et légumes. La boutique beurre-œufs-fromage de M. Blaise jetait une touche de bleu sur le gris des façades, à côté de l'épicerie bigarrée de Mlle Martin. Une appétissante exhalaison de pain chaud flottait dans l'air, aucun vampire à l'horizon. Ce paysage l'ancrait dans une réalité rassurante. Il s'habilla rapidement, s'effleura le nez avec son gant de toilette, dévala l'escalier et longea avec plaisir la rue de la Roquette jusqu'à la place de la Bastille, soulagé de ses retrouvailles avec le monde civilisé. Vivent les embouteillages, les klaxons, les pieds avides d'en écraser d'autres, les kyrielles de boutiques devant lesquelles des gamins se livraient à des duels à coups de double décimètre, loin, très loin des nuits de Walpurgis.

« Dire qu'il y a cent trente ans et des poussières, sur ce rond-point grouillant de bagnoles, s'élevait une forteresse-prison ! C'est quoi aujourd'hui, la Bastille ? Une station de métro ! »

Il entra dans la salle du grand café *Le Tambour*, commanda un demi-panaché et un sandwich, puis descendit téléphoner au sous-sol.

Rue Guisarde, Jeremy se colletait avec sa cravate. La sonnerie retentit, il décrocha :

— C'est maintenant que tu appelles ? Tu as vu l'heure ? Hier soir, j'ai attendu en vain ton coup de fil !

Sammy se rebiffa :

— Eh, me houspillez pas, votre bonhomme à béret loge dans un coin où on risque sa peau à chaque pas, je suis rentré tard, j'étais fourbu, j'ai pioncé illico ! Vous ne devinerez jamais ! Violette, sa mère, ben, elle a beau reposer au cimetière, il vient chaque après-midi discuter avec elle. Vous verriez le décor du gourbi, vous en auriez les grelots. Des photos de Nosferatu, des reproductions de tableaux horribles, des affiches de théâtre dignes du Grand Guignol ! Vous aviez entendu parler de *R.U.R.*, de Karel…

— C'est tout ? le coupa Jeremy, agacé.

— Non, ce n'est pas tout. Votre Mme Lequindre est une abonnée de la délation, elle accuse les gens de vol à tire-larigot. Petit résumé : 1923, elle incrimine Gaston Morel, l'entrepreneur de ravalements, mais elle s'était déjà aiguisé les dents en 1899, au théâtre des Variétés, en obtenant la mise à pied d'une jeune femme qui gazouillait dans les chœurs.

— Qui gazouillait ?

— Oui, dans une reprise de *La Belle Hélène*, d'Offenbach. La Lequindre, elle, roucoulait dans le rôle créé par Hortense Schneider.

Jeremy songea brièvement à la photo en évidence sur le piano de la propriétaire.

— M'sieu Nelson, vous êtes là ?

— Oui. Tu es sûr que ce n'était pas en 1874 ? *La Périchole* ?

— Oui, je suis sûr. Ça me fatigue de me justifier à tout bout de champ, vous me prenez pour un bleu ? Votre M. Abel m'a montré une coupure de presse qui date de la guerre du Transvaal : les Boers, les Englishs, l'Afrique du Sud, 1899, l'année où Émile Loubet a été élu président de la République, celui qui a gracié Dreyfus, vous y êtes ?

— D'accord, d'accord, reste calme, je comprends. Elle mentionne quoi, cette coupure ?

— C'est une demande de secours pour venir en aide à la choriste renvoyée. Elle ne trouvait pas d'engagement, elle était malade et mère d'un enfant de cinq ou six ans. On a retrouvé le collier soi-disant volé dans la loge de la Lequindre un mois après la mise à pied de la pauvre fille.

— Qu'est devenue cette choriste ?

— Elle est morte.

— Et son enfant ?

— Je n'en sais rien.

— Tu connais le nom de cette personne ?

— Aucune idée. M. Abel saute du coq à l'âne, il faut lui arracher les mots de la bouche. Entre nous, je crois qu'il a une araignée au plafond, votre bonhomme.

— Et s'il t'avait mené en bateau ? Cette histoire me rappelle un roman de Xavier de Montépin.

— Oui, je l'ai lu : *La Porteuse de pain*. En tout cas, ça prouve que la réalité dépasse la fiction. Moi, j'ai accompli ma mission, à vous de décider, mais mon petit doigt me souffle que je vais bientôt visiter le théâtre des Variétés pour collecter des informations sur cette intrigue.

— On en reparlera. Je te rappelle à l'heure du déjeuner.

Jeremy raccrocha. Abel était incontestablement le suspect idéal. Il en voulait à Mme Lequindre de les avoir évincés de la succession de la rue de l'Hirondelle, Violette et lui. Mais il n'était pas le seul à détester la propriétaire.

S'était-il allié à Thierry-Quentin Pélissier pour fomenter une vengeance ?

Il s'apprêtait à consigner les derniers renseignements fournis par Sammy quand il s'aperçut qu'il ne disposait plus de son cartable à musique. Affolé, il courut à travers l'appartement, s'obligea à respirer et à réfléchir. En quel endroit était-il le plus susceptible d'avoir égaré ce précieux auxiliaire, qui contenait ses compositions les plus récentes ainsi que la feuille de notes réservée à l'enquête en cours ?

Il composa le numéro de téléphone de Green, puis attendit que l'opératrice les mît en relation.

— Allô, Paul ? N'aurais-je pas oublié mon cartable chez toi ? Regarde attentivement... Tu me rassures, j'ai vraiment le cerveau en compote ! Je me trotte.

Rassuré, il griffonna sur une vieille enveloppe : *Théâtre des Variétés, 1899.* Puis il s'accorda quelques minutes pour débarrasser les reliefs de son repas.

Quand il arriva chez Green, Jeremy avisa Adrienne, affairée à collationner des papiers sous les meubles. Il prit soudain conscience de l'état du salon dévasté.

— Tu déménages ?

— Non. Pendant que j'achetais du sucre et du café, on est entré chez moi.

— On a forcé ta porte ?

— Je ne la ferme jamais à clé quand je descends aux courses.

— On t'a dévalisé ?

— Non, rien ne manque.

Jeremy prêta une oreille attentive aux explications de Green.

— Tu soupçonnes quelqu'un ?

— Non, de toute façon, chez moi, à part ma clarinette, je ne possède aucun objet de valeur.

— M. Pélissier affirme que c'est mon chat le coupable, brailla Adrienne.

— Pélissier était ici ?

— Tourtel et lui ont rappliqué presque immédiatement après M. Green, souligna Adrienne, c'est louche.

— Leur présence n'est pas une preuve de culpabilité, rétorqua Jeremy. Mon cartable, où est-il ?

Green lui désigna la table. Jeremy voulut vérifier discrètement que ses notes se trouvaient toujours à leur place. Un doigt glacé lui chatouilla la colonne vertébrale : elles n'y étaient plus. Il feuilleta fébrilement ses cahiers : rien. Il resta immobile, les yeux perdus dans le vague. Avait-il omis de les ranger ou les lui avait-on dérobées ? L'incertitude l'assaillit, il se tourna vers Green. Il ne pouvait le questionner davantage sans lui révéler pourquoi il s'était lancé dans cette enquête. Une seule solution : temporiser. Il était urgent de s'intéresser à Raymond Tourtel. Il avait une chance de l'agrafer chez Rasade.

— Paul, je dois filer, j'ai un rendez-vous.

Stupéfait, Green s'indigna :

— C'est l'effet que ça te fait, ce que je viens de te raconter ?

— Que veux-tu que je te réponde, Paul ? Si tu as des doutes sur l'intégrité de M. Tourtel et de M. Pélissier, tu dois porter plainte.

— Et comment ! Il faut vraiment être odieux pour accuser mon chat de fric-frac ! se révolta Adrienne.

Jeremy pénétra chez Rasade ; c'était encore désert en ce début d'après-midi. Le patron, qui ne l'avait pas vu, sirotait au comptoir un verre de fine. C'était la première fois que Jeremy prenait le temps d'examiner le gargotier. Sa moustache en guidon de vélo dissimulait sa lèvre supérieure et lui donnait l'air d'un chien bourru. Son nez enflé, ses joues piquetées de taches rouges trahissaient un amour immodéré de l'alcool.

— Comment va le business ? lança Jeremy.

Mathias Rasade sursauta.

— Pas merveilleux. Ma femme a beau se creuser la cervelle pour inventer des recettes insolites, on refuse très rarement du monde. Et j'ai deux bouches à nourrir, quatre si on nous inclut, Linda et moi.

Il avala d'une lampée le contenu de son verre.

— Qu'est-ce que je vous sers ?

— Un petit noir.

Mathias Rasade regarda Jeremy touiller sans fin son sucre. Le cliquetis de la cuiller l'exaspérait.

— Vous avez déjà choisi un nouveau quartier pour vous installer ? demanda Jeremy sans avoir touché à sa tasse.

Mathias Rasade le fixait d'un air incrédule.

— Il semble que Mme Lequindre ait pour son immeuble des projets qui visent à en chasser les actuels locataires, précisa Jeremy.

— J'ai signé un bail qui court jusqu'en décembre 1927 ! rétorqua le patron.

Il entreprit de lustrer violemment le zinc du comptoir avec un torchon humide.

— Mme Lequindre, vous l'avez croisée ces derniers jours ?

— Non, ni elle ni sa bonne acariâtre, c'est très bizarre, mais croyez que, si je tombe sur la vieille, je lui poserai la question. Moi, je tiens à rester dans ce quartier. C'est central, nos enfants fréquentent une bonne école, et Linda a noué des relations avec les commerçants de la rue de Buci.

— Votre épouse est charmante, ses plats sont d'une grande originalité.

— Pour sûr, c'est un cordon-bleu, et c'est aussi une mère exemplaire. Quant à son caractère… Ne vous fiez pas aux apparences, sous l'eau qui clapote couve un volcan. Ah, les annonces matrimoniales du *Chasseur français* réservent des surprises, acheva-t-il d'un ton amer. Un café, monsieur Tourtel ?

— N'oubliez pas le digestif. Bonjour, m'sieu Nelson. Quelle histoire, hein ?

— De quoi parlez-vous ?

— De votre copain, M. Green, répondit Tourtel. On a pénétré chez lui et retourné son mobilier.

— Oui, je l'ai constaté. Par bonheur, les cambrioleurs n'ont rien emporté.

— Ils étaient plusieurs ?

— Vu l'état de l'appartement, on le suppose.

— M. Green va porter plainte ?

— Non, c'est irrecevable. Sa porte n'a pas été forcée, il a oublié de la fermer, c'est un écervelé.

Jeremy marqua une pause, but une gorgée de sa tasse sans quitter Tourtel des yeux et, adoptant une attitude amicale, ajouta en souriant d'un air complice :

— Un peu comme vous qui semez du cambouis partout. J'ai mis le pied dedans devant la porte de Mme Lequindre, c'est pire que du chewing-gum.

Le regard de Tourtel se déroba, il fit mine de cogiter.

— Ben, je ne dis pas le contraire, concéda-t-il. Je monte parfois mon vélo chez moi pour le bichonner, j'ai peut-être semé cette saleté d'huile le jour où j'ai frappé chez la vieille, je voulais lui faire savoir que jamais je ne décanillerais de ma location, j'ai un bail qui expire en 1927 !

— Vous l'avez vue quand ? demanda Jeremy.

— Et vous ? Vous êtes étranger à l'immeuble, qu'est-ce que vous complotez avec la Lequindre ? Ah oui, je devine, votre copain Green est tellement trouillard qu'il a besoin d'un émissaire pour plaider à sa place ! riposta Tourtel. Je vous aime bien, monsieur Nelson, vous êtes un homme serviable, toujours à la disposition de votre prochain, toujours prêt à rendre service, une proie facile. Il y a un mot pour ça : pigeon.

Il siffla son digestif, claqua la langue, paya ses consommations et lança avant de sortir :

— J'ai un chouette titre de revue musicale pour vous, monsieur Nelson : *L'Hirondelle et le Pigeon* !

Jeremy repoussa son café après en avoir bu une gorgée.

— M'sieu Nelson ! Si vous croisez les mômes, dites-leur de rentrer ! cria le gargotier.

Jeremy, songeur, se dirigea vers la place Saint-Michel. Il distingua Jeantou Rasade au bas des marches de la rue de l'Hirondelle, en train de jouer aux billes. Toussaint chargeait des cavaliers imaginaires.

— Votre père vous réclame, leur annonça Jeremy, qui récolta un « oh, la barbe ! » proféré de concert.

— Au fait, Toussaint, comment était-il vêtu, le voleur invisible ? demanda-t-il.

— Ben, il portait le même costume à carreaux et la même casquette que M. Tourtel, d'ailleurs on aurait dit M. Tourtel.

— Donc c'était M. Tourtel ?

— Il me tournait le dos, alors sa binette… Et puis crotte ! J'en ai marre de cette histoire.

— Mais quand même, m'sieu Tourtel il nous a fauché trois agates ! affirma Jeantou.

— Ferme-la et rapplique, papa va nous sonner les cloches ! Tu as entendu ce qu'il nous a fait jurer, marmonna Toussaint.

— Ton père ? Que vous a-t-il fait jurer ? demanda Jeremy.

— C'est nos oignons. Pourquoi vous voulez savoir ?

— J'ai soutenu à ton père que M. Tourtel t'accusait injustement, je voudrais avoir raison, rétorqua Jeremy à Toussaint en sortant de sa poche une pièce de cinq francs qu'il fit rouler entre ses doigts.

Jeantou s'était approché et lorgnait l'éclat tournicotant de la pièce argentée.

— Dis-y, Toussaint, dis-y, murmura-t-il.

Toussaint débita d'un trait :

— On a juré sur la tête de maman de ne plus raconter de mensonges et de ne jamais dénoncer les gens sans preuves parce qu'il perdrait sa clientèle. Mais, en jurant, on a menti puisque ce que j'ai vu, c'est la vérité.

— La vérité, c'est que tu as surpris M. Tourtel dans l'appartement de Mlle Lahure, c'est ça ? Qu'est-ce qu'il y fricotait ?

Le gamin fixa ses galoches.

— D'abord, je ne suis pas sûr que c'était M. Tourtel. J'ai dit que c'était lui parce que je l'aime pas, mais croix de bois, croix de fer, il y avait quelqu'un chez Mlle Lahure ! Il fouillait partout sans bruit, il tenait une lampe de poche et une grande ombre gigotait sur le mur, j'ai cru que c'était un fantôme, marmonna Toussaint.

— Il a pris quelque chose ?

— Je n'sais pas. J'ai eu peur, j'ai couru dans l'escalier.

— Quand était-ce ?

— Mercredi soir, la veille du jeudi où y a pas d'école.

Jeremy lui lança la pièce et attrapa la rue Saint-André-des-Arts, persuadé que le gamin l'avait emberlificoté. Cependant, s'il disait vrai, à qui appartenait cette ombre ? Que cherchait-on chez Mlle Lahure ? Tourtel, Pélissier, M. Abel étaient-ils impliqués ? Louis Delorme avait-il mis fin à ses jours ? Qui lui avait volé ses notes d'enquête ? Personne ne pouvait se douter qu'elles se trouvaient à l'intérieur de son cartable à musique. Et Carmela Serrano, introuvable depuis plus d'une semaine, où était-elle ? Cette dernière pensée le troubla. Il envisagea une nouvelle éventualité à laquelle il n'avait pas réfléchi jusqu'à cet instant : Carmela Serrano ! Cette domestique pleine d'animosité envers Mme Lequindre s'était-elle carapatée après avoir supprimé la vieille dame ?

Il observa le manège d'une femme qui jetait des ballots dans une poubelle. Et s'ils contenaient des morceaux de cadavre découpés à l'aide d'un couteau de boucher ?

« *I am crazy !* Chasse de ton esprit ces visions morbides, c'est impossible, Carmela n'a pas le gabarit ! »

Quai des Grands-Augustins, un cycliste le frôla. Tourtel ? Jeremy fit un effort pour déterminer quel jour il avait taché son pantalon…

« C'était quand je suis allé au Luxembourg rencontrer Lucien Ricou. Voyons… deux trois jours après le départ de Mme Lequindre à la campagne. En ce cas, comment Tourtel s'est-il entretenu avec elle ? »

Il se hâta d'enquiller la rue Séguier. Il s'aperçut qu'il n'avait pas téléphoné à Sammy.

La rue Guisarde grouillait de permissionnaires en goguette, le col d'une bouteille dans une main, l'épaule d'une racoleuse dans l'autre. Jeremy bouscula un couple bramant *Lilas blanc* et, sans prêter attention aux quolibets dont il était l'objet, accosta son immeuble.

Avant même d'atteindre le palier, il vit l'enveloppe sur son paillasson. Il n'y avait pas de timbre, juste son nom, Jeremy Nelson. Il déchira le rabat et déplia une feuille de cahier.

*Samedi 17/10. En ville, 18 h 30*

*Cher monsieur Nelson,*

*Je me suis cassé le nez chez vous. J'ai retrouvé différents documents dans le fouillis de ma piaule, ils vous intéresseront. Ils concernent le thème de vos recherches,* Le Pégase *et Renée Lequindre. Pouvez-vous venir à mon domicile, demain en fin de journée ? Téléphonez-moi chez Mimi et Charlot pour me faire part de l'heure de votre passage, je m'y arrête toujours en revenant du Luxembourg. Bien amicalement, Lucien Ricou.*

Il ôta ses chaussures, sa veste, son chapeau et, après avoir bu un verre d'eau, décida d'explorer lui aussi les profondeurs de son appartement, dans l'espoir de retrouver ses notes avant d'aller chez Lucien Ricou. Il en oublia derechef d'appeler Sammy.

Il eut beau retourner ses possessions chambre après chambre, étagère après étagère, il demeura bredouille. Épuisé, découragé, il se laissa choir sur son lit. La sonnerie du téléphone le fit tressaillir.

— Alors, m'sieu Nelson, je compte pour du beurre ? Vous deviez me téléphoner, j'ai poireauté pour des prunes !

— Excuse-moi, Sammy, des tas d'imprévus à régler. Je vais encore t'énerver, mais il faut absolument que tu fasses un détour au théâtre des Variétés pour vérifier les assertions d'Abel Lochard. Tu es disponible ?

— Tout de suite ? Non mais, vous avez vu l'heure !

— Demain, pas aujourd'hui. dit Jeremy.

— Bon, bon, ça va, je vais y aller, mais vous n'y couperez pas, j'exige d'être mis au parfum !

— Merci. Il y a de la friture, je ne t'entends plus.

Jeremy raccrocha. Au moins, il était débarrassé de Sammy pour un temps.

# 19

*Dimanche 18 octobre, fin de journée*

Jeremy émergea du métro place de l'Europe. Il plissa les paupières, aveuglé par le bref éclat d'un rayon de soleil. Au-dessus des toits de la gare Saint-Lazare s'étirait un cheval aux ailes déployées. Jeremy se rappela combien il aimait jouer à voir des formes insolites glisser dans le ciel lorsqu'il était enfant. Le nuage malmené par la brise s'effilocha en une longue traînée blanche. « *Pégase... Pégase...* » chantonna-t-il, laissant ses doigts courir le long des grilles qui surplombaient les voies ferrées. Il s'appuya à la rambarde métallique du pont de l'Europe, embrassant des yeux la tranchée luisante taillée entre les hautes maisons grises. Il s'attendait à voir surgir de l'ombre une locomotive sifflant à toute vapeur. Des relents de charbon imprégneraient l'atmosphère, la fumée noierait les rails, survolerait les jardinets arrimés au sommet des pentes herbeuses. Une peinture de Caillebotte.

Une vibration se propagea le long des croisillons, pénétra ses mains, ses bras, sa poitrine. Un train déboucha d'un tunnel. Il compta les wagons, perdit pied. En lui, l'œil du poète imaginait un convoi de boîtes en fer-blanc remorquées par un énorme cheval mécanique expectorant de la fumée. *Pégase... Pégase...* La bête hennissait, s'empourprait, se plaquait au flanc d'une motrice fumante, peinture de guerre pour cheval de fer.

Il était en avance. Il longea la rue de Rome où il flâna devant les devantures des luthiers et autres marchands d'instruments de musique. La vue d'un saxophone le ramena dans le Brooklyn de sa jeunesse, hypnotisé par un homme-orchestre arpentant le pont sur l'East River. Vêtu d'un costume de velours à grelots, il soufflait dans un harmonica, taquinait un banjo et actionnait grâce à des bandoulières une grosse caisse chevillée à ses épaules, tandis que des cymbales fixées à ses genoux rythmaient ses pas. Derrière lui, un « minstrel au visage noir » coiffé d'un canotier tirait des sons aigus d'un saxophone soprano. Jeremy était tellement captivé par le jazz style New Orleans des deux musiciens que sa mère avait dû s'arc-bouter pour le traîner sur la rive opposée. Depuis ce temps, la musique n'avait cessé de le fasciner.

Rue de Madrid, il longea un bâtiment qui ressemblait à un lycée. Parmi les élèves masculins, des jeunes filles en franchissaient le seuil, un cartable sous le bras. Il visualisa Camille quelques années plus tôt, adolescente gracile, et son cœur se serra.

Lucien Ricou fit une pause sur le troisième palier, le souffle lui manquait. Encore un étage.

Il poussa la porte. Le logement n'était qu'un foyer mort. Il ôta ses souliers, entrebâilla la fenêtre. Il était épuisé et cependant il allait et venait de la cuisine à la chambre, en marmottant des mots incohérents. Le crépuscule noyait les ombres, il n'avait pas faim. Depuis sa rencontre avec Jeremy Nelson, la nostalgie était revenue à l'assaut. La famille du spectacle se dispersait au vent.

Tous disparus ! Ses amours, ses amis, il ne les reverrait plus. Il regrettait ces beaux jours d'antan sous les feux de la rampe, ces jours de joie auprès de Richard, son partenaire. Désormais, entre eux, béait un vide infini qu'il n'avait pu combler. Brutalement, il réalisait que la souffrance l'escorterait jusqu'au bout. Il ne formulait qu'un souhait, s'en aller sans histoire. Il s'assit à la table, la tête un peu penchée, le regard flou. Une vague d'autoapitoiement l'envahit. Du passé ne demeurait qu'un gouffre au fond duquel gisaient ses espérances. Le silence régnait sur sa chambre et sa vie.

Il contempla l'enveloppe contenant les documents collectés à l'intention de l'English si sympathique, saisit un crayon, y inscrivit *Jeremy Nelson* et la glissa dans une poche de son veston.

Perdu dans ses pensées, il entendit un bruit qui venait de l'étage, suivi d'un grattement à la porte.

M. Nelson, déjà ? Non, il venait à peine de téléphoner. Un voisin ?

Lucien Ricou se leva.

L'immeuble de Lucien Ricou évoquait un pochard qui marchait de guingois. Les deux premiers étages s'inclinaient vers la droite, le troisième et le quatrième optaient pour la gauche, les mansardes et la toiture hésitaient, mais leur verticalité paraissait précaire.

Jeremy traversa le hall, jeta un coup d'œil sur la cage d'escalier. Par curiosité, il s'engouffra derrière une porte vitrée qui donnait sur un jardinet suspendu au-dessus des voies ferrées de la gare Saint-Lazare.

« Drôle de baraque. D'un côté, on foule un rez-de-chaussée, trois mètres plus loin, on se retrouve au sommet d'une falaise ! »

Il revint sur ses pas, examina les boîtes aux lettres ; il lui faudrait grimper au quatrième, porte D. Il s'amusa un instant à imaginer la vie des locataires, *Samson*, *Mortier*, *Gagnage*, *Follin-Trabillac*, puis renonçant à être un dieu omniscient, abandonna ces inconnus à leur sort et entama son ascension. Il jugea préférable de ne pas actionner la minuterie, bien que l'escalier fût sombre. À mesure qu'il montait, des sons et des odeurs s'échappaient des appartements comme de boîtes en carton. Choux de Bruxelles, hurlements d'un nourrisson, lessiveuse crachant sa vapeur, rôti brûlé, couple se disputant, trilles d'un oiseau en cage, gramophone distillant une valse éraillée, chocs de casseroles, pommes de terre sautées, galop d'enfants.

Au quatrième étage planait un calme relatif. Jeremy surprit une conversation assourdie qui filtrait de la porte *D*. Il s'approcha à pas feutrés. Les voix s'amplifièrent, il y eut un fracas, suivi d'un cri étouffé. Jeremy colla un œil au trou de la serrure, s'efforçant de voir l'intérieur de la pièce, mais une clé l'obturait.

Il se redressa, retint sa respiration. Un second cri, plus strident, le glaça. Il martela la porte de ses poings. Un gémissement fusa et se mua en appel de détresse.

Jeremy recula, y alla de l'épaule. Les voisins, prudents, restaient cloîtrés. Le vantail finit par capituler sous les coups. Entraîné par son élan, Jeremy valdingua dans une chambre.

— Monsieur Ricou ?

Devant lui bâillait une fenêtre. Il se pencha, sa vue plongeait sur la voie de chemin de fer.

Quatre étages plus bas gisait un corps.

Une nausée lui coupa le souffle. Un craquement le fit sursauter, il entrevit une silhouette qui se coulait vers l'entrée. Il se précipita, le palier était désert. Un locataire ?

Il dévala les étages et se rua dans le jardinet.

Un homme à bésicles et une toute jeune fille considéraient le corps en chaussettes. La fille remuait les lèvres mais aucun son n'en sortait. L'homme aux bésicles émit une sorte de gargouillis.

— Où sont ses godasses ? murmura-t-il, cherchant ses mots. Je crois qu'il a fait le saut de la mort… Dame, quand on dévisse du quatrième étage c'est idem que de s'envoler du pont suspendu des Buttes-Chaumont.

Jeremy s'agenouilla près du corps ratatiné face contre terre.

— Pas étonnant qu'y ait des suicides. Le vide, il y en a que ça tente ! insista l'homme aux bésicles.

— Pourquoi dites-vous cela ?

— Il faut vraiment être déprimé pour se jeter par la fenêtre. Monsieur, ne le touchez pas, la police... conseilla l'homme aux bésicles.

— Qui est-ce ? demanda Jeremy, fouillant discrètement les vêtements du défunt.

Il en exhuma une enveloppe à son nom, la froissa au creux de sa main et la dissimula au fond d'une de ses poches.

— Un vieux locataire du quatrième, M. Ricou, répondit l'homme aux bésicles, il tenait un kiosque au jardin du Luxembourg.

— Comment le savez-vous ?

— Je suis le concierge. Je le connaissais depuis un bail, un type gentil, mais cafardeux. Autrefois il était artiste, il regrettait le bon vieux temps, je sentais bien qu'il en avait assez de rouler sa bosse. Il était fatigué de la vie, quoi. Alors, qu'il se soit occis, ça ne me surprend pas. Hein, Josiane, toi non plus ça ne te surprend pas ?

— Non, pépé, ça ne me surprend pas.

— Ne bougez pas d'ici, ordonna Jeremy, je vais chercher du secours.

Hanté par la vision du corps désarticulé de Lucien Ricou, Jeremy marchait au hasard. Le trottoir se dérobait sous ses jambes, une pensée absurde lui martelait le crâne :

« Si on l'avait poussé ? »

Il atteignit la terrasse d'un café et, le front moite, la gorge sèche, s'affala sur une chaise, incapable de se mouvoir davantage.

« L'a-t-on défenestré pour l'empêcher de me confier des révélations ? Le criminel a-t-il obtenu par la violence ce qu'il convoitait, ou s'est-il enfui bredouille ? »

Un serveur vint prendre sa commande, il parvint à balbutier : « Un Rivesaltes » et ferma les yeux, inconscient du temps qui fuyait.

— Vous allez bien, monsieur ? s'enquit le garçon en déposant sur la table un ballon lesté d'un liquide ambré.

Jeremy grimaça un sourire, hocha la tête et porta le verre à ses lèvres, laissant le vin emplir sa bouche et sa chaleur couler en lui. Alors, seulement, il se souvint de l'enveloppe qui portait son nom.

Elle contenait, épinglées ensemble, deux annonces concernant l'enterrement d'une jeune femme :

> Le personnel du théâtre des Variétés assistera demain aux funérailles de Mlle Pauline Réol, choriste et chanteuse d'avenir, fauchée trop jeune par la tuberculose. Au cours de cette cérémonie, Mme Renée Lequindre, digne émule de Florence Schneider, interprétera *Berceuse pour la tragédie de la mort*, de Claude Debussy.
>
> Suite à un malentendu, Mme Renée Lequindre sera absente lors de la mise en terre de Mlle Pauline Réol.

Sur un autre papier était noté, qu'en 1920 Guillaume Lequindre avait reconnu son fils Abel à la mairie du 6e arrondissement et ajouté à son testament initial un codicille en sa faveur, l'instituant héritier de ses biens immobiliers.

Jeremy posa quelques pièces sur la table, tourna le dos aux lointains minarets du Sacré-Cœur, longea, sans le voir, le lycée Chaptal aux allures de palais mauresque. Le ciel mauve capitulait sous l'assaut du crépuscule.

Les magasins de luxe, les cafés, les restaurants illuminaient la nuit, la foule des noctambules se pressait à la porte des salles de spectacles. Situé à proximité du passage des Panoramas, le théâtre des Variétés avait l'apparence d'un temple grec jadis blanc et imposant. À présent noirci par l'âge et dominé de hauts immeubles, il avait été construit au milieu d'une métropole moderne par un architecte amoureux du passé. Le boulevard Montmartre enfumé et pétaradant servait d'écrin, au numéro 7, à ce qui avait été, depuis 1807, l'une des scènes les plus appréciées des spectateurs de la capitale. *La Belle Hélène*, *La Grande-duchesse de Gérolstein*, *La Périchole*, de Jacques Offenbach, ainsi que nombre d'autres opéras bouffes, y avaient été créés, mais également des vaudevilles ou des comédies telles que *Kean* d'Alexandre Dumas et diverses œuvres de Flers et Caillavet que Sammy aurait pu citer, sans les avoir vues : *Miquette et sa mère* et *L'Habit vert*. Réjane, Ève Lavallière, Max Dearly, Albert Brasseur en avaient foulé les planches à la Belle Époque.

Deux ans plus tôt, Sammy avait arraché un billet de faveur pour une représentation de *Ciboulette*[1]. Il chantonnait *Nous avons fait un beau voyage* chaque fois qu'il devait prendre le métro ou l'autobus.

D'un pas conquérant, il s'orienta vers la caisse. Une jeune fille brune coiffée à la garçonne se limait les ongles en parcourant un numéro de *Comœdia*.

— Bonjour, mademoiselle.

Elle leva son nez en trompette et récita d'une voix monocorde :

— Ce soir, c'est relâche, répétition générale de *Mme l'Archiduc*[2].

— Je ne viens pas acheter de billet, je voudrais m'entretenir avec un responsable. Voyez-vous, je suis assistant régisseur à la Comédie des Champs-Élysées, et M. Louis Jouvet m'envoie…

1. Opérette de Reynaldo Hahn, livret de Robert de Flers et Francis de Croisset.

2. Reprise (octobre 1925) de l'opéra bouffe en trois actes d'Albert Millaud, musique de Jacques Offenbach.

— Si le pape en personne vous recommandait, ce serait inutile, y a personne pour vous recevoir, que moi !

Elle replongea illico dans la lecture de son journal. Sammy sentait l'irritation monter. Maîtrisant son énervement, il demanda :

— En ce cas, seriez-vous assez aimable pour me donner un rendez-vous ? Il s'agit d'une affaire urgente. Je dois consulter les archives.

Elle prit le temps de se fourrer un bonbon dans la bouche.

— Le mieux, c'est de vous présenter demain matin, entre dix heures et midi, et de voir la secrétaire, Mme Potier, là elle est partie.

« Rideau », pensa Sammy en s'éloignant. Il manqua bousculer une marchande de fleurs qui nouait des bouquets dans le hall.

La femme l'interpella :

— Pardon, monsieur, je n'ai pu m'empêcher d'entendre. Si vous cherchez des renseignements concernant le théâtre, vous devriez causer avec Mme Octavie.

— C'est une actrice ?

— Non, elle est dame pipi au sous-sol du *Café Brébant*, boulevard Poissonnière. Elle a été souffleuse aux Variétés, et elle a côtoyé du beau linge, elle connaît tout ça sur le bout des doigts, elle trimballe même des albums où elle a collé des photos et des coupures de presse.

Sammy fit un rapide calcul mental.

— Elle a plus de soixante-quinze ans ?

— Environ. Bon pied bon œil. Juste un petit problème avec ses oreilles, faut lui parler dans la droite parce que la gauche a été agressée par les cymbales de l'orchestre.

Sammy la remercia et se dirigea vers le boulevard Poissonnière.

La salle *modern style* du *Café Brébant* était bondée d'hommes en complet cintré et de femmes aux robes courtes et colorées. Sammy commanda un petit noir au zinc, l'expédia puis gagna les toilettes. Il s'attendait à s'entretenir avec une maigre septuagénaire à cheveux blancs, et fut surpris de se heurter à une courte créature alerte, teinte en blond, portant chignon postiche et jupe longue retroussée à mi-jambe, afin de passer une serpillière humide sur le carrelage.

— Madame Octavie ? lança-t-il.

Elle se redressa.

— Les messieurs, c'est gratuit, mais n'oubliez pas le pourboire, annonça-t-elle.

— En fait, je ne viens pas ici pour... J'ai besoin de m'entretenir avec vous, vous m'avez été recommandée, il paraît que vous êtes une mine d'informations concernant le théâtre des Variétés. Je travaille dans un quotidien qui...

— Ne m'en dites pas davantage, vous avez frappé à la bonne porte !

Un grand sourire éclaira son visage peu marqué de rides et trop maquillé. Elle s'assit sur une chaise derrière une table minuscule servant de support à une soucoupe emplie de piécettes et lui fit signe d'emprunter un tabouret à côté d'elle.

— Tenez, dit-elle, sortant d'un cabas deux gros cahiers qu'elle lui mit sur les genoux. Vous verrez tout ce qui concerne le théâtre depuis 1868, année où j'ai été embauchée en tant que souffleuse.

Sammy feuilleta les cahiers, dont l'un était réservé à la seconde partie du XIXe siècle. Des extraits de programmes enjolivés de fioritures, des caricatures, des entrefilets de journaux assemblés avec soin prouvaient la passion de Mme Octavie pour son théâtre. Il n'eut pas de peine à découvrir la page consacrée à la première de *La Périchole*, en 1868. Mais grande fut sa déception de n'apercevoir nulle part le nom de Mme Lequindre.

— Vous avez l'air désappointé, remarqua Mme Octavie.

— C'est que je m'intéresse à la carrière de Renée Lequindre, je croyais qu'elle avait créé le rôle de *La Périchole.*

— Qu'est-ce que vous racontez ? cria Mme Octavie, un cornet acoustique enfoncé dans l'oreille.

Sammy réalisa qu'il s'était placé du mauvais côté et dut se lever, les deux cahiers serrés sous son bras gauche tandis qu'il déplaçait le tabouret de la main droite.

— Merci, madame, chevrota Mme Octavie à une cliente, engoncée dans un manteau de chinchilla, qui venait de lâcher deux sous dans la soucoupe.

— Rapiate, ajouta-t-elle quand la femme fut sortie, ça porte du cadavre hors de prix et ça vous traite en mendigote ! De quoi devisions-nous ?

— De Renée Lequindre et de *La Périchole* en 1868.

— Ah non ! C'est la fameuse Hortense Schneider qui chantait en 1868 ! La Lequindre, cette hyène médisante, a repris le rôle en 1874. Oh, certes, elle ne manquait pas d'abattage et de talent, mais quelle langue de vipère ! Tout le monde passait à la moulinette, les artistes, les machinistes, la direction. À l'entendre, on pensait qu'ils étaient ligués contre elle et que leur complot visait à ruiner sa carrière. Elle n'était guère aimée, ni même estimée.

Sammy se rappela soudain la façon dont Jeremy lui avait décrit le portrait trônant sur le piano de la propriétaire disparue : *Renée Lequindre,* La Périchole, *Théâtre des Variétés, 1874.*

— Suis-je bête ! s'écria-t-il en se frappant le front. Et *La Belle Hélène* ?

— Même chose, d'abord Hortense Schneider, en 1864, immense succès, débuts de l'« Offenbachiade ».

— L'Offen… quoi ?

— On attribue ce mot à Alphonse Daudet, il désigne l'apogée du succès de Jacques Offenbach. L'opéra bouffe est resté deux ans à l'affiche des Variétés et repris en 1899, ça, je ne suis pas près de l'oublier, parce que la Lequindre s'est surpassée : elle a accusé de vol une jeune fille, Pauline Réol, dont elle jalousait la voix et la beauté et qu'on surnommait le Rossignol. Pauline n'apparaissait que dans les chœurs mais on lui prédisait une brillante carrière musicale. La Lequindre ne supportait pas que la troupe se soit entichée de cette débutante.

Une pimbêche à chapeau cloche entra en coup de vent et se boucla dans un des cabinets, avant que Mme Octavie eût eu le temps de lui allouer du papier toilette.

— Mais, j'en suis sûre, c'était une invention, ce vol d'un soi-disant collier de pierres précieuses, du toc à mon avis. Le mois suivant, une femme de ménage le repêchait au milieu de produits de maquillage, au fond d'une armoire, dans la loge de la Lequindre. Trop tard pour la petite Réol, elle avait été licenciée par la faute d'un journaliste minable en mal de copie qui n'avait pas trouvé mieux que de la calomnier. Quant à cette hypocrite de Lequindre, elle jubilait sous le manteau. La petite Réol a vainement cherché un nouvel engagement, elle était aux abois, rapport à son enfant, qui devait avoir cinq ou six ans.

La pimbêche à chapeau cloche surgit après avoir tiré la chaîne.

— Vous avez du culot de réclamer une pièce alors qu'il n'y a aucune commodité dans vos waters ! fulmina-t-elle.

— Madame, répondit Mme Octavie sans se démonter, même si l'on est pressée, ce qui semble être votre cas, on prend le loisir de se munir de ce que je vous ai proposé. Nous sommes chez Brébant, ici, pas dans un troquet quelconque équipé de papier journal ! Le papier journal ça laisse souvent une mauvaise impression !

Elle agita des feuillets roses translucides et précisa :

— Brébant les importe par paquets d'Amérique, ils savent vivre, là-bas. Chez eux, l'hygiène n'est pas de la broutille.

— Vous pouvez vous brosser pour le pourboire ! Je me plaindrai !

— Ma chère, vous devriez achever votre toilette dans la cabine qui crache de l'eau.

La pimbêche décocha un regard noir à la dame pipi, lui arracha les feuillets des mains et retourna se cloîtrer. Quand elle réapparut, elle jeta avec mépris une obole dans la soucoupe.

— Pauvre de moi, c'est comme ça toute la sainte journée, soupira Mme Octavie. Où en étions-nous ?

— Au renvoi de Pauline Réol.

— Beaucoup plus tard, j'ai appris d'une amie qui était figurante au Châtelet que Pauline Réol avait une sœur aînée, veuve d'un militaire, Augustine Wagner, premier accessit de violoncelle au Conservatoire, assez réputée dans le milieu artistique, elle s'est retirée de la vie publique et vit de ses leçons particulières. J'ai retenu son nom de famille parce que c'est celui d'un compositeur allemand qui a provoqué des manifestations antigermaniques pour la première d'une de ses œuvres à l'Opéra de Paris, en 1891. Fière de porter le même patronyme, Augustine Wagner se vantait d'avoir joué dans l'orchestre ce soir d'émeute. Charles Lamoureux dirigeait *Lohengrin*, Augustine y a gagné son sobriquet.

— Quel sobriquet ?

— *Lohengrin.* À cause de Wagner, pardi !

— Je suis nul en musique, marmonna Sammy.

— *Lohengrin* est l'œuvre de Richard Wagner, voyons ! s'exclama la dame pipi, agacée.

Elle reprit calmement :

— Vous connaissez la *Marche nuptiale* ?

— Ah ça oui, tout le monde connaît.

— Eh bien c'est dans l'acte trois de *Lohengrin.*

— Vous savez où habite cette Augustine Wagner ? s'enquit Sammy d'un air indifférent. J'ai un ami qui recherche un bon professeur, elle exerce toujours ?

— Je ne suis pas le Bottin ! rétorqua Mme Octavie. Si ça vous intéresse, cette dame possède un autre sobriquet : *Mme Marteau.*

— Pourquoi ? Elle a la caboche ébréchée ?

— Elle enseigne à la manière d'un adjudant-chef : « Comme des petits marteaux, les doigts », serine-t-elle à ses élèves.

Sammy la remercia vivement et ne manqua pas de verser quelques pièces dans la soucoupe avant de se précipiter vers les urinoirs.

Debout sur la plate-forme de l'autobus, Jeremy ignorait le nombre de rues et d'avenues qu'il avait parcourues, il était épuisé.

L'autobus emprunta le pont Saint-Michel. À droite, à gauche, se déroulait le panorama de Paris, la silhouette de Notre-Dame se découpait sur le ciel lapis-lazuli.

Il sauta du bus place Saint-Sulpice. L'église égrena dix coups. Le quartier était presque désert, seul un clochard ronflait sur un banc. Parmi les magasins de bondieuseries plongés dans l'obscurité, une boutique mal éclairée offrait le spectacle d'un ouvrier réparant un sommier cerné de fauteuils éventrés.

Un quart d'heure plus tard, Jeremy s'enquilla rue Guisarde et grimpa chez lui.

Un rai de lumière au-dessus du paillasson freina son élan. Il introduisit prudemment sa clé dans la serrure, une résistance lui apprit qu'une clé enfoncée de l'intérieur s'opposait à la sienne.

— Qui est là ? gronda-t-il.

La serrure fut débloquée, la porte libérée et entrebâillée. Il aperçut une valise au milieu de l'entrée. Passant la tête derrière le battant, il vit Camille blottie dans l'étroit espace.

— Coucou ! Je suis rentrée plus tôt que prévu, j'espère que ça ne te dérange p…

Elle ne put en dire plus, déjà leurs bouches s'étaient jointes en un long baiser.

Il l'attira dans la clarté.

— Tu es rayonnante, on ne croirait pas que tu as fait un si long voyage. Mais pourquoi ce *come-back* inopiné ? Une semaine d'avance ! Ton amant anglais t'a quittée pour une autre ?

— Tu es jaloux ! Il paraît que tonton Victor l'était, lui aussi, et empoisonnait Tasha avec ses soupçons.

— Jaloux, moi ? Fadaises ! Jamais tu ne lâcherais la proie pour l'ombre, je suis un trop beau parti, talentueux, séduisant, riche, et tu m'as dans la peau !

Il l'embrassa de nouveau avec fougue. Elle le repoussa en lui appliquant des tapes sur les mains.

— Brute, tu m'étouffes ! Écoutez-moi ce crâneur ! Un nez digne de Cyrano, des revenus médiocres... Mais c'est vrai que je t'ai dans la peau !

Haussée sur la pointe de ses escarpins, elle lui mordilla l'oreille et souffla :

— Tu me manquais tellement... Je me suis inventé une grosse angine pour traverser le Channel, il a fallu annuler deux concerts, ils sont reportés à l'hiver.

— Ça signifie que tu repartiras ?

— Ce sera afin de mieux t'apprécier, mon enfant, dit-elle en le poussant doucement vers la chambre à coucher.

— Je projetais de ranger plus tard...

— Je me fiche de ton désordre, cow-boy !

— Jusqu'à quand restes-tu ?

— Ne t'inquiète pas, bien assez longtemps pour que les ressorts de cette paillasse protestent contre nos galipettes.

Elle pressa son index sur ses lèvres, coupant court à toute question. Elle déboutonna sa jaquette de laine puis son corsage à fleurs, en même temps que Jeremy se déshabillait, empêtré dans les manches de son veston et de sa chemise qui, apparemment victimes d'un mauvais sort, ne cessaient de s'emmêler. Il finit par arracher le tout.

— Ménage ta tenue, nous avons le temps, mon amour, murmura Camille.

— Nous en avons perdu pas mal, chuchota-t-il.

Ils se tenaient l'un devant l'autre, elle en combinaison, lui en tricot et pantalon. Brusquement insurgés contre leur *self-control*, ils s'étreignirent, basculèrent sur le lit, en bataille depuis plusieurs jours, rejetèrent draps et couvertures. De temps en temps, un article vestimentaire volait vers le sol. Nus, ils se cajolèrent, timidement d'abord, puis avec fougue. Leurs doigts s'affairaient à explorer leur intimité réciproque, remodelaient un sein, malaxaient une fesse, caressaient une épaule. Jeremy s'enhardit et entama une lente descente vers certain triangle brun où elle aimait qu'il s'aventure et où lui-même se fût volontiers noyé.

Leurs ébats les absorbaient à tel point qu'ils n'entendirent pas le téléphone sonner. En revanche, des coups de balai ébranlant le plancher leur apprirent que les locataires du rez-de-chaussée gauche n'approuvaient guère leurs retrouvailles.

— Je suis affamée, constata Camille, ramassant une couverture et l'enroulant autour d'elle.

— Je vais voir ce qui traîne à la cuisine, j'ai peur que ce soit maigre. Tu as soif ?

— Oh oui ! Tu es très salé, mon chéri.

Comme il revenait, porteur d'un plateau sur lequel il avait fourré une demi-baguette, deux pommes, du gruyère et un verre d'eau, le téléphone sonna. Jeremy posa le plateau par terre tandis que Camille décrochait. La voix furieuse de Sammy résonna dans la chambre.

— Vous êtes sourdingue ou quoi ? J'ai dû vous appeler au moins dix fois ! Vous m'expédiez sur les boulevards à pas d'heure, je m'échine à engranger des infos, et vous, vous pioncez ! Vous êtes un exploiteur, pire, un esclavagiste !

— Hello Sammy, bonsoir ou bonjour, je suis déphasée. Il est tard, me signale Jeremy. Vous avez un problème ? C'est Camille à l'appareil.

— Vous êtes rentrée ! Tout s'explique, je... Bonjour, content que vous soyez là. Vous me passez m'sieu Nelson ?

Tout en s'entortillant dans le drap, Jeremy porta le combiné à son oreille et écouta le rapport de la visite effectuée par Sammy au *Café Brébant*.

— Voilà ce que j'ai glané, conclut Sammy. Interrogez Camille, ça tombe bien qu'elle soit là : elle a étudié au Conservatoire, elle a peut-être fréquenté cette Augustine Wagner. J'espère qu'un de ces quatre vous me confierez de quoi il retourne parce que j'en ai soupé d'être tenu à l'écart ! Sur ce, bon vent, je vais me coucher.

Sammy raccrocha abruptement.

— Que tramez-vous, tous les deux ? s'enquit Camille d'un ton suspicieux.

— Un ami musicien est à la recherche d'une jeune actrice dont il est amoureux. Elle a disparu il y a deux jours après une dispute. Sammy a enquêté sur sa famille et découvert que sa mère est professeur de violoncelle, diplômée du Conservatoire, Augustine Wagner, née Réol, tu l'as peut-être croisée...

— Wagner ? Un nom pareil, je m'en souviendrais. Consulte *L'Annuaire des artistes*, ça t'évitera de courir rue de Madrid.

— Le Conservatoire se trouve rue de Madrid ? C'est drôle, je suis passé devant en allant rue de Rome...

La vision fugitive de Lucien Ricou recroquevillé sur le sol verrouilla sa gorge. Les mots de Camille lui parvenaient à travers de la ouate.

— Si cette dame Wagner exerce toujours, elle y sera répertoriée à la rubrique « professeurs ». J'ai dû ranger ce bouquin dans le secrétaire.

Elle claqua des doigts sous son nez.

— Jem ! Tu frissonnes, tu as froid ?

— Non, dit-il d'une voix faible.

Elle laissa échapper une exclamation d'impatience, se glissa auprès de lui et pressa sa nudité contre son corps. Il posa une main au creux de ses reins, le rythme de sa respiration devint plus rapide, son désir répondit à celui de Camille.

# 20

*Lundi 19 octobre*

Blotti dans la tiédeur du lit, Jeremy recensait les événements qui avaient bouleversé sa vie durant l'absence de Camille.

Ses idées s'enchevêtraient, elles dérivèrent sur le résultat de l'enquête chez Brébant. S'il était en vie, l'enfant de Pauline Réol, âgé de cinq ou six ans à l'époque du drame, devait à ce jour avoir dépassé la trentaine. À quel sexe appartenait-il ? À supposer qu'il fût au courant des causes du décès de sa mère, nourrissait-il de l'animosité envers Mme Lequindre ?

La chaleur du mystère chauffait les couvertures dont Camille et lui s'étaient recouverts après leur lutte amoureuse.

Des croquenots ébranlèrent l'escalier. Un réveil grelotta dans le logement du dessus. Des couvercles de poubelles s'entrechoquèrent. Camille s'agita, ses cheveux frôlèrent son front, il eut envie de la caresser mais y renonça et se coula hors de la couche.

Tandis qu'il s'habillait, les rumeurs de l'aube devinrent un arrière-plan musical s'accordant à ses obsessions.

« Les fils de ma vie se rejoignent à intervalles réguliers pour tisser une toile d'araignée. Chaque situation de l'existence est-elle déterminée par la volonté ou le hasard ? Hier, je suis passé sans le savoir devant le Conservatoire de musique avant d'aller chez Ricou… Ricou est mort. Et voilà que Sammy m'annonce que la sœur de Pauline Réol a étudié dans ce même Conservatoire… Avant cela… »

Il posa *L'Annuaire des artistes* sur la tablette du secrétaire. À la rubrique « Professeur », il trouva ce qu'il cherchait : Augustine Réol-Wagner, 15, rue Orfila (XXe).

> *À l'âge de six ans, Mme Augustine Wagner, née Réol, merveilleusement douée, avait commencé ses études sous la direction de M. Tournemire. Celui-ci lui aurait dit : « Vous jouez comme un petit marquis d'opéra en cravate rose. » Après son mariage avec le commandant Wagner, elle entama une carrière qui la conduisit aux quatre coins de l'Europe…*

Place Saint-Germain, Jeremy s'engouffra dans le métro. Durant le trajet jusqu'à sa correspondance, il dépouilla les journaux à la recherche d'un article sur Lucien Ricou. En les épluchant minutieusement, il découvrit qu'il ne s'écoulait pas une journée sans que l'on signalât un suicide, que ce fût à l'arme à feu, par noyade, défenestration, pendaison ou empoisonnement. Selon les quotidiens, ces comptes rendus macabres étaient classés sous des appellations pudiques : « Petits faits », « Nouvelles diverses », « Dans Paris », « Faits divers » et imprimés en minuscules.

À la quatrième page du *Petit Parisien*, il repéra un entrefilet intitulé :

> Un désespéré.
> Dans un accès de neurasthénie, M. Lucien Ricou, 71 ans, kiosquier au Luxembourg, célibataire, s'est suicidé hier après-midi en se précipitant dans le vide par la fenêtre du logement qu'il occupait rue

de Rome. La mort a été instantanée. Des témoins confirment sa volonté d'en finir.

Jeremy releva la tête. Aucune allusion à sa présence sur les lieux. Il fut soulagé, sans pouvoir toutefois se défendre d'un malaise à l'évocation du vieil homme.

« Ne te laisse pas accabler, tu n'y es pour rien. »

Il changea à la station Réaumur-Sébastopol et parcourut le couloir qui menait à la ligne 3, sans prêter attention aux réclames racoleuses plaquées le long des murs. À gauche un homme *modern style*, dynamique, torse nu, les cheveux en brosse, adressait un clin d'œil aux voyageurs en leur tendant une savonnette Monsavon. Face à lui le dodu et potelé bébé Cadum affichait un sourire angélique, sous lequel un mot signé Mistinguett affirmait : « Je ne me souviens pas d'avoir employé un produit de toilette aussi agréable. »

Place Gambetta, Jeremy s'engagea dans la rue des Pyrénées et, après la rue des Gâtines, tourna sur sa droite, rue Orfila.

Après plusieurs *ding-dong*, une fenêtre à l'étage livra passage à une tête couronnée de cheveux blancs hérissés, à demi masquée par des lunettes à monture métallique.

— Ah, c'est vous, enfin ! chevrota Mme Wagner. Je descends.

Éberlué, Jeremy entendit la femme clopiner dans un escalier. Un grincement, et il se trouva face à d'énormes yeux bleus qui le scrutaient de bas en haut derrière des verres épais.

— Autant vous prévenir tout de suite, c'est une affaire. Par les temps qui courent, un si beau volume, avec chauffage indépendant, petite cuisine et douche, en plein Paris, faut sauter dessus ! En revanche, les toilettes sont sur le palier.

Appuyée sur une canne, elle le précéda dans un corridor obscur parfumé à l'encaustique, et d'un geste l'invita à pénétrer dans une chambre encombrée de plantes grasses et de fauteuils poussiéreux. La fenêtre, voilée de tulle grisâtre, ne dispensait que peu de clarté. Sur le lit de palissandre dormaient deux chats que la venue d'un étranger fit déguerpir dans un nuage de poils.

— Vous seriez comme un coq en pâte, surtout que je suis discrète, sauf quand je reçois un élève, le matin ou l'après-midi, mais je suppose que vous travaillez.

— Oui, je suis pianiste.

Elle écarquilla ses yeux qui évoquèrent ceux d'une chouette.

— Quel heureux hasard ! Les temps sont difficiles, je n'ai que l'argent de mes leçons, et ma pension de veuve de militaire, rien de glorieux. Et pourtant, j'ai été une concertiste de renom. Vous jouez dans un orchestre ?

— Non, un *jazz-band.*

Elle recula d'un pas comme s'il l'avait souffletée.

— Oh, cette musique !... Excusez-moi si je vous choque, mais je n'apprécie guère ces trépidations sans âme, monsieur...

— Nelson, Jeremy Nelson. Voici ma carte.

— Vous n'êtes pas M. Cordier ? Vous ne venez pas pour la location ?

— Hélas non, c'est un malentendu.

— Vous auriez pu l'annoncer plus tôt ! Penser que je vous ai introduit chez moi... Je vous prie de sortir !

Il eut un mouvement apaisant et risqua son joker :

— Vous ne m'avez pas laissé l'occasion de vous expliquer. Je suis en quête d'une personne qui jadis m'a prêté une somme d'argent. Nous nous sommes perdus de vue depuis la guerre. Je crois que vous êtes sa tante. J'aimerais m'acquitter de ma dette.

Elle le toisa avec suspicion. Il n'osait persévérer dans ses allégations, ignorant si l'enfant de Pauline Réol était un garçon ou une fille.

— J'ai rarement de ses nouvelles. Mon neveu se rend souvent à l'étranger.

Appâtée par la possibilité d'un gain, elle l'invita, malgré sa défiance, à grimper au premier.

Il y régnait la même atmosphère oppressante qu'au rez-de-chaussée. Toutefois, la lumière du jour, que nul rideau ne tamisait, égayait davantage le mobilier surchargé de bibelots.

— Quand vous le verrez, dit-il, pourriez-vous être assez aimable pour l'avertir de ma visite et lui remettre ma carte ? Je lui dois quatre cents francs, mais je ne les ai pas sur moi.

Désappointée, Mme Wagner s'arrangea pour le pousser en direction du palier.

— Vous risquez d'avoir à patienter. Bom-Bom est un feu follet, toujours par monts et par vaux, c'est bien naturel quand on est, comme vous et moi, sous l'égide d'Euterpe. Dites-moi, jeune homme, comment avez-vous obtenu mon adresse ?

— Par une dame qui s'est produite sur scène il y a plus de vingt-cinq ans au théâtre des Variétés.

— Et elle s'appelle… ?

Il la fixa d'un air assuré en priant pour que le stratagème auquel il avait déjà eu recours avec Lucien Ricou fût efficace.

— Mme Lecoin, enfin il me semble, j'ai mal retenu son nom.

La femme ne cilla pas.

— Je ne connais pas de Mme Lecoin.

— À vrai dire, nous avons bavardé au cours d'une soirée musicale, nous avons parlé du chef d'orchestre Charles Lamoureux, de sa passion pour les opéras de Wagner et de la première représentation au palais Garnier de…

Elle lui coupa la parole d'un geste impatient et, du bout de sa canne, l'incita à descendre au rez-de-chaussée.

— Jeune homme, j'ai votre carte, je ne manquerai pas de conter tout cela à mon neveu le jour où il daignera se montrer.

Elle ouvrit la porte.

— Auriez-vous la bonté de vous retirer ? Mon élève du lundi ne va pas tarder.

Jeremy souleva son chapeau et fit volte-face. Il faillit percuter un moustachu rondouillard qui se présenta à Mme Wagner d'un sonore :

— Bonjour ! Je suis M. Cordier, votre chambre est toujours libre ?

Quelques mètres plus loin apparut un adolescent maussade, ployé sous un étui de violoncelle. Jeremy s'empressa de quitter la rue Orfila.

Bien que son entrevue avec Augustine Wagner n'eût débouché sur rien de concret, il était heureux d'arpenter ce quartier tranquille. Un fouillis de viornes et de sureaux jaillissait des murs décrépits. Au fond d'un jardinet, un oiseau chantait, perché sur un vernis du Japon, les vieilles bicoques aux toits de tuiles plates se maintenaient vaille que vaille, concurrencées par des constructions de six étages qui, au loin, s'élançaient à la conquête du ciel. Il eût aimé vagabonder avec Camille à travers ces ruelles provinciales aux noms de fleurs et de contrées exotiques.

Il tenta de s'orienter pour revoir le cinéma *Le Rodéo* où il avait rencontré Camille quand, seul à Paris, il courait le cachet. Ça faisait une trotte jusqu'à Belleville, mais il avait le temps.

À l'angle de la rue Sorbier, un marchand de marrons chauds, trogne rougeaude mangée par une barbe hirsute, prenait possession d'un espace étriqué entre des escaliers bordés de palissades et la devanture d'un bistrot. Il le regarda allumer son brasero et manier son soufflet, puis il poursuivit sa flânerie. Il aboutit rue de la Cloche en sifflotant la *Marche nuptiale*, sans parvenir à se rappeler si cette mélodie était extraite du *Songe d'une nuit d'été* de Felix Mendelssohn ou du *Lohengrin* de Richard Wagner.

— Lohengrin… Lohengrin… Laisse tomber, ça va te revenir.

Il allait atteindre la rue de la Bidassoa, quand il s'arrêta net :

— Mon Dieu ! souffla-t-il.

Les bras chargés d'emplettes, Adrienne Meunier revenait des magasins du Louvre. Elle avançait à l'aveuglette et rata le dernier degré de l'escalier menant à la rue de l'Hirondelle. Deux bras la maintinrent à la verticale pendant que la pile d'achats enveloppés de papier cadeau s'écroulait.

— Vous êtes en avance pour Noël ! Vous avez dévalisé une boutique ? demanda Paul Green.

Il l'aida à ramasser les paquets et désigna du menton une camionnette garée devant le 20 *bis* :

ENTREPRISE MARCEL LANLONT

— Ils sont revenus, annonça-t-il d'une voix altérée. M. Tourtel les a appelés en urgence, il était furieux, sa bicyclette faisait du pédalo au sous-sol.

— Qui a-t-il appelé ? s'enquit Adrienne, soucieuse de l'état de ses acquisitions.

— Les maçons. Il y a une malfaçon, une dalle de ciment s'est effritée, ils sont en bas.

— Mince, mon chat ! J'ai oublié de le boucler…

Elle courut se délester dans la loge et se précipita vers la porte de la cave, criant : « Diego ! Diego ! »

La silhouette du patron de l'entreprise Lanlont se découpa dans le chambranle.

— Moi, c'est Marcel, pas Diego, déclara-t-il en souriant.

— Que fabriquez-vous ici ? Les travaux étaient terminés !

— Il y a eu un problème, ma petite dame, ce doit être à cause des infiltrations d'eau. On a repéré une grosse fissure dans le revêtement de ciment, on en a descellé deux bons mètres.

— Quoi ? glapit Adrienne.

— Ça arrive, ces choses-là, c'est une vieille bâtisse, ici, mais n'vous bilez pas, on revient demain réparer les dégâts, on n'en a pas pour plus de deux jours. Ah ! Je vous préviens, si vous vous aventurez près des canalisations, attention, la minuterie est débranchée.

Effondrée, Adrienne contemplait les traces de boue semées en travers de la cour.

Marcel Lanlont porta une main à sa casquette et s'esquiva. Adrienne demeura seule au milieu des pavés, les yeux rivés à la porte de la cave qui livra soudain passage aux deux gamins Rasade chaussés de patins à roulettes. Ils déguerpirent vers le porche, Toussaint lui lança :

— M'dame, votre mistigri est dans le noir !

Adrienne réintégra sa loge, inspecta les tiroirs, dénicha un moignon de bougie et, prévoyant l'utilité d'une arme défensive pour refouler un chat récalcitrant, attrapa une écumoire.

La lueur du crépuscule filtrant de la fenêtre du premier palier peinait à se diffuser au rez-de-chaussée. La bougie allumée brandie au-dessus de sa tête, elle s'engagea dans l'escalier menant aux entrailles de l'immeuble.

Elle fit quelques pas le long du couloir central et perçut un fouissement. Elle écouta. Le souffle rauque de sa propre respiration était pareil à une porte qui grince. Elle pensa aux rats, aux araignées tapies dans l'ombre. Luttant contre le désir de remonter à l'air libre, elle reprit sa progression. Il y eut un frottement sur sa droite, tout près. Elle tourna la tête, inclina le buste et découvrit Diego occupé à gratter furieusement.

— Tu as le diable dans la peau, toi !

Diego cracha et battit en retraite.

Adrienne orienta la bougie vers un tas de gravats. Du bout de son soulier, elle en ratissa la surface où affleurait un morceau de tissu. Elle s'accroupit, tira doucement dessus mais ne parvint pas à l'extirper. Elle posa l'écumoire, planta la bougie et piocha à pleines mains. Ses doigts palpèrent une surface glacée, une odeur nauséabonde émanait des débris éparpillés. Elle frissonna et réprima un gémissement quand elle comprit de quoi il s'agissait. Mme Lequindre, les lèvres retroussées sur ses gencives, la contemplait fixement.

Adrienne se figea, ses nerfs et ses muscles refusant de lui obéir. Un craquement au bout du couloir la tira de sa paralysie. Au même instant des pas crissèrent dans son dos, elle vit se projeter sur le mur l'ombre d'une paire de jambes. Elle se rejeta vivement en arrière, la flamme de la bougie grésilla, ce fut le noir.

Les paumes plaquées au visage, elle se recroquevilla, tendit l'oreille, sensible au moindre bruit. Une paix irréelle planait sur le sous-sol. Le faisceau d'une lampe de poche troua l'obscurité d'un halo jaune. Elle écarta les doigts. Aveuglée, elle ne distinguait qu'une silhouette massive.

Luttant contre la nausée, elle se força à se relever. Sous le coup de la panique, elle s'empara de l'écumoire et la lança au jugé. La lampe de poche tomba, éclairant le plafond voûté.

Adossée à la cloison suintante, elle se glissa pouce après pouce vers la seule issue possible. Son pied dérapa, sa chaussure fut trempée, la flaque émit un gargouillis. Son mollet s'enlisait lentement dans la boue lorsqu'une main s'abattit sur son épaule. Elle lança les bras de tous côtés pour se cramponner à quelque chose mais elle n'arriva pas à retrouver la terre ferme.

Elle inspira lentement, puis expira. Elle sentit qu'on la soulevait.

Elle se dégagea en hurlant et fonça à tâtons le long du couloir central. Elle allait atteindre l'escalier quand on lui emprisonna les poignets.

Elle devint hystérique, balança son genou en avant. Un grognement de douleur fusa, suivi d'un bruit de chute. Elle escalada les marches à quatre pattes, s'écorcha le genou, se releva, se jeta dans la cour et, sous la lueur tremblotante du réverbère, heurta de plein fouet une forme drapée dans une cape noire, un béret enfoncé jusqu'aux sourcils, plus livide qu'un vampire.

— Allez-vous-en ! hurla Adrienne, chez qui la peur avait cédé la place à la fureur.

— Mais, madame Adrienne, c'est moi, M. Abel. Je suis Erik, le Fantôme de l'Opéra[1]. Je reviens de la matinée de gala du film.

À cet instant, Raymond Tourtel jaillit du vestibule, talonné de près par Paul Green.

— J'ai entendu brailler, vous aussi, hein, monsieur Green ?

Adrienne recula, trébucha et se serait étalée si Paul Green ne l'avait reçue dans ses bras.

— Madame Lequindre... Dans la cave... Morte, baragouina-t-elle.

Paul Green secoua la tête.

— La cave ? J'en viens, les maçons ont déjà recouvert les trois quarts de la surface.

— Ah je vous jure, les bonnes femmes ! Dès qu'il y a une souris qui cavale, elles perdent leurs nerfs, c'est fou ce qu'elles vont imaginer, grommela Tourtel.

Adrienne resta muette, elle en venait à douter de ce qu'elle avait vu, là, en bas, dans la cave, puis elle se révolta :

— Alors c'est ça ? Mais avouez-le, que je déraille ! aboya-t-elle d'une voix chevrotante. La vérité ne deviendra pas une erreur parce que vous êtes des chiffes molles, des faux jetons, des... des... Je vais au commissariat des

1. Film muet américain tiré du roman éponyme de Gaston Leroux, avec Lon Chaney dans le rôle principal.

Grands-Augustins, qui m'accompagne ? Vous, monsieur Tourtel ?

— Chez les cognes ? Merci, sans façon, il faut que je monte, la patronne m'attend, répliqua Tourtel.

Poings sur les hanches, Adrienne examina tour à tour les trois hommes.

— L'Invincible Armada, jeta-t-elle d'un ton méprisant.

Elle leur tourna le dos et rallia le porche. Paul Green la rattrapa, l'empoigna par les épaules et la secoua.

— Dans cet état ? En savates ? Vous avez eu des hallucinations, vous êtes surmenée, madame Adrienne, vous savez pertinemment que Mme Lequindre séjourne à la campagne. Tout ce que vous allez gagner à cette démarche, c'est que les flics vont nous prendre pour des cinglés et nous fourrer à Sainte-Anne.

— Ah je délire ? Eh ben, on va le savoir ! cria Adrienne en se dégageant.

Elle se précipita vers l'extérieur, Paul Green à sa poursuite. Ils parcoururent la moitié de la rue de l'Hirondelle, où les gamins Rasade s'offraient des dérapages contrôlés sur leurs patins à roulettes. Toussaint Rasade buta sur un trottoir défoncé et s'étala. Adrienne pila. Paul Green allait la rejoindre quand un appel retentit :

— Paul, arrête ! J'ai parlé à Mme Wagner !

Hors d'haleine après une course folle qui l'avait mené de l'arrêt du bus au sommet des sept marches, Jeremy se profilait à l'extrémité de la rue de l'Hirondelle.

— Paul ! Je sais ce que tu as fait !

Paul Green opéra un demi-tour menaçant et, la bouche déformée, fonça comme un chien de combat. Il allait atteindre Jeremy quand M. Abel, cape sombre déployée, lui coupa la retraite.

Dérouté, Green jaugea sa situation, il se trouvait pris en étau. Il sauta jusqu'à l'entrée du 20 *bis*, bousculant violemment Tourtel au passage. Suant, soufflant, il se hissa d'étage en étage et, repérant une porte entrebâillée, se barricada dans le logement de M. Abel, qu'il verrouilla de l'intérieur. Déjà, des coups ébranlaient le battant. Il avisa des étagères surchargées de livres et de revues. Les forces décuplées, il entreprit de les empiler pour bloquer l'accès à l'entrée. Au moment où il allait prélever une troisième fournée de bouquins, un pan de la bibliothèque s'écroula, l'assommant du poids d'un siècle de littérature fantastique.

*Mardi 20 octobre au matin*

Jeremy ouvrit la fenêtre pour contempler la rue Guisarde. Le marché Saint-Germain battait déjà son plein. Il se pencha en entendant l'appel d'un crieur de journaux :

— DERNIÈRE NOUVELLE ! DEMANDEZ *LE PETIT PARISIEN* ! LE CRIME DE LA RUE DE L'HIRONDELLE. L'ASSASSIN PASSE AUX AVEUX !

Jeremy coinça l'espagnolette et revint s'asseoir à la table couverte de paperasse et de journaux de la veille. Les gros titres s'étalaient en première page. Il avala un cachet d'aspirine avec une gorgée de café, attrapa l'un des quotidiens et se mit à lire :

> DERNIÈRE ÉDITION DE PARIS
> *L'INTRANSIGEANT* lundi 19 octobre
> UN CADAVRE ENTERRÉ DANS UNE CAVE
>
> Le parquet vient d'être appelé à constater un assassinat commis rue de l'Hirondelle. La victime était censée se reposer à la campagne depuis le début du mois. Il s'agit de Mme Lequindre, propriétaire d'un immeuble de quatre étages, sis à Paris, rue de l'Hirondelle. C'est en vérifiant les travaux de cimentage en cours au sous-sol que la concierge a découvert le corps de la vieille dame. Il reposait

sous une couche de terre d'une soixantaine de centimètres d'épaisseur. D'après les premières conclusions du médecin légiste, Mme Lequindre aurait été étranglée.

Jeremy se plongea dans le récit proposé par *Le Figaro* qui reprenait à peu près les mêmes termes que *L'Intransigeant.*

UN CADAVRE DÉTERRÉ RUE DE L'HIRONDELLE

Hier au soir, la police, alertée par Mme Meunier, concierge, a procédé à l'exhumation du corps de Mme Lequindre, une septuagénaire propriétaire de l'immeuble du 20 *bis*, rue de l'Hirondelle. L'assassin est-il une de ses relations ou un de ses locataires ? Le parquet a ouvert une enquête et…

Jeremy se sentait fébrile, il avait la gorge sèche. Il enfila sa veste et gagna le palier et, d'une démarche mal assurée, descendit acheter le journal du matin qui affichait la photo de Paul Green à la une.

## 21

*Mardi 20 octobre*

C'était l'heure préférée de Jeremy. Le jour s'infiltrait lentement entre les fentes des volets et redessinait en gris les contours des meubles. Lové contre Camille, il appuyait sa joue sur sa nuque. Il se sentait en sécurité, dans une bulle de tendresse, les événements des derniers jours demeuraient encore en retrait de sa conscience.

Il se glissa hors du lit. Son regard tomba sur le titre de *L'Intransigeant* de l'avant-veille étalé sur le plancher :

> J'AI SERRÉ TROP FORT,
> déclare Paul Green, l'assassin de Mme Lequindre…

Des coups résonnèrent à la porte d'entrée. Jeremy jeta un coup d'œil à la pendule et jura. À la recherche de ses pantoufles, il repoussa le journal sous le sommier, enfila une robe de chambre et alla ouvrir. Sammy se tenait sur le seuil.

— Tu aurais pu attendre neuf heures pour nous réveiller, marmonna Jeremy.

Il alla réchauffer du café et le versa dans des bols.

Peinant à garder les yeux ouverts, Camille le rejoignit. Ils louchèrent vers les croissants apportés par Sammy.

Les cheveux en bataille, celui-ci posa les quotidiens du matin sur la table.

— J'ai pensé que ça vous intéresserait, dit-il, mais vu votre état comateux… C'est en première page, ça s'intitule :

IMBROGLIOS RUE DE L'HIRONDELLE

— On t'écoute, grommela Jeremy, la bouche pleine de croissant.

Sammy lut à haute voix :

> Lors de la perquisition de l'immeuble sis au 20 *bis*, rue de l'Hirondelle, les enquêteurs ont découvert un deuxième cadavre dans un appartement provisoirement inoccupé. Il s'agit du corps de Mlle Carmela Serrano, femme de ménage. Près d'elle, bien en évidence, était posée une ménagère contenant un service de couverts en argent qui, selon le témoignage de Mme Meunier, la concierge, appartenait à Mme Lequindre. Le commissaire et le juge d'instruction ont constaté que Mlle Serrano ne portait aucune trace de blessure, ni hématomes ou stigmate de strangulation. Les yeux ouverts aux pupilles dilatées dénotaient une intense frayeur.
>
> Sous l'injonction du procureur chargé du cas de Mme Lequindre, il a été procédé à l'autopsie de Mlle Serrano. Le médecin légiste a conclu formellement à un arrêt du cœur. Les doutes concernant l'éventuelle culpabilité de Green sont provisoirement levés.

Sammy releva la tête et demanda :

— Vous y croyez, à l'arrêt du cœur ?

— Pauvre femme. Elle a dû se faire surprendre, elle en est morte d'émotion, murmura Camille.

— Qu'est-ce qu'elle fricotait dans l'appartement de Mlle Lahure ? dit Jeremy, la mine sombre.

— Mlle Lahure ! La bonne amie du tueur de rats de la rue Quincampoix ? Vous m'avez dissimulé qu'elle est domiciliée rue de l'Hirondelle ! Ah c'est beau, la confiance ! s'exclama Sammy.

— C'est un cachottier, marmotta Camille.

— Moi ! Grands dieux, non, je suis réservé, c'est tout, protesta Jeremy.

Sammy ricana.

— On me tient à l'écart en me débitant des craques sur la confiance !

Sa voix montait dans les aigus.

— Vous aviez juré de me mettre au parfum.

— Que raconte l'autre journal ? demanda Jeremy.

Sammy s'éclaircit la gorge.

> Dernière heure
>
> REBONDISSEMENTS DANS L'AFFAIRE GREEN
>
> S'il a été mis hors de cause en ce qui concerne Mlle Carmela Serrano, Paul Green, l'assassin de Mme Lequindre, devra répondre d'un autre décès : celui d'un nommé Louis Delorme, lui aussi locataire du 20 *bis*, rue de l'Hirondelle, dont les origines de la mort laissent planer des incertitudes. Il y a une dizaine de jours, M. Louis Delorme, étudiant en pharmacie, a chuté du toboggan installé au sein du Parc des attractions à l'exposition des Arts décoratifs, et la police a conclu au suicide. Suite à une plainte de la mère du défunt, le parquet va procéder à l'exhumation de son corps à fin d'analyses au laboratoire médico-légal. Il faut avouer que trois morts dans le même immeuble en un laps de temps si court soulèvent de nombreuses questions. Que révélera l'autopsie ?

Sammy releva la tête et dit :

— Qu'en pensez-vous, m'sieu Nelson ?

— Rien.

— Avec un tel raisonnement, je m'interroge. Comment avez-vous deviné que Green était coupable ? grogna Sammy.

Jeremy lui dédia un sourire.

— Question très pertinente, mon vieux. C'est grâce à toi. J'ai suivi les indications que tu as soutirées à la dame pipi, chez Brébant. J'ai dévidé le fil rouge qui m'a mené à la sœur de Pauline Réol, Augustine Wagner, ironiquement rebaptisée *Lohengrin*. Après le décès de Pauline Réol, Mme Wagner est devenue la tutrice légale de son neveu, un garçon de cinq, six ans surnommé Bom-Bom. Elle a pris soin de lui, l'a attelé aux études musicales.

Camille lui lança un regard entendu et dit :

— Passionnant. Tu as l'art d'extorquer les confidences de séduisantes inconnues.

— Et alors, pas plus que moi, murmura Sammy.

— Tu sais, ma chérie, je dois ces déductions à mon brillant intellect. Mme Wagner est du genre laconique, elle a juste évoqué *Euterpe*, j'en ai déduit…

— Euterpe ? Qui c'est, celui-là ? bougonna Sammy.

— La déesse qui préside à l'art musical. La flûte est l'un de ses attributs.

— Quel rapport avec la culpabilité de Green !

— Bom-Bom était à coup sûr musicien. Ce sobriquet m'a remis en mémoire un système de doigté qui a révolutionné l'acoustique de certains instruments à vent. Paul m'avait souvent vanté son inventeur, Theobald Boehm, qu'il prononçait *Bom*, un facteur-compositeur allemand qui a créé la flûte traversière et a adapté son système à la clarinette. Marcher au grand air m'a oxygéné les neurones. Je sentais que je touchais au but. Inconsciemment, j'ai fredonné la *Marche nuptiale* de Lohengrin. Je me suis répété « Lohengrin », puis la dernière syllabe s'est détachée, « Green » ! Tout collait, l'âge, l'instrument à vent, Euterpe.

Des coups résonnèrent à la porte. Camille alla ouvrir.

— C'est le facteur, dit-elle. Il faut que tu signes.

Jeremy revint, une lettre entre les doigts.

— Je suis convoqué après-demain au quai des Orfèvres.

# 22

*Mercredi 21 octobre*

Raymond Tourtel et Thierry-Quentin Pélissier s'échappèrent les premiers du bâtiment de la préfecture de police. Jeremy était bon dernier, le nez plongé dans un journal.

— Y a de quoi se casser la margoulette ! marmotta Pélissier en le désignant.

— Quand on pense que son copain le joueur de flûte est un étrangleur ! s'indigna Tourtel. Et on affirme que la musique adoucit les mœurs ! Vous croyez que les flics vont nous cuisiner de nouveau ?

— J'espère bien que non, j'ai raconté ce que je savais. De toute façon, l'enquête est bouclée, Paul Green aussi, il n'y a plus qu'à attendre le procès. Eh ! Monsieur Nelson, votre copain, il dort dans quelle prison ?

— À la Santé, marmonna Jeremy.

Pélissier lui tapota l'épaule.

— Allez, monsieur Nelson, c'est la trêve, venez trinquer avec nous, on a besoin d'un remontant, je vous offre un verre, les traînards nous rejoindront chez Rasade.

Ils s'engagèrent sur le pont Saint-Michel.

Adrienne Meunier observait le bâtiment du saint des saints. L'accueil dans les bureaux du 36, quai des Orfèvres était loin de la solennité qu'elle avait imaginée.

« Un commissariat de police plus spacieux, voilà tout, c'était bien la peine que je me mette sur mon trente et un ! »

En dépit de son antipathie à l'égard de Mme Lequindre, elle lui dédia une pensée reconnaissante, après tout, n'était-ce pas grâce aux vilaines magouilles de la défunte et à ses « petites économies de l'armoire » qu'elle, Adrienne Meunier, concierge de son état, était désormais à l'abri du besoin ? Terminé le gardiennage, adieu poubelle, adieu balai ! Elle allait louer un appartement dans un joli quartier, près d'un parc, pourquoi pas le Luxembourg ? Elle utiliserait son temps à farnienter. Elle s'offrirait des toilettes, des produits de beauté, une automobile…

« Comme l'a enseigné un ancien sage chinois : *Recevoir et donner sont les plis d'un même vêtement.* Qui m'a enseigné ça ?... Ah oui, M. Green. Dommage, il me plaisait bien, celui-là. Bah, il y aura d'autres rencontres. »

— Bonsoir, madame Meunier. Nous nous sommes croisés à maintes reprises rue de l'Hirondelle. Avez-vous signé votre déposition ?

Elle se retourna. Un homme élégant, en complet noir, le feutre à la main, s'inclina devant elle.

— Monsieur Max ! Je ne vous avais pas reconnu ! Ils vous ont convoqué, vous aussi ?

« Il a de faux airs de Félix le Chat », jugea-t-elle.

— Permettez-moi de vous raccompagner, proposa-t-il en indiquant une Packard garée le long du quai.

Sa tessiture de baryton, sa mise distinguée plaisaient à Adrienne. C'était le genre d'homme pour lequel elle était prête à mitonner un bon dîner deux ou trois soirs par mois. Il s'installa au volant, eut un mouvement du menton vers le livre qu'elle venait de poser sur ses genoux.

— Que lisez-vous ?

— Un roman d'amour.

— « L'homme a toujours besoin de caresse et d'amour » a écrit Alfred de Vigny.

— La femme aussi, murmura-t-elle.

« Oh, regarde-le, il réfléchit. Tu ne devrais pas lui montrer que tu es intelligente, les hommes détestent ça ! »

Il mit le moteur en marche.

— Monsieur Max, vous aimez les chats ?

— Autant que du Bellay encensait son Belaud :

*C'était Belaud la mort aux Rats,*
*Belaud dont la beauté fut telle,*
*Qu'elle est digne d'être immortelle.*

« Il est intéressant », décida Adrienne qui reprit :

— J'ai un matou, il s'appelle Diego.

— Comme Vélasquez qui a peint *Vénus à son miroir*, une merveille de corps féminin, dit-il en lui jetant un coup d'œil expert.

Adrienne soupira. Ce M. Max était éminemment agréable, et même plus.

— Dites, maintenant que M. Green est emprisonné, que va-t-il se passer ?

— Il sera inculpé de meurtre, il y aura un procès suivi d'une probable condamnation. Ça va faire la une des journaux, on en a pour des semaines.

— Monsieur Max, on pourrait boire un verre, non ? Je vous invite.

« Ma pauvre vieille, tu es complètement folle », songea-t-elle en ajoutant :

— À moins que Mlle Lahure ne soit à cheval sur la pendule.

— Mlle Lahure s'est amourachée d'un représentant en vins et liqueurs, c'en est fini, elle nous a plaqués.

La chaleur envahit les joues d'Adrienne ; elle voulut répondre quelque chose de gentil et s'étrangla avec délice. Jamais elle n'avait toussé d'aussi bon cœur. S'il l'avait embrassée là, sur le siège avant, elle se serait abandonnée. Si ses mains avaient glissé de ses épaules à ses seins, elle n'aurait pas dit non.

Il lui tendit une boîte de cachous.

— Servez-vous, madame Meunier. Plaisir partagé, plaisir redoublé. En ce qui nous concerne, les cachous sont un excellent remontant, parce que le mois de novembre, les feuilles mortes, la Toussaint, le jour des défunts, les chrysanthèmes, les cimetières, c'est trop mélancolique pour nous.

Ils s'attablèrent à la terrasse d'un café, rue d'Arcole. M. Max était tombé dans une profonde méditation.

— Mme Lequindre n'avait pas de cœur, Carmela Serrano fourrait son nez partout, mais ce n'est pas une raison pour les assassiner, murmura Adrienne afin de ranimer la conversation.

M. Max avala une gorgée de bière, se tamponna les lèvres du coin de sa pochette et se pencha vers elle.

— Nombre d'homicides se produisent sur un coup de sang. Nous avons baptisé cette tendance « le syndrome du pithécanthrope ». En chaque homme sommeille un prédateur.

— Je ne voudrais pas vous contredire, mais moi, je suis une femme.

— Les femmes aussi ont leurs pulsions.

— M. Green avait l'air si normal, si serviable.

— Les assassins sont des gens ordinaires, nota M. Max avant de siffler une lampée de bière.

Elle se vit le border et lui lire les romans sentimentaux de la collection *Fama* tandis qu'il s'assoupissait.

— Monsieur Max, pourquoi commettre de telles horreurs ?

— Sans doute pour éradiquer son passé.

D'une chiquenaude M. Max envoya valdinguer quelques miettes qui traînaient sur la table et contempla les piafs les disputer aux pigeons.

— Vous savez quoi, madame Meunier ? Nous finirions volontiers la soirée en votre compagnie.

Arrivés rue de l'Hirondelle, Jeremy, Pélissier et Tourtel constatèrent que le rideau de fer du restaurant était baissé.

— Zut ! Tant pis, on monte chez moi, il doit me rester des fonds de bistouille.

Ils pénétrèrent dans l'immeuble. Mathias Rasade les guettait au seuil de son arrière-cuisine.

— Les flics vous ont enfin lâchés, ce n'est pas trop tôt ! s'exclama-t-il. L'épreuve orale a été positive ?

— Reçus avec mention. Et vous ?

— Mon épouse et moi avons été convoqués ce matin. Allez, venez dîner chez nous.

— Vous régalez ? demanda Pélissier.

— C'est une surprise. Suivez-moi, on passe par-derrière, l'établissement est fermé au public.

— Je grimpe prévenir la patronne et je rapplique ! s'écria Tourtel.

Toussaint et Jeantou achevaient de mettre le couvert quand Adrienne Meunier, escortée de M. Max, fit son apparition. Adrienne s'assit entre Jeremy, plongé dans la lecture du journal, et son chevalier servant qui la couvait des yeux. La jalousie mordit le cœur de Pélissier.

— Mlle Enora Lahure n'est pas là ? s'enquit-il innocemment.

— Elle ne reviendra plus, elle déménage, rétorqua Adrienne d'un ton triomphal. Bonsoir, madame Linda, vous n'auriez pas vu mon chat ? Oh, ça sent bon, qu'avez-vous mitonné ?

— Un gigot haïtien. Monsieur Jeremy, oubliez ce canard, je l'ai parcouru, c'est terrible !

— Un canard ? On mange du canard ? interrogea M. Max.

— Tiens, il s'appelait Max, comme vous, je n'y avais pas pensé, répondit Linda en rajustant son madras.

— Un canard nommé Max ? Pauvre vieux, s'esclaffa Pélissier.

— Comment, vous l'ignorez ? Il s'agit de Max Linder, l'acteur ! Il s'est suicidé avec sa femme, c'est à la une des quotidiens ! Ce que j'ai pu rire à ses films. En revanche, je ne suis jamais allée dans son cinéma des Boulevards.

Raymond Tourtel surgit, se frottant les mains.

— La patronne m'a accordé la permission de minuit. Je téterais volontiers une anisette.

— Oh, votre pauvre épouse, vous ne voulez pas lui monter une assiette ? proposa Linda.

— Inutile, elle a un appétit d'oiseau.

— Justement, ça boulotte, un oiseau ! répliqua Adrienne. Il se laisse boire, ce petit vin, monsieur Mathias.

— Je pense bien, ce n'est pas de la piquette !

Pélissier lança sans la regarder :

— Il paraît que le théâtre de Belleville projette de monter *La Pocharde*. Moi, j'adore les drames de Jules Mary, ils finissent toujours bien, la justice triomphe. Vous approuvez, monsieur Nelson ? Vous n'êtes pas étranger à l'arrestation de votre copain le joueur de flûte, vous devez pavoiser.

— Simple spéculation, monsieur Pélissier, riposta Jeremy sans décoller de son journal. À l'origine de cette affaire, je me suis surtout intéressé à certaines lettres anonymes et, de fil en aiguille…

— Mais enfin, qui nous a réunis ici ? s'impatienta Tourtel.

— Ne vous souciez pas de ça, ce soir vous dînez aux frais de la princesse, dit Mathias Rasade.

— Je ne fréquente aucune princesse.

— Moi si, renchérit Adrienne, celle du conte d'Andersen qui ne peut pas dormir à cause d'un petit pois égaré sous une couche de vingt matelas et autant d'édredons !

— Comme vous êtes cultivée, murmura M. Max, accoudé à la table, les yeux mi-clos, inconscient des ricanements qu'il provoquait chez les enfants Rasade.

— Il ressemble à Diego, chuchota Jeantou.

— Coucou, les amis ! Levons nos verres à la probité, à la liberté et à l'intégrité de chaque locataire éphémère de notre planète Terre, ce grain de sable qui tournicote au sein de l'infini.

Ils se tournèrent vers le fond de la salle où venait d'apparaître Abel Lochard, coiffé de son inséparable béret.

— La princesse, c'est moi, brailla-t-il.

Jeantou porta les mains à son cœur et, la bouche en coin, murmura à son frère :

— Ah, princesse, dans vos bras je m'affaisse.

— J'ai déjà vu des princesses bizarres, mais ni Pablo Picasso ni Diego Rivera n'en ont peint une qui soit conforme à ce modèle, grommela Pélissier.

— On va se délecter d'un festin, parce que j'ai été convoqué chez le notaire, déclara M. Abel. Il m'a révélé que papa avait rédigé un second testament après avoir annulé le premier : je suis l'unique héritier. Elle doit se retourner dans sa tombe, la Lequindre !

D'ordinaire, une telle révélation eût engendré l'hilarité des convives, mais ce jour-là elle ne leur tirait même pas un sourire.

— C'est mal de plaisanter avec les morts, monsieur Abel. Qui est votre papa ?

— Le chef d'orchestre Will Scott. Son nom, c'était Guillaume Lequindre, répondit M. Abel, ébauchant un sourire.

— Le mari de… Non, sans blague ?

— Et ma maman, c'est Violette Lochard. Guillaume Lequindre et maman s'aimaient à la folie, c'est comme ça que je suis né. Je suis sérieux. Je vais devenir le propriétaire du 20 *bis* du haut jusqu'en bas, alors… (Son sourire s'accentua.) Les robots du monde m'ont conseillé, j'ai décidé de vous expulser.

— Foutaises ! rugit Tourtel. Je paie mon loyer, ma femme est handicapée, mon bail n'expire pas avant 1927, c'est illégal ! Monsieur Nelson, dites-lui.

Toujours plongé dans son journal, Jeremy se gratta discrètement le front.

— *Hocus Pocus Fidibus !* Je vous ai vu, tonna M. Abel, Je ne suis pas cinglé, j'ai le dossier du notaire !

Il jeta une liasse de papiers sur la table. Pélissier s'en empara.

— C'est vrai, murmura-t-il, consterné, il hérite.

M. Abel prit le temps de s'asseoir et de savourer une gorgée de son amer. Puis, il fit claquer sa langue, cligna de l'œil à Jeremy et, les épaules secouées d'un rire contenu, annonça :

— C'était une blague. Vous avez eu la frousse, hein ? Quand la succession sera réglée, je renouvellerai vos baux, seulement il faudra m'aider à déménager mon fourbi chez la momie, c'est grand chez elle, j'ai besoin de place pour mes bibliothèques.

— L'appartement est peut-être hanté.

— Le fluide de maman me protège des mauvais fantômes.

— Hou-hou-ou-ou-ou... hurlèrent Toussaint et Jeantou, galopant autour de la tablée au risque de déséquilibrer leur mère qui portait un gigot cerné de bananes vertes, frémissant dans le jus d'un énorme plat.

Diego s'étira pour mieux s'étaler sur les chrysanthèmes. Il souleva son échine et se mordilla la cuisse. D'où venait ce fumet qui flattait ses narines ? Cette odeur alléchante n'était-elle qu'un mirage ?

Il eut de grosses difficultés à glisser son embonpoint entre les barreaux de la fenêtre. Dans la cuisine du restaurant, le museau dilaté, il humait d'enivrants arômes : viande rôtie ? Soudain, une salve d'applaudissements lui agressa les oreilles. Toute retraite coupée, en proie à la panique, il renversa la poubelle, se cogna contre un pied de chaise et fila se calfeutrer au fond d'un placard où il s'encastra entre le mur et le tuyau d'écoulement de l'évier.

# 23

*15 décembre*

Quittant la station place d'Italie, le métro émergea au grand air et s'élança sur un viaduc. La pluie embrumait le boulevard Saint-Jacques. Jeremy, le front appuyé contre la vitre du wagon, regardait défiler en contrebas de vastes halles industrielles ponctuées de cheminées d'usines et d'hôtels bon marché. À l'horizon, évoquant le Sacré-Cœur, la Butte-aux-Cailles et son église Sainte-Anne se profilaient dans le brouillard. Il rata sa station, descendit à Glacière et s'installa sur le banc qui courait sous une verrière semblable à une marquise de gare.

« Ce n'est pas une bonne idée, qu'est-ce que je vais lui dire ? » murmura-t-il.

Pour la énième fois, il relut l'article du journal :

AFFAIRE GREEN

> L'enquête ouverte sur le décès de M. Louis Delorme, ce jeune étudiant en pharmacie tombé du toboggan à l'Exposition des Arts décoratifs, est aujourd'hui close. Il s'agit bien d'un suicide. L'autopsie a en effet démontré que le corps ne recelait aucune substance toxique. Paul Green, l'auteur du meurtre de Mme Lequindre, soupçonné de l'assassinat de Louis Delorme, est donc mis hors de cause.

Après s'être prêté aux vérifications d'usage, Jeremy franchit le sas de la prison de la Santé. Le surveillant qui le précédait le long des couloirs l'introduisit dans un parloir meublé d'une table et de deux chaises et se retira.

Jeremy accrocha son pardessus à un cintre, posa son feutre sur une étagère et s'approcha d'une fenêtre à barreaux qui plongeait sur une cour cernée de hauts murs.

La porte se rouvrit. Escorté d'un second surveillant, Paul Green parut et s'assit.

— Vous avez une heure, dit l'homme en uniforme avant de refermer derrière lui.

Jeremy et Green se jaugèrent en silence.

— J'aurais voulu venir plus tôt, commença Jeremy, mais c'est compliqué d'obtenir un permis de visite. Tu es pâlot, tu as maigri.

— Voilà un des avantages de ce régime drastique, dit Green en souriant. Tu sais ce qui me manque le plus ?

— Non.

— Mozart… Le menuet du *Quintette pour clarinette*. Et toi, comment vas-tu ? Tu fais toujours des cauchemars ?

— Camille est rentrée.

— Veinard, tu l'as eue, ta récompense. Terminé de jouer les détectives pour combler ta solitude.

Mal à l'aise, Jeremy toussota.

— Écoute, Paul, je ne suis pas là pour parler de moi.

— Tu brûles de savoir, hein ?

Jeremy s'inclina.

— Tu as affirmé aux flics que le meurtre de Mme Lequindre n'était pas prémédité.

— Mon petit doigt m'a soufflé ce système de défense, c'est un bon conseiller. À tout casser, je risque cinq ans d'emprisonnement. À toi, inutile de raconter des bobards, tu connais mes motivations, n'est-ce pas ?

— La vengeance ?

— J'attendais mon heure depuis des années. Cette idée me tenait éveillé, la nuit. Je pensais à la vie que j'aurais pu avoir si ma mère... En général, les gens effleurent les choses du dehors sans se donner la peine de raisonner, alors que diraient-ils s'ils voyaient le dedans ? Oh, ma tante a été irréprochable, elle a subvenu à mes besoins, m'a poussé dans les études musicales, sauf qu'elle ne m'a jamais câliné, jamais demandé comment j'allais.

Green réfléchit un instant, les yeux rivés au plafond.

— Elle m'avait gratifié d'un sobriquet ridicule...

Il posa ses mains sur la table.

— Ma mère était douce, je savais que je comptais pour elle, je lui en voulais de m'avoir laissé. Et puis un jour, je devais avoir dix, onze ans, j'ai appris dans quelles circonstances elle était morte. Après ça, je n'ai plus cru en rien et j'ai imaginé le jour où je lui rendrais justice.

— Pourquoi maintenant ?

— La mise en chantier de travaux au sous-sol a été le déclencheur.

Green respirait vite, le sang avait reflué à ses pommettes. Il s'adossa à sa chaise, prit une goulée d'air et se lança.

— Le soir du 5 octobre, j'ai frappé chez Mme Lequindre sous prétexte de lui soutirer un délai pour libérer l'appartement que j'occupais depuis cinq ans. Elle a daigné m'accorder six mois de sursis car nous avions un point commun : la musique. Elle m'a même offert une tisane de sauge, c'est amer, j'ai horreur de ça. Tandis qu'elle se rendait à la cuisine pour chercher un édulcorant, j'ai drogué sa tasse avec une dose de véronal, ni trop ni trop peu. Avant qu'elle ne sombre, je lui ai expliqué qui j'étais et le sort que je lui réservais.

Green se tassa sur son siège et fixa ses ongles.

— J'ai pris mon temps, je lui ai rappelé l'époque où elle roucoulait au théâtre des Variétés. Ah les belles années fin de siècle ! Plus je lui fournissais de détails, plus son visage se décomposait. Il n'y a rien de tel que les souvenirs. Je prenais du plaisir à la regarder tandis que ses lèvres remuaient sans qu'un seul mot n'en sorte. Elle était pareille à une vieille poupée, trop fardée, pitoyable. Son foulard avait glissé de ses cheveux, je m'en suis saisi et elle a compris. Elle s'est mise à gémir, elle m'a proposé de l'argent, tout ce que je voudrais, ça m'a flanqué la rage. J'ai passé le foulard autour de son cou et j'ai serré, serré. Quand j'ai relâché mon étreinte, son corps s'est affalé sur le plancher, elle ne bougeait plus.

La main de Green frottait machinalement une tache d'encre sur la table. Lorsqu'il reprit la parole, sa voix était plus grave.

— J'étais hébété. Je suis resté prostré un moment, puis j'ai brusquement réalisé que je venais de commettre une énorme erreur. Je comptais enterrer la vieille au sous-sol juste avant que les maçons ne le cimentent, mais j'avais confondu les dates, on était le 5 octobre et les travaux ne commenceraient que le 7, j'avais deux jours d'avance ! Il fallait donc que je dissimule le corps pendant vingt-quatre heures avant de l'enterrer à la cave. Je suis allé à la cuisine boire au robinet et j'ai vu l'armoire frigorifique, ça m'a donné une idée. Je l'ai vidée de son contenu et j'y ai provisoirement camouflé la Lequindre. Ensuite j'ai récupéré ses clés d'appartement et je suis allé disperser les aliments de la glacière dans plusieurs poubelles du quartier. Pour que mon plan fonctionne, il était crucial que l'on croie que Mme Lequindre s'était absentée volontairement. Je suis remonté chez elle vers minuit. J'ai sorti le corps de la glacière, je l'ai enveloppé dans mon pardessus, j'ai jeté le trousseau de clés sous l'armoire à glace de la chambre à coucher et j'ai claqué la porte d'entrée. J'ai hissé le corps chez moi. Deux étages, c'était risqué, mais pas moyen d'y couper.

Jeremy était fasciné par la main qui s'acharnait sur la tache.

— J'ai rempli ma baignoire, enchaîna Green. J'y ai versé de bonnes doses de formol et j'ai immergé Mme Lequindre.

— Continue, dit Jeremy d'une voix sourde.

— Le 7, mes projets d'enterrement au sous-sol sont tombés à l'eau par la faute d'un crétin de maçon qui a percé une canalisation. J'étais catastrophé. Impossible de me débarrasser du corps de la vieille, impossible de le conserver plus longtemps dans ma baignoire sans éveiller ton attention à cause de cette odeur de formol. Le départ inopiné de Mlle Lahure m'a sauvé la mise, seulement j'ai dû improviser. Tu as une cigarette ?

— J'ai arrêté. Tu parlais d'improvisation…

— J'avais lu quelque part que la soude neutralise les émanations. Je m'en suis procuré chez différents droguistes. En fin de journée, tandis que Mme Adrienne était en course et que Raymond Tourtel et M. Abel réparaient Titine, je me suis débrouillé pour emprunter les clés de Mlle Lahure. Tout le monde connaissait le panneau où Mme Adrienne accrochait les doubles. Je suis monté chez moi et j'ai téléphoné à la loge. En déformant ma voix et en me pinçant les narines, je me suis fait passer pour une amie de Mme Lequindre. C'est Carmela Serrano qui a décroché. Je lui ai annoncé que sa patronne était partie à la campagne la veille.

Il poussa un profond soupir et posa sa main à plat sur la tache.

— Au cours de la nuit de mercredi à jeudi, j'ai transbahuté le corps de Mme Lequindre dans l'appartement de Mlle Lahure. Je l'ai escamoté dans une penderie et saupoudré de plusieurs couches de soude. J'ai entendu un remue-ménage à l'extérieur, je me suis sauvé en vitesse sans avoir le temps de refermer l'appartement à clé. Aux aguets sur mon palier, j'ai surpris une conversation entre Mme Adrienne, Pélissier et Louis Delorme. Ça m'a inquiété, Louis Delorme semblait avoir remarqué mes allées et venues. J'étais anxieux car tu m'avais dit l'avoir vu le matin même quitter l'appartement de Mme Lequindre. J'ai feint de m'indigner de leur chambard.

J'ai mal dormi. Je ne me sentais pas en sécurité dans mon propre lit, comme un enfant seul dans le noir. Cela t'est-il arrivé, Jem ?

— Nous sommes presque tous hantés par la peur de vivre, la peur de mourir et, la nuit, c'est quelquefois dur à supporter.

— Le lendemain, tu m'as informé avoir trouvé une prothèse dentaire dans l'escalier. Le monde s'écroulait, j'avais joué de malchance. Il y a des moments de l'existence où les ennuis vous déboulent dessus à la chaîne. L'après-midi, souviens-toi, nous étions attablés chez Rasade avec Louis Delorme, il nous a révélé avoir signé un bail de location avenue de l'Observatoire, la veille, avec Mme Lequindre. Ça m'a frappé, parce que, ce jour-là, Mme Lequindre reposait dans ma baignoire. Me mettait-il à l'épreuve ? C'est à ce moment que je me suis résolu à le mettre hors-jeu.

— Tu l'as poussé du toboggan ?

— Non. J'ai patienté, j'attendais le moment propice. L'occasion s'est présentée le lundi suivant. Mme Linda nous a invités à goûter sa choucroute dans sa cuisine. Tu sais que je dors mal, je suis un bon client des pharmaciens, j'ai en permanence un tube de véronal sur moi. Je suis allé au petit coin sous prétexte de me laver les mains, j'ai réduit des cachets en poudre, j'ai drogué la gamelle de Louis. Je souhaitais l'envoyer à l'hôpital deux ou trois jours, le temps de me débarrasser du corps de Mme Lequindre. Je ne pouvais pas prévoir qu'il serait victime d'un malaise au sommet de son toboggan. Tu dois me croire, Jem. Je te jure que je ne voulais pas sa mort, j'avais de la sympathie pour lui.

— Et Carmela Serrano ?

— Cette bonne femme était une voleuse, elle fourrait son nez partout, mais tu te trompes, je ne l'ai pas tuée, c'était un accident !

— Explique-toi.

— Le soir de la choucroute, nous avons dîné chez Rasade toi et moi, Mme Linda discutait chiffons avec Carmela Serrano, c'est là que je me suis aperçu de ma bourde : le foulard ! Je ne l'avais pas ramassé. Carmela arborait le foulard avec lequel j'avais étranglé Mme Lequindre ! J'étais affolé. Pas question que cette fouineuse se mette en travers de ma route !

Les doigts de sa main droite pianotaient sur la tache.

— J'étais à bout de nerfs, je n'en pouvais plus d'aller régulièrement chez Mlle Lahure pour vérifier que la soude masquait les remugles du corps de la vieille. J'avais hâte de m'en délivrer, mais c'était trop risqué, la terre du sous-sol était encore gorgée de flotte. Je devenais cinglé.

— Tu cachais bien ton jeu.

— J'étais coincé entre Carmela Serrano et toi.

— Tu te méfiais de moi ?

— Oui, j'étais sur mes gardes depuis que tu m'avais demandé comment j'avais su que Mme Lequindre était à la campagne. Plus tard, après le cocktail chez Caroline Dudley, j'ai été persuadé que tu me tendais un piège quand tu m'as confié que tu inventais des histoires de meurtres qui te flanquaient des cauchemars.

— Que s'est-il réellement passé avec Carmela Serrano ?

— Le soir même, en rentrant de chez Dudley, j'étais très soucieux. Je suis remonté chez Lahure pour vérifier que tout était en ordre, c'est alors que cette idiote de Carmela n'a pas trouvé mieux que de se pointer. Je me suis planqué dans l'armoire en priant pour qu'elle ne suspecte pas ma présence. Mais non, elle a ouvert le battant… Que voulais-tu que je fasse ? J'ai étouffé ses cris, j'aurais négocié avec elle, mais son cœur a lâché.

— Tu comptais l'enfouir au sous-sol, elle aussi ?

— Non, j'ai réfléchi et je l'ai glissée sous le lit de Mlle Lahure. C'était dans les journaux, Jem, tu sais parfaitement où on l'a retrouvée et à quoi est dû son décès. L'autopsie a conclu à un arrêt cardiaque ! Qui douterait des conclusions d'un commissaire de police, d'un juge d'instruction et d'un médecin légiste ?

— Carmela Serrano est donc restée tout ce temps dans la chambre à coucher de Mlle Lahure ?

Green acquiesça.

— Pourquoi ne l'as-tu pas placée en compagnie du corps de Mme Lequindre ? Les flics l'ont retrouvée à côté du lit de Mlle Lahure, pas sous son sommier.

— Je ne suis pas stupide, Jem. J'ai attendu le moment propice, le soir du samedi 17, le jour où j'ai simulé le saccage de mon appartement. J'ai pris soin d'effacer les empreintes de mes doigts sur son visage avant de la déposer sur la carpette près d'une ménagère de cuillers en argent, probablement chapardée à la mère Lequindre.

— Tu as tout de même commis un paquet d'erreurs.

— On peut méditer un meurtre pendant des années et se révéler un piètre assassin. J'ignorais que ton zèle te mènerait à ma tante.

— C'est toi qui as forcé ma porte et dissimulé la maxime signée « Barbe bleue » dans la boîte à sel ?

— J'ai eu une frousse terrible quand tu es allé à l'Exposition des Arts décoratifs poser des questions à propos de Louis Delorme, il fallait t'adresser un avertissement. J'étais pris de court, pas question de fignoler, je n'ai eu aucun scrupule à découper un ouvrage de *Sentences et Proverbes* dont je suis friand. J'ai glissé un billet de dix francs à un pilier de bar pour qu'il livre discrètement une enveloppe à ton nom chez Rasade.

— L'ironie de cette affaire est que pas un seul instant je ne t'ai soupçonné. C'est toi qui m'as agressé dans l'entrée de mon immeuble ?

— Je voulais t'infliger la trouille de ta vie. Tu m'avais parlé d'un bonhomme que je connaissais peut-être, un certain Ricou, j'ai compris que tu en savais sûrement plus. Quand je t'ai boxé, tu dormais à moitié. Tu t'es défendu mollement, tu as perdu l'équilibre, j'en ai profité pour glisser une carte de visite de Pélissier dans ta poche afin d'orienter ta suspicion sur lui.

— Tu avais drogué mon café ?

— Un chouïa de véronal. À mon retour rue de l'Hirondelle, j'ai constaté que tu avais oublié ton cartable à musique, je l'ai fouillé, j'ai lu tes notes, alors j'ai décidé de simuler un cambriolage pour me forger un alibi et confirmer tes doutes au sujet de Pélissier.

— Comment as-tu opéré ?

— Le lendemain, tôt dans la matinée, je me suis fait sciemment remarquer par Mme Meunier, puis j'ai échangé quelques mots avec Pélissier qui revenait d'acheter des châssis. J'ai patienté sous le porche jusqu'à ce que le passage soit libre et je suis remonté en douce. J'ai semé la pagaille dans l'appartement avant de redescendre chez l'épicier. Le soir même, j'ai téléphoné à Ricou, je voulais le rencontrer, découvrir ce que tu savais réellement, mais notre entrevue a mal tourné, il s'est effrayé, il a reculé vers la fenêtre ouverte et il est tombé.

— Tu l'as un peu aidé.

— Il ne m'en a pas donné l'occasion. Je pense qu'il avait envie de s'envoler, c'était son choix.

— As-tu révélé aux enquêteurs pour quel mobile tu as tué Mme Lequindre ?

— Tu me prends pour un imbécile ? Bien sûr que non ! Et je compte sur toi pour te taire, en gage de notre amitié.

— Que leur as-tu dit ?

— Que Mme Lequindre voulait m'expulser, j'ai perdu la tête, je l'ai tuée sous le coup de la colère. Ensuite, j'ai été pris de panique et j'ai tenté de cacher son corps. J'ai couru me procurer du formol et de la soude, d'ailleurs je me suis gardé de jeter les emballages de ces achats.

Il regarda Jeremy d'un air de défi.

— Je sais ce que tu penses : ce type dans la lune, distrait, pas très fiable, est un assassin machiavélique, mais maladroit. Eh bien tu es dans le vrai. Comme quoi il vaut mieux éviter de se forger une image d'autrui.

Jeremy resta silencieux.

— Quand as-tu enterré le corps de Mme Lequindre ?

— Au cours de la nuit du 12 au 13. Le revêtement de ciment du sous-sol était presque terminé, j'avais juste le temps.

Il prit une longue inspiration.

— Jem, comment as-tu deviné que je suis le fils de Pauline Réol ? C'est ma tante qui…

— Je l'ai séduite, Bom-Bom, je suis irrésistible, dit Jeremy en détachant chaque syllabe.

Les lèvres de Paul Green frémirent, il afficha un large sourire, ses épaules tressautèrent, il rejeta la tête en arrière et lança un éclat de rire qui dégénéra en une quinte de toux, les larmes lui montèrent aux yeux.

Jeremy voulut s'expliquer, mais l'expression réjouie de Green l'en empêcha. Il repoussa sa chaise.

— Mon Dieu, Jem, ce que tu es taquin ! Il y a longtemps que je n'avais pas pleuré autant.

Jeremy se leva, plia son pardessus sur son bras, ajusta son feutre et se dirigea vers la porte. À mi-chemin, il se retourna.

— J'ai une dernière question, dit-il. Pourquoi t'es-tu confié à moi ?

Green eut l'air décontenancé.

— Mon pauvre vieux, va, je te croyais plus malin. Je voulais absolument que tu saches que, quels que soient les faits réels, la justice est impuissante quand il n'y a ni pièces à conviction, ni témoin, ni aveux. Il ne suffit pas qu'une culpabilité soit évidente, il faut encore qu'elle soit prouvée. Et tu ne le pourras jamais.

## 24

*Février 1926*

Léa Lavergne, souvent appelée Lila, avait ôté le bec-de-cane de son magasin de farces et attrapes, 25, passage Thiéré. Pendant qu'une potée de légumes mijotait dans la cuisine, elle s'accorda une récréation : la lecture de quelques pages de *La Petite Fadette* de George Sand, romancière chère à son cœur.

— Je mets la table ? lança Hector, son époux.

Elle camoufla le livre sous le comptoir.

— Oui, les filles et Sammy ne vont pas tarder.

Le mercredi soir, veille d'un jour sans école, ils recevaient à dîner Sammy Eidelmann, qu'ils considéraient comme leur fils adoptif et que Zoé et Chloé affectionnaient.

Les jumelles arrivèrent les premières et montèrent à l'étage poser leurs cartables et se changer.

Hector parut, en costume de drap, grand et trapu, chaussé de lourds souliers à bout ferré. Depuis qu'il avait raccourci sa moustache, son visage paraissait moins bourru. Mais ses grosses mains maniaient toujours avec aussi peu de délicatesse la vaisselle de porcelaine et, à chaque instant, Léa redoutait qu'une assiette ne s'écrasât au sol.

Zoé les rejoignit. Elle avait opté pour la mode garçonne et troqué ses couettes blondes contre des cheveux coupés à la Jeanne d'Arc. Elle était vêtue d'une robe de tricot bleu marine et de bottines.

— Où est ta sœur ? demanda Léa.

— Oh, elle traîne, elle se pomponne, elle admire le médaillon que lui a offert son prince charmant.

— Comment ? s'écria Hector. Elle fréquente ?

— Ben je suppose, elle a l'âge, non ?

Inquiète, Léa grimpa au premier. Chloé était occupée à réunir ses cheveux dorés en une queue-de-cheval prisonnière d'une barrette. Elle avait enfilé un corsage à fleurs et une jupe de percale, des bas et des escarpins à boucle et semblait plus âgée que sa jumelle.

— Ma parole, tu as mis de la poudre et du rouge à lèvres ! marmonna Léa.

— Oui, et après ? rétorqua Chloé d'un ton de défi.

— Ne me dis pas que tu cours le guilledou !

— Est-ce ma faute si je suis jolie ? Les garçons m'admirent, mais il y en a un qui compte plus que les autres.

— Zoé a parlé d'un médaillon. Qui te l'a donné ? Montre !

Moqueuse, Chloé secoua la tête.

— Il est bien caché, personne ne le découvrira !

La porte d'entrée claqua.

— Voilà Sammy. Toi, tu ne perds rien pour attendre ! promit Léa.

Toutes deux gagnèrent le rez-de-chaussée. Sammy avait rarement été aussi chic. Son feutre Fedora, sa veste impeccablement coupée, son pantalon à rayures et ses chaussures vernies le gratifiaient d'une apparence de grand nigaud. Il avait aplati sa tignasse avec de la brillantine. Il tenait un bouquet de roses blanches dont il ne savait que faire.

— C'est pour moi ? railla Hector.

— Non, c'est pour vous, Léa.

— Oh, c'est trop gentil !

— J'en profite pour… avant qu'on ne mange… mieux vaut en discuter tout de suite…

Il pâlissait, bégayait, les yeux rivés à ceux de Chloé, qui tanguait d'un pied sur l'autre.

— Voilà, je suis amoureux de Chloé, et elle m'aime aussi. Nous désirons nous marier.

Il y eut un long silence, puis Zoé se mit à glousser, Léa l'imita, enfin Hector, écarlate, la main sur la bouche, ne put retenir un énorme éclat de rire. Chloé et Sammy étaient consternés.

— Vous… vous mariez ? C'est une blague ? hoqueta Hector.

— Non, assura Sammy, blessé dans sa dignité. Je le lui ai proposé, elle est d'accord. Hein, Chloé, que tu es d'accord ?

Chloé hocha vigoureusement le menton.

— Cette morveuse est d'accord ? J'espère que vous n'êtes pas allés trop vite en besogne, vous deux !

Sammy piqua un fard.

— Jamais nous n'aurions osé…

— Bon. Étant donné que Chloé n'a que quinze ans…

— Presque seize, papa, le coupa sa fille.

— Quinze… ! Vous patienterez encore trois ou quatre années. Contentez-vous de vous jurer fidélité mutuelle jusqu'au mariage, et à table, j'ai une faim d'ours !

— Trois ou quatre ans, murmura Chloé.

Dissimulant un certain soulagement à l'idée que les noces seraient retardées, Sammy lui tapota le bras.

— L'essentiel, c'est que nous soyons engagés l'un envers l'autre.

Léa souriait, attendrie à la pensée qu'un jour ses petits-enfants joueraient avec les articles de sa boutique.

Sourcils froncés, Zoé pensait : « Quand je rencontrerai quelqu'un, je me passerai de leur permission, moi ! »

Pendant qu'ils savouraient la potée en silence, une averse doucha les trottoirs.

— Jem, sauve qui peut ! On va être trempés ! cria Camille, courant se réfugier sous un marronnier de la place Dauphine.

Jeremy avisa le restaurant Paul.

— Entrons, dit-il.

Ils s'ébrouèrent comme des chiens mouillés. Une table pour deux venait de se libérer, un bougeoir fiché sur une nappe à carreaux éclaira leurs visages épanouis.

Ils commandèrent une soupe à l'oignon avec des croûtons, et du vin. Jeremy tira de sa poche un journal plié en quatre et lut à voix haute :

— « Tous les recours ayant été épuisés, Paul Green a sauvé sa vie grâce à un témoin à décharge… »

Il omit de signaler que ce témoin, c'était lui, et poursuivit :

— « … et à l'habile plaidoirie de son avocat. L'accusé a été condamné à cinq ans de travaux forcés. »

— C'est peu pour un homme qui a commis trois meurtres, constata Camille.

— Selon lui, un seul.

— Tu joues sur les mots. Un, c'est trop. Contente que cette affaire soit close, nous allons enfin nous consacrer à nous ! Tu sais ce dont j'ai très envie ? Visiter le New York de ta jeunesse.

Jeremy la fixait sans comprendre.

— C'est loin, beaucoup trop loin.

— Quoi ? Ta jeunesse ?

— Nous n'avons pas les moyens.

— Selon toi, pourquoi ai-je accepté tous ces concerts ?

— Par amour de la musique ?

— Certes. Mais aussi pour gagner des sous. Et à quoi servent les sous si on ne les dépense pas ? Alors voilà ce que j'ai imaginé : nous allons à Londres voir Victor et Tasha, ainsi que Kenji et Djina, qui se font vieux. Puis nous prenons le train vers Liverpool. Là, nous montons sur un paquebot de la Cunard Line, et à nous le grand large en direction de la statue de la Liberté !

La serveuse, un pot à tabac à tablier bleu, déposa devant eux des bols de soupe fumante.

— Attention, les tourtereaux, c'est brûlant. Qui fera le taste-vin ?

Camille désigna Jeremy. Il goûta au bordeaux, le dégusta, leva son verre.

— Je bois à cette merveilleuse évasion avec toi, mon amour.

— Et moi, je bois à la fin de cette enquête qui aurait pu te coûter cher, et à l'espoir que jamais plus ta route ne croisera celle d'assassins !

— Monsieur est policier ? demanda la serveuse.

— Non, monsieur est musicien, mais ses compositions flirtent de trop près avec l'ombre et le mystère. Il est temps qu'il s'intéresse de nouveau à la lumière !

Un coup de tonnerre ébranla la salle.

— Ben, si vous voulez mon avis, on n'est pas près de le revoir, le soleil, grogna la serveuse en s'éloignant.

Ils n'écoutaient plus. Ils avaient rapproché leurs chaises et ils s'embrassaient passionnément.

MIXTE
Papier issu de sources responsables
FSC® C003309

10/18, une marque d'Univers Poche,
est un éditeur qui s'engage pour
la préservation de l'environnement
et qui utilise du papier fabriqué à partir
de bois provenant de forêts gérées
de manière responsable.

10/18 – 92 avenue de France, 75013 PARIS

*Imprimé en France par* CPI

N° d'impression : 161078
X07572/01